故事会

2023 · 152

合订本

上海故事会文化传媒有限公司

上海文化出版社

图书在版编目（CIP）数据

2023年《故事会》合订本.152期/《故事会》编辑部编.－－上海：上海文化出版社，2023.10
ISBN 978-7-5535-2826-7

Ⅰ.①2… Ⅱ.①故… Ⅲ.①故事－作品集－中国－当代Ⅳ.①I247.81

中国国家版本馆CIP数据核字(2023)第188039号

书　　名：2023年《故事会》合订本152期

主　　编：夏一鸣
副 主 编：吕　佳　朱　虹
责任编辑：孟文玉
发稿编辑：吕　佳　朱　虹　姚自豪　丁娴瑶　陶云韫　王　琦
　　　　　曹晴雯　赵媛佳　田　芳　孟文玉
装帧设计：王怡斐
责任督印：张　凯

出　　版：上海文化出版社
出　　品：上海故事会文化传媒有限公司
　　　　　(201101　上海市闵行区号景路159弄A座3楼　www.storychina.cn)
发　　行：上海文艺出版社发行中心
　　　　　(上海市闵行区号景路159弄A座2楼206室)
印　　刷：浙江广育爱多印务有限公司
开　　本：787×1092毫米　1/32
印　　张：9
版　　次：2023年10月第1版
印　　次：2023年10月第1次印刷
书　　号：ISBN 978-7-5535-2826-7/I·1092
定　　价：25.00元

上海故事会文化传媒有限公司　出品(01167)

想看更多故事？
扫码下载故事会App

上海故事会文化传媒有限公司所有图书可办理邮购，免收邮费（挂号除外）
汇款地址：上海市闵行区号景路159弄A座2楼206室(201101)
收　款　人：上海故事会文化传媒有限公司出版发行部
联系电话：021-53204159
如发现本书有质量问题，请与印刷厂质量科联系　Tel：0571-22805820

776

2023
SEMIMONTHLY
6月上半月刊

CONTENTS

扫二维码，可听全本故事。

开门八件事，扫码听故事。一本可读、可讲、可传、可听的全媒体杂志。

笑话 13 则 …………………………… 倪墨枝等 4

网文热读
报警 ………………………………… 刘国芳 8
九尾狐 ……………………………… 吴卫华 50

海外故事
805 号监室 ………………………… 张 希 11

阿P系列幽默故事
阿P抓"壮丁" …………………… 五月榴 14

新传说
自助餐攻略 ………………………… 陈 坚 17
电话手表 …………………………… 任黎明 21
玩具大拯救 ………………………… 宁莎鸥 38
玉酒盅 ……………………………… 方冠晴 52

我的故事
卖狗肾 ……………………………… 张功伟 24

传闻轶事
奉天收生堂 ………………………… 高伸武 28
巧嘴惹祸 …………………………… 司健安 88

民间故事金库
朱家沟命案 ………………………… 余新国 33

外国文学故事鉴赏
消失的第六只秋沙鸭 ………………………… 43

3 分钟典藏故事 …………………………… 48

法律知识故事
捐赠行为能反悔吗 ………………… 黄超鹏 57

中篇故事（精编版）
这钱不能挣 ………………………… 姚国庆 59
二皮匠 ……………………………… 段生军 70

动感地带 …………………………… 81

浮世绘 …………………………… 82

我的青春我的梦
迟了一分钟 ………………………… 夏 雨 84

脱口秀 …………………………… 86

幽默世界
《矿泉水瓶该怎么放》等 5 则……… 黄 平等 92

故事会

红版·上半月刊

社 长、主 编 夏一鸣
副社长 张 凯
副主编 吕 佳 朱 虹
本期责任编辑 陶云韫
电子邮箱 taoyunyun1101@163.com

· 发稿编辑 ·
吕 佳 丁姵瑶 曹晴雯 孟文玉
美术编辑 王怡斐 郭瑾玮
红版编辑部电话 021-5320 4060
绿版编辑部电话 021-5320 4050
地址 上海市闵行区号景路159弄A座3楼
邮编 201101

主管、主办 上海文艺出版总社
出版单位 《故事会》编辑部
发行范围 公开

· 出版发行部 ·
发行业务 021-5320 4165
发行经理 钮 颖
媒体合作 021-5320 4090
广告业务 021-5320 4161
新媒体广告 021-5320 4191

· 融媒体中心 ·
《故事会》微博 @故事会
《故事会》微信 story63
故事中国网 www.storychina.cn
《故事会》网店
shop36332989.taobao.com

故事会公众号 故事会小程序

国外发行 中国图书贸易总公司
印刷 上海四维数字图文有限公司
发行 中国邮政集团公司报刊发行局总发行
国内代号 4-225 定价 8.00元

（本栏插图：包丰一）

赌注

公园里，有个小伙在看两个大爷下棋。过了一会儿，他见有个大爷走错了一步，正准备开口提醒，一个也在观战的人悄悄对他说："千万别吱声，他们赌注下得很大。"

小伙好奇地问："赌注到底有多大？"

那人指指不远处一个风韵犹存、正在练广场舞的大妈，说："看，她就是赌注！谁赢了，她就答应做谁的老伴儿。你这一提醒，影响的可是大爷后半辈子的幸福，输家说不定会找你拼命！"

（倪墨枝）

高级餐厅的感觉

有一对夫妻，这天是男人的生日，女人做了一桌好菜。吃饭时，女人问男人："怎么样，有没有在高级餐厅吃饭的感觉？"

男人边吃边点头："绝对有啊，饭菜色香味俱全，只是……"

女人问："只是什么？"

男人耸耸肩，补充道："要是吃完饭我不用刷碗，就更有高级餐厅的感觉了。"

（沈顺富）

为啥不上班

这天，老板生气地对员工耐克说："你怎么老是衣冠不整？下次来上班，一定要让妻子把你衣服上的扣子先补齐！"

这天之后，耐克就不来上班了。

不久，老板在街上遇见耐克，质问他为啥不去上班。

耐克满脸愁容地说："我正在竭尽全力寻找一个妻子。"

（赵泽浦）

意外之财

甲乙两人在街头偶遇。甲看起来很郁闷，乙关心地问："你怎么了？"

甲说："两个星期前，我一个从未谋面的舅舅去世了，给我留下9万美元的免税遗产。上个星期，我曾祖父去世了，我继承了50万美元的遗产。"

乙瞪大了眼睛，不解地问："你得到了那么多意外之财，为什么还郁闷呢？"

甲噘着嘴说："这个星期，什么都没有。"

（祁萝江 编译）

真没情人

玛利亚是一个药剂师。最近，她怀疑丈夫出轨，找了情人。玛利亚质问丈夫，丈夫反复解释："我真的没找情人。"

玛利亚不相信，她一拳把丈夫打晕了过去。丈夫醒来后，发现自己在病房里。玛利亚抱住他，说："亲爱的，这下我相信你真的没有找情人了。"

丈夫哭笑不得地问："你怎么又相信我了呢？"

玛利亚说："我已经给你连喂一星期安眠药了，可除了你母亲，没别的女人来看过你！"

（苏格兰没有底）

贼与小女孩

有一个贼，无意中掉进了一口废弃的井里。他喊了半天"救命"，终于引来一个七岁小女孩。

小女孩对贼说："别喊了，这里附近没人，我先给你扔点吃的。"贼又等了半天，小女孩来了，给他扔下来一个馒头、一瓶水。

贼狼吞虎咽地把馒头吃完了，一口气喝了半瓶水，接着，他开口求道："找人来拉我上去吧！"

小女孩想了想，笑嘻嘻地说："挺好玩的，让我养几天再说。"

（鸡毛叔叔）

对我好点

小胖特别淘气。这天，他在学校又闯祸了，回家后，爸妈狠狠地揍了他一顿。

小胖跑到爷爷房间，哭着寻求慰藉："爷爷，为啥我爸妈不能对我好点？"

爷爷叹了口气，说："他们对你够好的了，你都这样了，他们都坚持没要二胎！"

（落花雨）

打瞌睡的人

剧作家邀请一个死对头同行观看自己的新戏。演出时，死对头对剧作家说："你的戏哪里精彩了？你看那边有人都睡着了！"

剧作家看着那个打瞌睡的人说："您不认识他啊？他是上次看您的戏睡着的，至今还没醒呢！"

（海底飞花）

公平一点

小两口吃完饭，老婆催老公快去洗碗，老公不高兴地说："不公平，为啥天天都是我洗碗？"

老婆想了想，说："那公平一点，丢东西决定，正面朝上你去，背面朝上我去。"老公同意了。

接着，老婆拿来一个铜钱毽子。

老公大惊失色："难道不是丢硬币吗？"

（潘光贤）

赚大了

西蒙太太对儿科医生说："你给我的账单收费太高了！"

儿科医生提醒："别忘了，你儿子流感的时候，我到你家出诊过五次，我只收了你两次出诊费。"

西蒙太太反驳："你也别忘了，是我儿子把流感传染给全校学生的，你赚大了。"

（田晓丽）

奇葩相亲

有一个青年去餐厅和女孩相亲。气氛融洽，两人谈得很好，青年按捺不住激动的心情，向女孩表白："我喜欢你……你能不能做我女朋友？"

女孩听了这话，得意地朝旁边桌一个男人挥手，对青年说："前些天我和男朋友吵架，他说我没人要，我就来相亲了。"还没等青年反应过来，女孩大声对男人说："看见了吧，我有人要的！"

（苏格兰没有底）

惊人的电话

有一个中年男人出差，在酒店睡觉时，突然被一个电话惊醒。

中年男人接起电话，电话那头说："你超重，有三高；你不识好歹，总是得罪人；你二十年没有升职，收入比年轻同事还低……"

中年男人顿时睡意全无，恼怒地问："你谁啊，敢这样对我说话？"

电话那头说："这里是酒店的叫早服务，是您让我们早上七点用这些话把您叫醒的。"

（离萧天）

本栏欢迎来稿。请将有新鲜感、有精彩细节的笑话佳作尽快投寄给我们。来稿一经采用，即致稿费，最高稿费为100元。本期责任编辑电子邮箱：taoyunyun1101@163.com。

谁的口红

这天丈夫下班，一进门就看到妻子出差回来了，她手里拿着一支口红，问道："我刚才在沙发上找到这个，谁的？"

丈夫蒙了，他吞吞吐吐地说："昨天几个同事来家里吃饭，吃好饭，有个女同事从包里拿出口红补妆，估计是忘记带走了。"

妻子冷笑道："呵呵，想套你话呢，谁想到你编故事倒挺快！这口红是我新买的。"

（赵泽浦）

报 警

□ 刘国芳

老刘出门散步，沿一条路往前走。走了大概十分钟，他看到有几个人围在一起。

老刘走过去，围观了一会儿后，弄明白了事情的原委：

一个人喝了酒，还骑摩托车；不仅骑摩托车，还违规带了两个人。因为喝了酒，又超载，那人便把摩托车骑得歪歪倒倒。一个开奔驰的人，老远就发现迎面而来的摩托车歪歪倒倒，奔驰司机便让车慢下来，后来还停了车。很明显，奔驰司机要让摩托车先过。但骑摩托车的人实在喝得太多了，手不稳，在离奔驰六七米远的地方摔倒了。喝了酒的人，大多胆大妄为，他居然把自己摔倒怪罪到开奔驰的司机身上，过去一把拉开车门，拉出司机，挥手就是一拳，接着破口大骂起来。奔驰司机无缘无故被打，当然很气愤，但他没还手，只是冷静地看着那三个人，然后拿出了手机。

老刘就是这个时候走过去的。

奔驰司机当然要报警，他看着骑摩托车的人说："看你满身酒气，肯定喝了好多酒吧？"一会儿，他又说："喝了酒骑摩托车，是酒驾，同时你还超载，还打人，我今天不会放过你。"

这话一说，摩托车司机清醒了

许多，和他一起的两个人，也意识到问题的严重性了。他们异口同声地跟奔驰司机说："对不起、对不起，我们错了。"

奔驰司机怒气冲冲地说："现在知道错了？晚了！我现在就打电话报警。"

骑摩托车的人这下彻底清醒了，忙说："别报警，你一报警，我就完了。"

"你也知道完了？"说着，奔驰司机开始拨号。

骑摩托车的人急了，用哀求的口气说："求你不要报警，求求你……"

这时候，老刘只是个围观者，他不管闲事，这事就与他毫无关系。但老刘是个喜欢管闲事的人，他看着奔驰司机说："等下打、等下打，听我说几句。"

奔驰司机看着老刘。

从这时开始，这件跟老刘毫无关系的事，跟他有关系了。老刘对奔驰司机说："这件事完全是骑摩托车的人不对，他不但喝酒骑车，还超载，打人，大错特错。"

奔驰司机说："我会让他为自己的嚣张付出代价的。"

老刘又说："但我觉得不一定要报警，让他认个错、道个歉吧。"

骑摩托车的人听了，连忙看着奔驰司机说："是我错了，我不对，对不起你，要不你打回来，打我吧？"

奔驰司机说："打回来？你开玩笑吧，这事必须让交警来处理。"

老刘还在边上替骑摩托车的人说好话："他们已经意识到错了，还是算了吧。"

奔驰司机坚持说："这事不能算了，一定要让交警来处理。"

老刘说："交警来了就完了，他酒驾，不仅仅是要罚款，如果是醉驾，有可能还要拘留。"

奔驰司机说："活该，看他还敢不敢那样嚣张！"

"得饶人处且饶人吧。"

奔驰司机却说："这不是饶人不饶人的问题，他犯了错，就得为自己的错买单。"

骑摩托车的人，还有跟他一起的两个人，这时候还在苦苦哀求。老刘见了，更想为他们三个说话了。他把奔驰司机拉到一边，然后跟他说："你看他们三个，骑一辆破摩托车，穿得也很普通，裤子上都沾满了泥巴，应该是在外面打工的，底层人生活不容易，我觉得你还是放过他们吧……"

奔驰司机说："不能放过他们，

应该给他们一点教训。"

老刘说:"算了吧,别跟他们计较,你看你,开奔驰,一看就是个成功人士,何必跟他们这种人计较呢?你就当这是做一件好事。做好事的人,必有好报,你今后肯定会更发达的。"

这句话起作用了,奔驰司机松口了,他跟骑摩托车的人说:"我看这位老兄的面子,今天就不报警了,记住,做人不要那么嚣张。"说着,奔驰司机再没睬那几个人,开车走了。

骑摩托车的人和另外两人看着开走的奔驰,不停地说:"谢谢、谢谢!"然后,又对着老刘说:"谢谢,太谢谢你了!"

老刘说:"要记住这次的教训,喝了酒再莫骑车,不是我好话说尽,人家不会放过你。"

骑摩托车的人和另外两人一起说:"是是是,太感谢你了。"

老刘说:"你们走吧,别再骑了,推着走。"

骑摩托车的人满口答应道:"好好好,我们推着走。"

这事看起来结束了,但没有。骑摩托车的人走了不到五分钟,老刘接到女儿打来的电话,女儿情绪激动地说:"爸,我妈被摩托车撞了,浑身都是血!"

老刘吓坏了,连忙问:"在哪儿被撞的?"

女儿哭着说:"就在小区门口,我妈刚走出小区,一辆摩托车就歪歪倒倒地撞过来,把她撞倒在地,她现在昏迷不醒……"

几分钟后,老刘跑到自己小区门口,然后,他看到了之前那个骑摩托车的人……

（发稿编辑：曹晴雯）

（题图、插图：孙小片）

805号监室里来了一个新犯人。奇怪的是，他总是满面笑容，仿佛不是来坐牢，而是来度假的……

在乔戈里监狱，有一个805号监室。805号监室很特别，这里关的都是经济犯，有银行经理、税务人员等，都是因为贪污、诈骗进来的。之前，他们都和重刑犯关在一起，后来因为成天被重刑犯欺压，经济犯集体绝食，闹得很大，家属还联系了媒体，上了几次新闻。监狱方为安全考虑，便把他们统一一安排，关进了805号监室。

最近，805号监室来了一个新犯人。新来的犯人三十多岁，皮肤白皙、戴着眼镜，自我介绍叫"布拉特"。与其他狱友整日闷闷不乐不同，布拉特总是显得心情很好。

莫耶斯以前是银行经理，他想弄明白布拉特是什么原因进来的。见莫耶斯来找自己搭话，布拉特主动介绍："我入狱原因是重婚。"

布拉特的话引来许多狱友好奇的目光。布拉特看了看大家，继续说："这些年，我经营土地生意赚了点小钱。有了钱的男人自带吸引力，很多漂亮的女孩主动向我示爱，一来二去我就有了个情人。我那时已经成家多年，我老

805号监室

□ 张 希

婆很漂亮，可耐不住这女孩的软磨硬泡，非得跟我结婚不可，我就又娶了她。"

众人听罢非常不解，莫耶斯问："市政厅难道会给已婚人员登记？乔戈里州法律只允许一夫一妻！"

布拉特眨了眨眼："如果你有足够的钱，这一切不难做到。细节我就不方便给各位多讲了。"

一个狱友说："重婚罪，起码要在这儿待上两年。"

"呵呵，我可不想待在这里，我的生意还需要我去打理呢。"布拉特说着，脸上露出轻蔑的微笑。

莫耶斯问："你既然不愿意待在这里，为什么整天那么高兴？"

布拉特苦笑一下："唉！你哪能体会老婆多的痛苦？她们整日让你心烦意乱。我的大老婆本来对我找情人放任不管，可自打她得知我和情人也进行了结婚登记，她就情绪失控了，觉得我太过分了。而我情人呢，自打登记之后，感觉已经有了合法身份，占有欲就更强了。两个女人弄得我每天焦头烂额！"

布拉特说到兴头上，被狱警打断了，说是他老婆来看他了。布拉特问："我哪一个老婆？"布拉特这个提问逗乐了所有犯人。"金头发的！"狱警不耐烦地回答。

"我前两个老婆都是金发，第三个头发颜色是棕色的。"布拉特边说边跟狱警走了。

什么，他还有第三个老婆？！布拉特很快回来了。莫耶斯率先发问："你后来又结了一次婚？"

布拉特长叹一声："那两个老婆整日打得不可开交，婚姻已经名存实亡，于是我又找了个新的。"

监室里一阵唏嘘，众人彻底服了。莫耶斯不解地问："你到底是怎么进来的，有老婆告发了你？"

"怎么可能？她们还指望和我过奢侈的生活。"布拉特点燃一支烟，慢悠悠地说，"是我自首的。"

众人又大吃一惊。布拉特表情平静地解释，说这样一来，他的后两段婚姻会被宣告无效，而大老婆跟他同甘共苦，有深厚感情，她也原谅了布拉特。后面两个老婆，没了合法身份，也就不敢大闹了。

莫耶斯感叹："问题解决了，你也坐牢了，这代价可是够大的。"

"没事！我马上就能出去。"布拉特信心满满，笑呵呵地说。

从这天起，犯人们就都知道了布拉特是个有三个老婆的大商人。他朋友多，常有人来探望，送些好吃好喝的。布拉特很大方，收到的东西一律与狱友分享。

这天放风，监狱长来了，把布拉特叫过去，声音洪亮地说："收拾东西，准备回家吧！"

监狱长走后，众人围拢过来。莫耶斯忍不住了，问："你怎么这么快就出去了？在我印象中重婚罪最少也要服刑两年吧？"805号监室的几个人纷纷点头，这也是他们最想问的问题。

布拉特环顾四周，他点燃一支烟："这段时间，大家相处得不错，我就直说了，在乔戈里州，没有我拿钱办不到的事情。我出去的由头是'保外就医'，懂了吧？"

"那你能不能帮助我们弟兄几个，我们也愿意出钱。"莫耶斯实在是憋不住这句话了。

布拉特把声音压得极低："长话短说，我把电话号码留给你们。等你们家属探视的时候，让他们和我联系，按我安排的办就好。"他还想说什么，可监狱长洪亮的声音又在楼道中响了起来："布拉特，别磨磨蹭蹭的！"布拉特听罢，赶忙收拾东西出去了……

三个月以后，布拉特西装笔挺，拎着一个手提箱，出现在监狱长儿子的婚礼上。

监狱长将布拉特引到无人的角落，压低声音问："顺利吧？"

布拉特微微一笑："805号监室的七个人，钱全部到位。我就说，那几个家伙不一般，他们虽然被抓了，但不可能完全把赃款吐出来的，手头绝对充裕！"说着，布拉特将手提箱重重地压在监狱长腿上，示意他拿走，"这是你的那份。"

"那几个家伙，花了那么多钱还出不了狱，不会告发我们吧？"监狱长有些担心地问。

"用你的权力给他们减点刑呗。他们敢闹事，你是监狱长，治治他们还不简单。"

监狱长点点头，说："要说你小子，脑子真不赖。经济犯绝食换监室的新闻，都被你抓到了商机，轻松赚到这么多钱！"

布拉特说："我不轻松啊，先办假结婚，自首接受审判，再买通医院，保外就医，折腾得很！"

监狱长哈哈大笑："你还是当年那个出色的诈骗犯，不过，你怎么想到进监狱来骗钱的？"

布拉特耸耸肩，说："监狱长先生，如今经济大萧条，人们都没钱啊，我在外头已经无人可骗了。我也是被逼无奈呀！"

（发稿编辑：陶云韫）

（题图：孙小片）

阿P

抓「壮丁」

□五月榴

阿P最近很开心，因为他追到了隔壁公司最漂亮的姑娘小兰。不料未来岳父老张头一见到阿P就连连摇头，对小兰说："地里那么多农活，你也不知道心疼爹，还指望你给我带个'壮丁'回来呢！"

这是嫌阿P瘦弱，干农活出不了大力呀！

小兰刚要开口，阿P就用眼神制止了她。他拍着胸脯对老张头说："叔叔，请相信我的脑力。只要您开口，我保证能给您抓到'壮丁'，还是免费的。"

两人当即约定：一年之内，只要老张头有需要，阿P就得带着他的免费"壮丁"过来。

阿P是吹牛吗？也不全是，他从小脑子就活，朋友也多，所以他还是挺有信心的。对于老张头来说，如果阿P真能做到，足可见他的本事和诚意，自然能放心让女儿和他在一起了。

没过多久，老张头的电话就打过来了，让阿P周末带人过去帮着春耕。

阿P在朋友圈振臂一呼，很快就有不少人响应。阿P和朋友们从小在城市长大，正是阳春三月，就当去农村踏青了。更何况，小兰还请了几个单身的闺密去帮忙做饭呢。当然啦，事后一顿答谢饭也是少不了的。

老张头所在的张家庄老龄化挺严重，现在一下子来了这么多年轻人，让老张头特有面子，他对阿P也亲热了不少。

转眼到了秋收季节，老张头的电话又来了。这次是收玉米，而且是四家的。原来，有三个和老张头关系不错的老伙伴请他喝了顿酒，夸他有福气，找到阿P这么一个好女婿。老张头一高兴，就把他们三家的活儿也包下来了。

阿P早有准备，找到了从事农机销售的老同学东子，办了一场"玉米收割机技能大比武"直播，活动现场就选在张家庄的玉米地。

直播那天，十台大型玉米收割机一字排开。比赛开始后，十名农机手有序地驶入作业区域，一排排玉米植株连秆带穗被卷入收割机中，摘棒、剥皮一气呵成，充分展示了玉米收割机的巨大威力。

见此情景，老张头乐得合不拢嘴，老伙伴们更是给他竖起大拇指。其中一个夸赞道："你这女婿法子多，路子广，你太有福啦！"

直播间的网友们同样纷纷点赞，还有人在评论区向东子询问收割机的价格。阿P和小兰乐开了花，看来婚事八九不离十啦！

不料年底，老张头突然又打来电话，对阿P说："你能帮忙卖点甘蔗和鲤鱼吗？"

原来，老张头前一天去亲戚家喝酒，顺便又帮阿P接了点活儿。

小兰不想再惯着老张头，但是阿P很痛快地答应了。他对小兰说："你爸这牛都吹出去了，我要是不答应，你让他怎么办？谁让他是你爸呢，我不帮他谁帮他！再说这量也不大，难不倒我的。"

小兰感动得差点掉下泪来，看来阿P这是爱屋及乌啊！小兰转念一想，阿P的老同学东子，这几个月都是公司的销售冠军，在领导面前挺得脸，采购些甘蔗和鲤鱼给员工发福利，好像也不难。其实阿P也是这样想的，他满心欢喜地给东子打了电话，却被告知公司采购清单早都拟好了，没法临时更改。

这下可难办了。见阿P眉头紧锁，小兰心一横："要不咱们买过来，再低价转给批发商吧？咱们做儿女的，花钱给老人买个面子呗，就当今年没有年终奖。"

阿P划拉着手机通讯录，头也不抬地说："还没到那个时候，你也太小瞧我阿P了！"说完，他就匆匆出门了。

过了几天，阿P还真把甘蔗

和鲤鱼卖出去了。小兰问怎么卖掉的，他左右搪塞不肯说。小兰心想：这不像阿P啊，搁以前早四处炫耀了。难道他用了我说的法子，自己买下来低价转给批发商了？

不久，小兰的闺密神秘兮兮地来找她。说起来，这闺密在春耕时认识了东子，两人成了一对。闺密告诉小兰："昨天东子喝醉了，说阿P这次找的是前女友。"

阿P的前女友在一所初中当班主任，她还有个师姐在一所外来工子弟小学当教务处主任。阿P请她们帮忙，把甘蔗作为期末奖品发给初中生，把鲤鱼作为期末奖品发给小学生。听说学生们可开心了，说比发笔和本子有意思多了！

甘蔗是甜的，寓意"学习虽苦，但结果很甜"，而鲤鱼则寓意"鲤鱼跳龙门"，发给学生作为奖品确实既新奇又有趣。小兰暗想，亏阿P想得出来！对学生的心理这么了解，看来他对前女友和她的工作念念不忘啊！难怪不肯告诉我，敢情这次抓的是个漂亮的女"壮丁"。

小兰心里早打翻了醋坛子。她正生着闷气呢，阿P回来了，恭恭敬敬地呈上了一个购物袋："献给我的女王陛下。"

小兰打开一看，是她心仪已久的包包，心情立马好了很多。

阿P又说："我女王看中的东西，早晚都得是我女王的。女王陛下肚里有航母，就不要为我见前女友的事生气了，我也是为了未来岳父呀！"

小兰笑道："下不为例。"

阿P长长地松了一口气，还好自己反应快啊！想到这里，他得意地吹起了口哨……

（发稿编辑：曹晴雯）

（题图、插图：顾子易）

自助餐攻略

□ 陈 坚

海滨度假区新开了一家海鲜自助餐厅，虽然价格有些高，但是供应的都是高级海鲜。阿强是个吃货，哪能轻易放过这么一个胡吃海塞的机会？他连忙召集了两个好哥们儿——阿虫和阿兵，一同前往。

阿虫不太喜欢吃自助餐，有点不乐意："吃啥自助餐啊，哪有烧烤火锅好吃？你俩去吧！"说着，他就要回家，却被阿强一把拦住了。阿强解释道："自助餐里也有烧烤火锅，而且攻略里说，必须是三人阵型，才能吃回本。"

阿虫和阿兵疑惑地看着阿强，异口同声问道："攻略？"

阿强肯定地点点头："我在网上看到一份吃自助餐的攻略，按照上面的方法，不光能吃回本，还能吃得好、吃得爽，跟我走吧！"

于是，兄弟三人摸着空空的肚子，自信地搭上了去海滨度假区的专线，正好在晚餐时间赶到。

灯火辉煌的餐厅里，食客络绎不绝，一股股海产品的鲜甜味从里面缓缓飘来，三人不禁口水直流。

"90号，阿强先生在吗？"广播里喊出了阿强的预约号。三人立刻奔向前台，递上号牌。阿兵顺势瞟了一眼旁边的价目表，"398元一人，这么贵啊！"他小声地对阿强说，"你确定咱们能吃回本？"

阿强回了一个肯定的眼神，拉着两人走了进去。

进入餐厅，迎面便是海鲜陈列台，上面放着帝王蟹、松叶蟹、波龙、澳龙，还有各种叫不上名字的贝类螺类，旁边是一整面墙的水箱，里面是五颜六色的海鱼，不知道的还以为到了水族馆。阿兵惊呆了，伸手碰碰大螃蟹，手掌大的蟹钳突然挥舞起来，吓得他连忙往后退。阿虫同样惊呆了，结结巴巴地问："这都可以随便拿吗？"

阿强得意地说："当然，不过这么大的螃蟹，我们三个人吃不完。这里有规定，吃不完浪费的，要三倍罚款，所以待会儿一切听我指挥，你俩千万别轻举妄动。"

两人如捣蒜一样点着头。这时阿兵看到手边就有一个空桌，连忙坐下去，却被阿强一把拉了起来，"瞎坐啥呢，不能坐在这里。"

"为啥？"

"前边的拐角是海鲜和烤肉的出餐口，只有坐在那里，咱们才能最快最频繁地拿到高级食材。"阿强说着，带两人来到拐角处，找了个最近的座位坐了下来。接着，他拿出手机，一边看时间，一边盯着出餐口。另外两人不知道阿强葫芦里卖的什么药，阿虫有点无聊，就悄悄拿了瓶啤酒过来。

一会儿，阿强发话了："这里每隔十分钟提供一次原切牛排和石斑鱼肉，待会我和阿兵去出餐口排队，阿虫你留在这里照料锅底，等我回来后，你立刻去排队，咱们三人一定要保持轮转的阵型，这叫车轮战。这就是我为什么说一定要三人来吃的原因，明白吗？"

阿虫点着头，刚要拿起啤酒喝，就被阿强一把夺了过去。"不能喝，这是吃自助餐的大忌。带气泡的饮料，还有米饭、面条、奶油蛋糕，碰都不能碰，这些食物又廉价又占地方。"阿强严肃地看着两人，"好，现在开始行动。"

随着阿强一声令下，三人开始了自助餐攻略计划。阿强和阿兵拿着空盘子走进等餐的队伍；阿虫点开炉火，一边看着锅底的水温，一边调着烤盘的温度，紧张又忙碌。

不一会儿，阿强端来了一盘牛排，阿虫不敢怠慢，慌忙起身去排队，阿强则烤起了牛排。紧接着，阿兵端着鱼肉回来了，阿强默契地返回队伍中；阿兵则坐下，一边涮着鱼肉，一边吃起了刚烤好的牛排。还没等吃完一块牛排，阿虫就端着一盘羊排来到桌前，阿兵赶紧替换

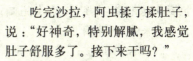

上；阿虫则立马坐下来吃几口，顺便煎起了羊排。

好一个三人车轮战，每一轮都不走空，拿到了所有的高级食材。当阿强再次返回餐桌的时候，另外两人摆了摆手，阿虫说："别拿了，已经够了，吃不下了。"

阿强长呼一口气，说："好的，中场休息，不过离咱们吃回本还差很多，现在我们可以在四周走动走动，消消食，顺便拿一些酸辣口味的沙拉回来吃。"

阿虫直摇头，说："啊？我最讨厌吃沙拉！"

"必须吃，一定要酸辣口味的，这样比较开胃，还助消化，拣绿叶菜拿，土豆、香蕉不要碰！"阿强

的话就是命令，两人只好照办。

吃完沙拉，阿虫揉了揉肚子，说："好神奇，特别解腻，我感觉肚子舒服多了。接下来干吗？"

"继续车轮战，现在供应的是鹅肝、烤虾和鲍鱼，不过供应量有限，所以这次咱们别忙着吃，先拿餐，这样速度会更快一点，开始行动！"阿强率先冲进了队伍中。

这一轮进行得有点快，不到半小时便结束战斗。三人打着饱嗝，满意地靠在椅子上。阿虫剔着牙，感叹道："鹅肝可真好吃，我足足吃了三大盘，你们呢？"

"我也吃了三盘，还吃了十几个鲍鱼和烤虾，真爽！"阿兵说，"强哥，我们这下吃回本了吗？"

阿强摇头说："没有，为了确保回本，接下来是清爽的刺身环节。兄弟们，现在战术改成巷战模式，大家自由行动，瞅准刺身出餐时机，快速反复去拿，OK？"另外两人立刻回应，随即分散行动。

不一会儿，桌子上摆满了各种鱼鲜刺身。望着满满一大桌五颜六色的食物，三人胃口大开，挽起袖子，大快朵颐起来。

刺身鲜甜的味道，让三人

流连忘返，当他们再去拿时，发现已经没了。阿兵失望地说："强哥，早知道咱们一进来就先吃刺身了。"

阿强擦着嘴说："非也非也，空腹吃生冷的食物，第二天你一定会变成一名'喷射战士'，到时候还得吃药看医生，得不偿失啊！"

听罢，二人对阿强竖起了大拇指。阿兵问："你这套攻略太强了，那接下来咱们干啥呀？"

阿强笑着说："已经回本了，接下来就是自由反击战时间！"

"反击战？"

"没错，乘胜追击，走，吃冰激凌去！"阿强越说越兴奋，"那可是世界名牌冰激凌，专卖店里一个冰球都要三四十元，咱们也不多吃，一人吃两个，赚他一笔。"

三人吃完，捧着肚子，路都走不动了，摇摇晃晃地来到餐厅门口的凉亭里休息。等他们缓过劲儿来，已经很晚，阿虫突然意识到一个重要的问题："度假区专线只运行到晚上十点，现在都过了十几分钟了，我们怎么回去？"

"要么叫出租车吧。"阿兵拿出手机，正要约车，被阿强拦住了。阿强说："你知道这么晚打车回去要多少钱吗？吃大亏的！"

"那该怎么办？"

"不就是要过一个跨海大桥吗？不走公路，我们可以走水路啊！"阿强指着前方的码头，"船票一人才五元。"

二人听罢，再次竖起大拇指。阿虫说："你永远是我们的强哥，走，坐船回去！"

不一会儿，三人已经坐在了回家的轮船上。

夜里海风大，轮船在海上上下颠簸着，阿虫感觉有点不对劲，他虎着脸、翻着眼看向阿强："强哥，我好像有点晕船。"

阿强没吱声，用手捂着嘴，嘟囔道："阿兵，你怎么样？"

"强哥，我也晕船，我快不行了，我要……"话还没说完，只听"哇"的一声，阿兵嘴里喷出一股暖流，直接喷到了阿强的脸上。腥酸的气味让阿强再也忍不住了，他连忙扶住船舷，伸头吐向了大海……兄弟三人在船舷站成一排，把晚上吃的东西吐了个干干净净。

船到岸了，三人站在岸边，摸着空空的肚子，望着海峡对面灯火辉煌的自助餐厅，不知是该哭还是该笑……

（发稿编辑：曹晴雯）
（题图、插图：陆小弟）

张传江在益民菜市 33 号摊位卖猪肉，每天天不亮就得忙活。儿子小乐今年十岁，放暑假了，他睡醒后便到父亲摊位旁写作业。

这天是周五，上午十点钟，小乐在少年宫有堂围棋课。九点半，张传江提醒儿子："把电话手表戴好，该去上课了。"

一转眼到了十点。张传江纳闷了，儿子今天怎么没打电话给自己报平安？他拨打了儿子的手表，没人接。张传江打开手机，想看看儿子的手表定位，他吃惊地发现，手表定位根本不在少年宫，而是在菜市场一公里外的地方。

小乐这是去了哪里啊？张传江急了，一个劲地拨打小乐的手表。

终于有人接了，电话那边传来一个苍老的声音："喂……你是谁？"

张传江觉得这声音有点熟悉，他顾不上多想，质问道："你是谁呀？这是我儿子的电话手表，怎么到了你的手上？他在哪？"

"你儿子是谁？手表是我捡的呀！"张传江听对方语气，不像是坏人，松了一口气。儿子粗心大意，一定是把手表弄丢了。

对方在电话里说："那我把手表送过来吧。"

张传江正愁脱不开身去取呢，马上说："麻烦您了，请把它送到益民菜市 33 号摊位。"

挂了电话，张传江赶紧给少年

电话手表　□ 任黎明

宫老师打电话询问，老师说小乐正在教室里上课，张传江这才彻底放心。

过了好久，张传江还是没等到来送手表的人。他打开软件看看定位，发现那个人根本没往这边赶，反而离菜市场越来越远。

兴许他有什么事要先办？张传江想。又过了好久，他掏出手机再看，对方定位显示在两公里外。他皱了皱眉，拨通了电话："喂，您好！请问您什么时候能帮我把电话手表送过来？我这边是益民菜市33号摊位。"

对方爽快地答道："忘不了！"

这声"忘不了"，让张传江突然想起来了，为什么听这声音熟悉，对方是上午那个买肉不付钱的老人！今天上午，有个老爷子来买肉，肉挑完了，他没付钱就想溜，被张传江拦住了。老人当时还狡辩，说什么"忘不了，肯定付过了"。是儿子小乐站出来，给了老人一个台阶下："爷爷，我看您把钱摸出来，接着您问我现在几点，问完，又把钱放回兜里了，您一定是忘了，对吧？"老人这才不情不愿地把钱摸出来，给了张传江。

张传江恍然大悟：老爷子显然是从"益民菜市33号摊位"这个地址，得知电话手表就是小乐的。他嘴里答应，却迟迟不行动，完全是在对早上的事"报复"呀！

张传江心里不舒坦，手表怎么就让他给捡到了呢？张传江想，儿子不能没有手表，一咬牙，说："大爷，拜托您尽快帮我送来，我必有重谢。"老人答应了。

老人还没来，小乐倒是先回来了。"小乐，你怎么把电话手表弄丢了？"张传江问，"爸爸已经跟捡到手表的人联系了，他竟然是早上那个买肉不付钱的老头！"

"爸，老爷爷现在在哪里啊？他早上是忘了付钱。"小乐纠正道。

张传江"哼"了一声。小孩子太纯洁了，哪看得透这世界上阴暗的人心？他怕小乐吃亏，就把老人答应送手表、却拖延时间不送来的事跟他讲了。末了，张传江指着手机最新定位，说："你看，我一说必有重谢，他就径直往菜市场来了。这种人唯利是图，你还相信他是真忘了付钱？"

小乐看了父亲一眼，说："爸爸，老爷爷不是那样的人……"

张传江没听小乐后面在说什么，他一抬眼，看见一位民警带着上午那个老人，朝自己摊位上走过来，老人手里还提着那块肉。

"老爷爷！"小乐高兴地喊。

老人看看张传江，又看看小乐，赶紧从衣兜里掏出了电话手表。

"手表是你的吧，还给你。"老人摸了摸小乐的头，转身想走，又一拍脑袋说："哦，忘了！"张传江以为他开口要酬金，老人却把手里的肉往案上一放，从包里掏出一沓钱，抽出三十块递给张传江，笑吟吟地说："我忘了付肉钱。"

张传江愣住了，说："上午您付过了。"

小乐撇撇嘴。一旁的民警走过来，告诉张传江，他在凤凰路执勤，看见老人一直在路口打转，猜想迷了路，便上前询问。没想到，老人啥也不记得，只反复念叨"益民菜市33号摊位"，民警以为这里有老人的家，便把他送了过来。

小乐说："我的电话手表没丢，是我偷偷塞进老爷爷口袋里的，我怕他走丢……"

原来，上午小乐去等公交车，看见老人站在路口发愣。小乐想，老爷爷怎么还在这里？他上前问老人要去哪，老人挠挠头，茫然地说："我想想。"到少年宫的公交车来了，小乐要去上课，他看出老人不对劲，担心他走丢，便把自己的电话手表悄悄塞进了他的衣兜里。小乐想，

放学后可以用爸爸的手机联系老爷爷，如果真的走丢了，可以根据定位找到他。如果老爷爷到家了，他便自己去取回手表。

听了小乐的话，民警对他伸出了大拇指："真是个好孩子！"

民警联系了所里，巧了，老人的家人正在所里报案呢。老人得了阿尔茨海默病，家人怕他走丢，没空陪他时便把他关在家里，谁知道他今天自己出来了。

老人的家离菜市场不远，民警让他在33号摊位等家人。张传江让小乐看好老人，说要出去一下。

小乐问："爸爸，你去哪里？"

"爸爸之前说了要重谢他，我去给他买个礼物。"

"你给他买这个。"小乐指指自己手腕上的电话手表。

张传江笑着点点头，说："嘿嘿，咱父子俩想到一块儿去了呢！"

（发稿编辑：陶云韫）

（题图：陶　健）

卖 狗 肾

□ 张功伟

小时候，家里条件不好。四年级那年的暑假，我打算靠捡蝉蜕到乡供销社卖钱，攒新学年的学费。

这天下午，丁星来找我一起去寻蝉蜕。丁星是我的同班同学，也是我的好朋友，得知我捡蝉蜕攒学费的计划后，他决定帮帮我。

我们俩从早上寻到晌午，才得了没几只蝉蜕，之前几天也都是这样。丁星见我无精打采的样子，就凑到我的耳根说："我们一起去供销社卖狗肾吧，顺便把你这几天捡的蝉蜕卖了。"我一听，警惕地问："你哪来的狗肾？"

狗肾就是公狗的生殖器，那时候，村里有杀狗卖狗肉的，会把剩下的狗肾风干，拿到供销社去卖，两块钱一个。

丁星神秘地一笑："你别管，我能搞到狗肾！"我一听这话，警惕性就更高了，连忙摆手说："犯错误的事情，我坚决不干！"

丁星支吾着："哎哟……就是我爸单位有个屠狗师傅，他不要狗肾，我爸就都捡回来了。"

后来，我经不住丁星的一番"花言巧语"，就答应跟他回去拿狗肾。

丁星家在我们村是名副其实的有钱人家，一家四口人，三个人挣钱，他爸爸在城里国有工厂上班，一月工资五十多块；他妈妈在生产队挣工分，年年结余；他哥哥在乡人武部任职，住在单身宿舍，很少回老家。

"小伟，你看这是不是狗肾，我没有骗你吧？"丁星拿出一个狗肾，在我眼前一晃，没等我看清，就往书包里装，催我快走，还说早点去，可以多和漂亮姐姐说说话。

提起漂亮姐姐，我立刻想起上一次看到她收狗肾的情景。

那天，我们背着蝉蜕走进供销社时，看到了漂亮姐姐如花一般立在柜台里面。漂亮姐姐数蝉蜕，那是一数一个准，不像原先那位已经退休的老营业员，糊里糊涂的，总是把我们的蝉蜕数少了。

不过老营业员收狗肾时特别认真，他总会手拿狗肾翻来覆去地看，生怕这狗肾没有晒干，还要用鼻子闻有没有异味、有没有腐烂变质。做完这些，他才会把狗肾扔到那堆有羊皮、狗皮的杂物筐里，接着，用抹布擦擦手，拿笔开票。

而漂亮姐姐收狗肾时，她指着别人要卖的狗肾，问是什么。那人一愣，说了一句："就是狗的那个。"漂亮姐姐听后，很快脸就红了，红得像朝霞。她赶紧请了另一位男营业员出来验收狗肾，然后依旧红着脸，埋头开票。

这次，我们跑到供销社，果然是漂亮姐姐守柜台。我把蝉蜕一股

脑儿地倒在木质柜台上，漂亮姐姐拿一支圆珠笔拨动着蝉蜕细细数着，末了，她报出数，问我对不对。她见我点头，就准备开票。

我想起丁星的狗肾还没有拿出来，连忙喊道："姐姐等一下，我们还有狗肾要卖。"

漂亮姐姐并没有停止书写，而是头也不抬地说："从今天开始，收购狗肾不用开票，你们把东西扔到筐里，我这边直接付钱。"丁星闻言，赶紧掏出狗肾，走过去轻轻地放到杂物筐里。

回来的路上，我一遍一遍地数着手里的钱，计算着距离攒齐学费还差多少。

后来，蝉蜕越来越难找，好多次我们都是空手而归。幸运的是，丁星总能让他爸爸带狗肾回来卖。直到有一天，我的学费竟然凑得差不多了。那天，我兴冲冲地跑到丁星家，准备把这个好消息告诉他，他却不在家。听丁妈妈说，他是去代销店打酱油了。接着，丁妈妈抱怨道："丁星一个暑假天天就知道玩泥巴，小伟，你去看看他的屋里，满满当当的泥塑都是他捏的呢！"我是知道丁星喜欢玩泥塑的，可当我走进他的小房间，一眼看到

墙角的木架子上那件正在阴干的作品时，我愣住了——狗肾？我上前看着那惟妙惟肖的泥塑狗肾，不由得想：莫非这么多天卖的狗肾，都是丁星用泥巴捏的？

等丁星打酱油回来，我直截了当地问他："你是不是用泥塑狗肾冒充真狗肾了？"丁星笑了笑，说："你都知道了？这还不是为了帮你攒学费嘛，谁让我俩是好朋友呢？"

我一听，急了："亏你还是我最要好的朋友！没想到你居然利用漂亮姐姐的害羞，骗、骗国家和集体的钱……丁星，你说我俩是不是都犯了罪？"

"这……"丁星好像也有些不确定了，"哎呀，反正我哥也知道这事，他同意我这么干，说有事他替我兜着。我哥还说了，我未来嫂子也特别支持我这么做。"

没想到他们家人居然这样糊涂，我气得撂下一句："我就是不上学，也不用这昧心钱！"

我转身就走，就听丁星在后面喊："那你真不上学啦？"

回到家，我立马取出积攒的那笔钱，躲在房间里数了又数，准备第二天去把钱还给漂亮姐姐。我想象着漂亮姐姐得知真相后，会报告警察，我和丁星就成了尽人皆知的骗子，这样，学校还能要我们吗？想到这里，我犹豫了，最后还是把钱放了回去……

开学前一天，在大堤上防汛的父亲并不知道我已攒齐了学费，还让人捎话给我，说等他回来，一定想办法帮我缴上学费。我当然没等，缴清了学费后，很快就投入到新一学期的学习生活中，早把卖假狗肾的事忘了个一干二净。

一周后，父亲在学校里找到我，问我学费是从哪里弄的。事已至此，我便一五一十地说了。父亲听了，急匆匆地走了。放学回到家，我没有见到父亲，还以为他去供销社退钱时被抓起来了。

还好晚上，父亲终于平安回来，他对我说："再见着丁星，一定要好好谢谢人家，特别是丁星的哥哥和他未来的嫂子。"

这话听得我一头雾水，谢谢他未来的嫂子？我连人家嫂子面都没见过。父亲说："你认识的。"

第二天上学见着丁星，我把父亲的话告诉了他，问他到底是怎么回事，丁星这才说出了实情。

丁星的哥哥和未来的嫂子，知道我家特别困难，就拿钱给丁星，让他帮我缴学费。丁星说我自尊心太强，肯定不会收，他哥哥就想出了让丁星捏泥狗肾去供销社卖的主意。而那个漂亮姐姐，就是丁星的未来嫂子，丁星一直没见过，也是事后才知道的。丁星说，漂亮姐姐上班后没多久，就已经跟着老营业员学会了验收狗肾，只有我们每次去卖泥狗肾时，她才会特地"配合演出"！

丁星说起这话的时候，乐得合

不拢嘴，我却鼻子一酸，哭了。

晚上到家，父亲跟我说了很多话，让我记着大家的好。丁星哥哥的钱，他已经还了，但这份情，将来要加倍还。

我听了，鼻子又一酸，不住地点头道："嗯，一定加倍还！"

（发稿编辑：丁娴瑶）

（题图、插图：豆 薇）

收生，即为产妇接生。旧时民间以此为业的人，被称为"稳婆"。下面这则故事，就是围绕一位不寻常的稳婆展开的……

奉天收生堂

□ 高伸武

突生变故

清朝顺治年间，奉天管辖下的锦州有个叫青姑的女子，开了一所收生堂。寻常稳婆收生全靠土法子，遇到难产时产妇婴儿只能看天活命，青姑却熟读《十产论》等医书，再加上熬制的独门汤药，屡屡化险为夷，遇到穷苦人家还舍药让产妇调理身体，在当地颇有声誉。

这晚风雨交加，青姑正在照看一位即将临盆的外地妇人，这时响起一阵急迫的敲门声。收生堂的一位老妈妈开了门，只见门口站着几名差役，身后有几匹快马和一驾马车。老妈妈问："官爷有何吩咐？"

一名差役说道："奉锦州知府梁大人之命，速让青姑往奉天走一趟，替魏夫人收生。即刻出发！"

那老妈妈不知轻重，说："这会儿青姑正在照看一位妇人，那妇人怕是就要临盆了。不知那位魏夫人发作了没有？可否再等等？"

"大胆！魏夫人可是奉天府尹魏大人的家眷，倘若有个闪失，你们担待得起吗？"说话的人叫林渊，他是奉天府尹魏知远的心腹。

这时，青姑来了，她朗声说道

"老妈妈不懂事，官爷们休怪。劳烦官爷们稍候片刻，容我收拾药箱，即刻跟随官爷们上路。"

青姑平日里收生，除了一位打杂的老妈妈，还有一位从旁协助她的"抱腰妈妈"，也是一等一的好手。青姑便将两位留下来照看那位外地妇人，她则独自前往奉天。

青姑将药箱先放上马车，自己再踩着脚踏上去。马车车夫一身蓑衣，帽子压得很低，头都没抬。这时林渊两腿一夹马肚，率先驰骋而去，众人急忙跟上，车夫也"驾"的一声，挥动鞭子赶路。

如此疾行十余里，前方出现一条岔路，往前一二里才能再度并入主路。林渊等人在前面打马疾驰，车夫却突然拐进岔路。青姑心下一沉，就见车夫猛地转身扑进马车，将一把匕首抵在她的脖颈间。青姑强装镇定地问："我与阁下有何冤仇，还请明示，让我死个明白！"

车夫气恼地说："我与你倒也无冤无仇，只是魏知远那狗官的孩子，不能活着来到这个世上！他夫人难产，他请遍奉天稳婆，个个束手无策，这是天要收了他的孩子！你这一去，岂不是要逆天而为？"

青姑知道，奉天是产粮重地，管辖内的官职是人人艳羡的肥缺，

锦州前任知府陈有道公正廉明，却被现任知府梁耀祖设计陷害，取而代之。梁耀祖贪婪苛刻，任职两年，百姓们怨声载道。恰逢奉天府尹调任，大家本盼望来个清官整顿整顿，不料这新任奉天府尹魏知远和梁耀祖师出同门，两人沆瀣一气，梁耀祖越发有恃无恐了。即便如此，她仍是又惊又怒，这车夫是什么人？要杀狗官便杀狗官，孩子是无辜的，如今不但要杀孩子，还要先除掉她这个稳婆，这是什么道理？不过她表面上不动声色，假意求饶："好汉此举是为民除害！魏夫人难产，纵然是神仙也难救她孩子性命，青姑学艺不精，定然救不了她，还请好汉饶我一命……"

车夫想了想，狠狠地说："那我就留你一命！你敢耍花招，我必然将收生堂里杀得一个不留！"

青姑一迭声地答应下来。

林渊等人见车夫走了另一条岔路，早已分为两队，前后包抄过来。车夫赶紧藏起匕首，连声道歉，只说他因为打瞌睡走岔了道。林渊一鞭子抽在他身上，喝问："现在还瞌睡吗？"车夫假意连声说"不敢了"，继续赶车前行。青姑想，看来要见机行事了。

生死博弈

一行人马不停蹄地赶到魏知远的官舍。青姑随下人来到内宅，远远就见地上跪着几个稳婆，魏知远正大发雷霆："没办法？你们身为稳婆，所做之事两命维系，生死攸关，理应殚精竭虑，穷极妇人产子救命之方，世上女子那么多，难道遇见这样的事都要白白送死？"青姑想不到魏知远竟有如此心胸和见解，她赶紧上前施礼。魏知远急忙说："不必多礼，快进去吧！"

青姑疾步走进屋内，只见魏夫人脸色苍白，头发已被汗水湿透。青姑揭起被子一看，倒吸一口凉气，难怪那几个稳婆说没办法，魏夫人是横产，孩子在腹内未顺生路，手脚先出，险象环生。魏夫人喘息着说："我生不动了，再耽搁下去只怕我们母子性命都不保。你助他出来吧，舍了我，不怕的……"

青姑心内五味杂陈：袖手旁观，看着一个活生生的孩子死掉，她真的做不到；可是如果她出手相救，那个车夫的话言犹在耳……

思来想去，青姑对魏夫人说："夫人，我可保全你和孩子，你信得过我吗？只是你要忍耐些，照我说的做。"魏夫人黯淡的眼里闪出一丝神采，用力地点头。青姑吩咐除桶盆器具，预备的参药、红糖、生姜、草纸等，还要一个绝对可靠的人熬制催生保命汤药。

魏夫人的贴身婢女领了这个要紧差事。青姑让魏夫人安然仰卧，她用热水温手后，双手缓缓推动胎儿，调整位置，如此数次，才使得胎儿头部朝下。这时汤药熬好了，婢女喂魏夫人服下。不久，魏夫人腰腹俱痛，不禁发出撕心裂肺的哭喊。魏知远在外听了，以为夫人遭了不测，正心急火燎时，一声婴儿的啼哭传了出来。婢女奔出门外，喜极而泣："老爷，母子平安！"

魏知远大喜。等青姑完成善后事宜，从产房出来，魏知远当即打赏，青姑却跪在地上，说："民妇不要赏金，我那收生堂里尚有几人，我为魏夫人收生，小公子落地之时，只怕就是那几人送命之日，请大人即刻派人驰援！"魏知远吃了一惊："此话怎讲？"

这时，林渊和几名差役押着一个男子过来了，正是那个车夫。林渊接话道："大人，此人名叫马武，顶替梁大人家的车夫混了进来，青姑所说之事，他最清楚。"

原来，林渊去请青姑为魏夫人收生，他带人赶到锦州，知府梁耀祖已提前备好带路的差役和所需的车马，这时车夫突然腹痛难忍，临时换了马武来赶车。林渊当时就起了疑，便暗中留神，当马武拐入岔道，他就断定马武有问题，所以一到奉天就扣押了他，只等魏夫人平安生产后，再交由魏知远审问。

魏知远沉声问马武："你不惜以收生堂几人性命胁迫，也要置我孩儿于死地，到底是何缘由？"

马武骂道："陈大人一心为民，却被梁耀祖构陷，蒙冤而死。陈夫人怀胎快足月了，孩子还是没了，

了你的孩子？"

"你在锦州闻名一方，必然不是见死不救之人。"魏知远笃定地说道，"本官定要好好酬谢！你既不愿要那些赏金，不妨说出一个心愿，我替你料理妥当就是。"

青姑急忙跪下说："民妇确有一个心愿……其实陈大人之子尚在人世。"此话一出，魏知远、林渊和马武都大吃一惊。原来当年陈大人蒙冤入狱，陈夫人也被收在监内。那时她怀胎近十月，突遭变故动了胎气，提前在监内临盆，给陈夫人收生的正是青姑。"陈夫人虽是早产，但脉象尚稳，孩子是能活的。只是流放路上异常艰辛，犯人常常中途就死了，这么小的婴儿哪有活下去的指望？陈夫人哀求我给孩子

找条活路，我就冒险以技法压住那孩子的穴位，造成假死的样子蒙骗众人，将他顺利带了出来。"

魏知远急忙问："那孩子呢？"

"为了掩人耳目，民妇将孩子寄养在一个亲戚家。魏大人，如果陈大人冤情得雪，请给这孩子安排个妥当的去处，好好读书，才不负陈大人满腹才学、报国之志。"

魏知远欣然允诺："放心，本官自会安排。这是为陈大人之子谋划的，你自己的心愿是什么？"

青姑鼓起勇气说："妇人产子如到鬼门关走一遭，交骨不开、产门不闭、血崩不止等，只要碰上一样就能要了命。民妇恳求大人破除成见，挑选奉天医术高明的郎中，共同制定应对救命之法，再传授给稳婆们，为世间女子多些保障！"

魏知远正有此意："好！就以奉天收生堂为首，办好此事。'不为良相，便为良医'，稳婆虽名在江湖，地位不尊，但若非精良妙手、菩萨心肠，又怎能担此重任？"

青姑听了，重重地点点头……

（发稿编辑：曹晴雯）

（题图、插图：刘为民）

朱家沟命案

□ 余新国

突发命案

金哀宗正大四年，诗人元好问任内乡县令。这天夜晚，朱家沟地保前来报案，说村内有人被害。

元好问带着仵作、衙役等一班人马来到了朱家沟村外的一个土坡上。只见一棵粗壮高大的槐树下，平放着一具尸体，尸体两边跪着一对五花大绑的男女，他们旁边还有一个大汉手拿棍棒看守。

死者是村民朱二立，跪着的是朱二立的妻子桂花和一个叫柱子的村民。地保说："大人，我带人路过，正好看到这对奸夫淫妇在行凶杀人！"

桂花和柱子连呼冤枉："冤枉啊！我们没有杀人！"

桂花禀告元好问，说自己与朱二立成婚数年，育有一子阿乐。五六年前，朱二立外出做生意，一直音信全无，村里很多人都说他死在外面了。昨天傍晚，朱二立突然回来了，但衣着破烂，蓬头垢面，桂花好不容易才认出是他。桂花连忙照顾朱二立梳洗，又吩咐阿乐去村头油坊买香油。朱二立离家后，桂花母子平时根本舍不得吃香油。香油买回，桂花做了一顿香喷喷的饭菜，阿乐吃得头也不抬，朱二立却看着妻儿流下泪来。这时他才告诉桂花，这些年做生意攒下一百两银子，准备回乡买房置地好好过日子。只是他担心自己一走数年，谁知道妻子还能不能守得住那个清贫的家呢？于是，朱二立从垃圾堆里捡了一身旧衣服穿上，又把装有百两纹银的包裹藏于村外一棵老槐树的树洞里。如今见桂花如此贤惠，妻儿这几年又过得如此凄苦，他不由得流下泪来。

桂花听后又气又喜，叮嘱丈夫赶快吃饭，吃完饭去把银子取回来，别让坏人偷走了。吃完饭，朱二立就去村外取银子，没想到这一去竟久久没有回来。桂花不放心，领着阿乐去寻，刚到村口，就看见大槐树上悬吊着一个人，走近一看，竟是朱二立。

桂花无法把朱二立弄下来，便让阿乐回村叫人帮忙。不一会儿，柱子跟着阿乐跑来，砍断绳子，放下朱二立，但人早已断气。桂花哭得死去活来，哭声惊动了村民，地保便带着几个男人奔了过来……

节外生枝

元好问听罢桂花的诉说，吩咐仵作先勘验尸体。死者朱二立面部惨白，舌尖外露，眼球突出，颈部有擦伤和缢沟，看起来的确是自缢身亡。但奇怪的是，自缢的绳子似乎短了一截。

桂花哭着说："我哭了一阵儿，忽然想起他是出村取银子的，可是摸了他的口袋，又掏了树洞，周围寻遍了也没见到银子，想来就是偷银子的人害死我丈夫的。"

听了桂花的陈述，元好问看向柱子，此人五大三粗，面色黝黑，是个老实巴交的农民。元好问厉声问："天黑人静，你本该卧床休息，怎么这么快就来到这里？"

柱子说，他要编筐故而没睡，听到阿乐呼救，他便立刻带着篾刀赶到，救下朱二立才发现人已经死了。桂花号啕大哭，他劝也劝不住，这时地保领着几个人冲了过来，说是他和桂花害了朱二立，不由分说就把他们捆了起来……

既然朱二立的确是自缢身亡，也没有桂花和柱子杀人的确凿证据，元好问便让二人先各自回家，叮嘱他们不能离开村子，随时听候传唤审问。

这几日，村里来了个青年货郎，摇着拨浪鼓给小孩换麦芽糖。货郎健谈爱笑，村里人都爱和他聊天，只是村口油坊老板朱怀旺讨厌他，也难怪，油坊本来就兼卖小百货，货郎这不是抢生意吗？

这天，几个小孩在路边骑竹马，用一根细麻绳作马鞭玩耍，货郎见了，便用几颗糖换下那绳子，然后问："这绳子哪里来的？"小孩们七嘴八舌地说是在柱子家窗后的杂物堆捡到的。

货郎来到柱子家，却发现大门紧锁。他跑了？难道朱二立真是他杀的，畏罪潜逃了？

就在这时，地保家人告到县衙，说地保也不见了，请求衙门派人找寻。元好问询问地保近日的行踪，地保家人交代："前些时日，他与桂花曾多次吵闹，后来便不再来往。

昨日有村民见到他和柱子在村口边走边说话。"

很快，村民们在后山的谷底发现了一具尸体，正是刚刚失踪的柱子。朱二立的命案还没破，居然又添了一桩命案，而且死的还是上一起命案的嫌疑人，而失踪的地保，他又去了哪里呢？

现场审问

第二天，元好问放出消息，说案子已破，就在村头那棵老槐树下开庭审案，请村民全数到场。

见人到齐，元好问向身后点头示意，一名年轻衙役便押上来一个人，竟是地保！那衙役看着也好生眼熟，正是那个货郎。

元好问从桌上拿起一根麻绳，问道："朱二立吊死那日，你为何要带走一截麻绳呢？"

地保跪地喊冤："大人明鉴，这吊死朱二立的绳子是在柱子家窗后发现的，怎能怪到我身上呢？"

元好问冷笑道："没错，这的确是村中孩童在柱子家窗后捡的，但你又是如何得知的呢？我看，这就是你故意丢在那里的吧！"

地保一听自己说漏嘴了，立刻抖如筛糠。元好问举起那根绳子，说："这是细麻绳，非常光滑，一点都不毛糙。柱子务农，闲时还要编筐，双手粗糙，这绳子若真是他日常所用，万不可能还这么光滑。普通村民多用价贱的粗麻绳，用得起细麻绳的恐怕没有几个人吧？"

围观的村民们开始议论："原来真是地保干的？""怪不得那一日看到他鬼鬼祟祟地跟着柱子上了后山……"

地保这时磕头如捣蒜："我招，我全都招……"

原来，地保一直垂涎桂花的美貌，朱二立外出后，地保多次上门骚扰，都被桂花骂了个狗血淋头，他为此一直怀恨在心。这次碰见桂花和柱子抱着朱二立的尸体痛哭，便硬说是桂花联合奸夫害死朱二立。后来见元好问并没有怀疑桂花和柱子，他便把那日在案发现场发现的绳子丢了一截在柱子家附近。

"小的想劝柱子逃跑，好坐实他畏罪潜逃的罪名，可柱子很倔，说他没做亏心事，不肯逃跑。他上后山砍柴，我一路劝说无果，便与他起了口角，争执中不小心把他推落了山崖……我又惊又怕，不敢回村，在去县城的路上，就被衙役们抓了。可朱二立真的不是我杀的，我也从没见过什么银子！"

元好问点头："仵作早已验明，朱二立的确是自缢身亡，但造成他自缢身亡的原因，则是百两纹银的失窃。所以，偷走银子的人，就是真正的杀人凶手！"

说到这里，元好问微微一笑："本县地小，市面难见大笔银两流通，倒也好查。"说罢，他又命人带上一个身穿绸缎长衫的胖男人。

胖男人说："小的是县城赌坊掌柜的，平常乡亲们去耍钱，最大赌注不过一二两银子，前些日子有个豪客，总是蒙面而来，出手阔绰，一天输赢能有一二十两纹银。只是他不肯说出真名实姓，听口音倒是本地人。"

蜘蛛告密

元好问听罢，指着树上的一片蛛网说："谁偷了银子，天知地知，这大槐树上的蜘蛛知。蜘蛛在槐树上结网捕虫，你们猜猜，蜘蛛想告诉我们什么秘密？"

朱家沟的村民们认为，蜘蛛的"蛛"跟"朱"谐音，所以蜘蛛跟朱姓有缘，是上天派来帮助朱家人的神物。村民们议论纷纷。元好问启发道："蛛，槐，网？"一个村民脱口而出："难道是朱怀旺？"

朱怀旺大惊失色，"扑通"一

声跪地："县太爷，小的经营油坊一向遵规守纪，正派做人，不会去做偷鸡摸狗之事。"

元好问微微一笑，举起一本账簿，说："赌坊的账本上有记录，每次那个豪赌的蒙面赌客来访，都是你的油坊关门歇业的日子。况且朱二立带着大笔银两回家的事，除了他的妻儿之外，只有你这个油坊老板知道。"

朱怀旺见纸包不住火了，只好"啪啪"给了自己两巴掌："我说，我说……"

朱怀旺生性好赌，虽然经营油坊，日子也过得颇为艰难。那晚，阿乐来买香油，朱怀旺想，这母子俩平时舍不得吃香油，为啥今晚来

买？阿乐如实讲了父亲回家的事。朱怀旺猜测朱二立必定是赚到了钱，不如找他借点银子来使。阿乐走后，他急忙关门，来到了朱二立家。正想敲门，忽听屋内朱二立说银子藏于老槐树的树洞里，他心生歹念，抢先偷走那一百两银子。而朱二立发现银子失窃，万念俱灰，便用系包裹的细麻绳上吊自尽了。朱怀旺得手后，怕被人发现身怀巨款，便几次蒙面去城里赌钱。

案件终于水落石出，而元好问用蜘蛛破案的事也被传为佳话。有人问元好问："大人真是通晓天机，竟能让蜘蛛告密吗？"

元好问哈哈大笑："本官哪有那个本事，只不过是善于观察、随机应变罢了……"

原来，元好问经过排查寻访，已经锁定了地保和朱怀旺这二人，只是证据不够充分，怕两人不肯认罪。因为了解到当地朱姓人对蜘蛛非常崇拜，元好问便想了个"蜘蛛告密"的法子，先从心理上震慑罪犯，这时再亮出证据，这样，就算是再狡猾的人也不敢不招认了。

（发稿编辑：孟文玉）

（题图、插图：谢　颖）

玩具大拯救

□ 宁莎鸥

最近，一年一度的全国玩具巡回展登陆云城，各大玩具品牌和圈内知名艺术家受邀参展。这次，活动现场还特设个人展位，玩家们可"晒"出私家珍藏，与"同道中人"切磋交流。如此盛会，让全城玩家都摩拳擦掌，跃跃欲试。

天乐就是个资深玩家。这次，女友好不容易给他预订到一个展位，到了关键时刻，展品却出现了问题……

这天，女友在天乐屋里帮着盘点参展的玩具，她看了一圈，突然兴师问罪道："我送你的那个'超声波'怎么不见了？"

这"超声波"可是热门IP"战神金刚"的人气主角，备受玩家追捧。女友送的那个还是限量版，全球才发售100个，放在本地可谓是独一无二。"超声波"是女友辛辛苦苦地从国外背回来的，无论是价格还是意义，都相当珍贵。这么一个稀罕物，要是摆在展位上，绝对能"艳压群芳"，可是坏就坏在它易主了。

天乐支支吾吾地解释，他有个表弟叫小杰，九岁半，妥妥的"熊孩子"，每回来家里玩，都找天乐蹭玩具。那天，这小子鬼使神差地看中了那个"超声波"。天乐当然不肯给，哪知道小子来了一出"一哭二闹三上吊"的戏码，就是不肯罢休。天乐妈本就觉得儿子玩物丧志，此时更是拉偏架，趁机数落天乐说："一把年纪跟小孩子争啥嘛！"然后她不由分说地把玩具塞到了小杰怀里。就这样，天乐被迫忍痛割爱，痛失珍宝。

女友听完，不乐意了："我都跟圈子里的朋友讲好了，要让他们大饱眼福的。我不管，你必须给我要回来！"

女王下旨了，还能怎么办？硬着头皮上呗！天乐知道，现在的孩子个个精明，不好忽悠。于是，他一咬牙，"祭"出了珍藏的绝版奥特曼。不是都说嘛，没有男孩子能拒绝奥特曼的魅力，以物换物总行了吧！哪想到小杰根本不屑一顾："你当我还是三岁小孩子吗？"

天乐心中忍不住吐槽：你才多大呀，装什么成熟啊！当然，他也没指望一蹴而就，于是又陆续拿出了宝可梦玩具、小猪佩奇玩具来谈判。小杰却油盐不进，头摇得跟拨浪鼓似的，说只要机器人，其他都不换。

这句话倒是启迪了天乐，机器人是吧？限量版"超声波"他只有一个，但普通版还有不少。两者只有配色、纹饰等区别，大差不差。他干脆大出血，找出两个，心想：我二换一总行了吧？

小杰却十分懂行："这两个太丑了，没'金甲'、没'花纹'、没'电眼'，我不换！"

唉，表弟这边走不通，女友那边也没法交代，怎么办呢？天乐一筹莫展。不过，再一想，表弟的拒绝倒给他指了一条路：他原本是个玩具改装高手，能改出各种想要的效果。既然限量版要不回来，那我把普通版改成限量版行不行？

说干就干。天乐找来一堆便宜的玩具练手，等手熟了便开始琢磨起"超声波"来。小杰看中限量版的那三个特点，也正是阻挠天乐的三个难点。

所谓"金甲"，就是限量版"超声波"那金色的涂装。天乐试了数十个版本的金漆，才调出了接近的色调。他用喷枪重涂了普通版的外壳，晾干后再比对，反复几次微调，直到肉眼看不出差别。而"花纹"呢，就是"超声波"胸前独有的纹章。天乐用画笔在纸上画了上百遍后，才在凹凸不平的玩具表面接近完美地还原了。最后剩下"电眼"，限量版的"超声波"眼睛是带灯泡的，可以发光。天乐小心翼翼地开模凿孔，装上电路组，固定好小灯泡，最后按下开关后，"超声波"顿时目光炯炯。

天乐妈见儿子废寝忘食，埋怨

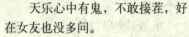

道："你这又是在折腾啥啊？"天乐完工后心情大好，笑道："妈，你不懂，我这是拯救爱情！"

当天乐装作不经意地让女友看到了仿版"超声波"时，女友果然惊呼道："你要回来了，怎么做到的？"天乐故作低调："那当然，山人自有妙计。"女友捧着玩具左看右看，不由得"咦"了一声："好像有点不一样……"

天乐心中有鬼，不敢接茬，好在女友也没多问。

周末，天乐的小姨——也就是小杰妈妈过生日，大摆家宴，天乐把女友也带去了。还没开饭，小杰刚好放学回家，进了自己房间一趟，出来后便开始发难："你们谁动我的机器人了？"

天乐小姨进房一看，出来息事宁人道："不是还放在那里吗？"

小杰却不依不饶："不对，机器人摆久了，桌上有印子，现在摆放的位置跟印子对不上。"

小杰开始针对天乐："哥，你该不会给我调包了吧？"

"怎么可能！"天乐立马否认，心里嘀咕：我倒是想啊！可从进门开始，七大姑八大姨盯着问女友的事，还没机会实施调包计划呢！为自证清白，天乐把衣裤口袋都翻了个底朝天，小杰这才作罢。

臭小子怎么对那个玩具那么上心，别人动一动位置，都这么敏感？天乐有意套了小杰几句话，明白了。原来小杰把玩具放到网上论坛，有网友出高价要买，把他乐坏了，从此把"超声波"看得比小猪储蓄罐还牢。天乐妈在边上一听，原来自己无意间送出个"大礼"，悔得脸都白了，但送出去的礼物泼出去的水，也不好改口要回。

紧接着，小杰又盯上了天乐的女友："他没拿，你呢？"

天乐心里一"咯噔"：刚才女

友从洗手间出来，似乎拐进过小杰的房间。她该不会发现小杰这儿还有一个"超声波"，从而对仿版那个起疑心了吧？

只见女友也学天乐的样子，把衣兜翻出来，小杰扫了一眼，又把目光定在了她的坤包上。

女友反问道："那么大个机器人，能装进我这小包里？"

小杰却不依不饶："我不管，你给我看看才行。"

"得得得……"女友掏出手机，然后把整个包都扔了过去，"正好我出去打个电话，你随意翻吧！"小杰接过包，翻了半天，抖落出口红、纸巾、钥匙等一堆杂物，并没有发现可疑物。

天乐不由得感慨，臭小子警惕性高，看来调包计划行不通了。

玩具展如期而至，天乐搬出了自己所有的好货，尤其是那个仿版"超声波"，成了展会的"香饽饽"。天乐心知是假的，也不敢多吹嘘，面对赞扬也直笑说"一般一般"。

展会进行到一半，来了一位豪客，走到天乐摊位前就挪不动步了，开价一万五千元，要买那个"超声波"。这个价格比市价贵了好几千，但天乐想都没想，拒绝了。对方以为出低了，又加价到两万元，天乐仍是连连摇头。

"有钱都不赚！"对方悻悻地走了，天乐只能苦笑。

没过多久，现场又骚动起来。原来不远处的另一个展位上也有一个一模一样的限量版"超声波"，豪客再次出高价要买，那位玩家可没犹豫，一口答应了。

豪客正准备转账，天乐女友走过去阻拦道："等一下，是真是假都不知道呢！"

大伙儿连同天乐都是一头雾水。女友解释说，她人肉从国外背回过一个正版，对这款玩具十分熟悉。豪客要买的这个看起来有些不对劲，恐怕是假的。

"你可别搞错了。"天乐压低声音道。女友解释说，这一款"超声波"，是全球限量发售。今天展会上，竟然同时出现在两位本地玩家的手里，这种情况概率不高。

"另外……"女友问天乐，"那个'超声波'，你不眼熟？"

天乐上前细看，突然一惊，又看看自己的"超声波"，然后一脸不可思议地盯着女友："你……"

女友这才承认，其实她早看出天乐给她的那个是仿版玩具。那天在小杰家，她的确先天乐一步，把小杰屋里的"超声波"调包了。

"你糊涂了，连'超声波'怎么玩都忘了？"

天乐恍然大悟，这战神金刚系列玩具的隐藏玩法就在于"变形"——"超声波"变形后正是一只手机。这一点，新手玩家小杰恐怕还不知道呢！当然，这变形"手机"和真手机还是不能比，稍稍细看就能发现破绽，所以女友当时借故出去打电话，才把小杰忽悠了。

天乐连忙将事情的原委向那位豪客解释了一番，豪客却将信将疑："你说假的就是假的？"

天乐一愣，好嘛，怪自己技术太好，仿版做得能以假乱真，现在都不好解释了。女友却说有办法，她找来一个电子秤，分别称了两个"超声波"。别家那个比天乐手里的正版重出200来克。女友说："可以查一下官网上的信息，看哪个更接近正版的重量。"天乐也补充道，因为做仿版时，他涂了好几层漆，还有组装的电路、灯泡等材料也与正版不一样，所以重量误差更大。

这一下，豪客终于相信了。天乐也跟那位玩家解释了事情经过，并表示会按价赔偿对方的损失。没想到那位豪客举起手机一顿操作，竟然还是确认转账了。只听他说："我还是按谈好的价钱，买这个玩具，哪怕它是仿版……"

那位玩家和天乐面面相觑，豪客又笑着对天乐说："或者你也可以理解为，我想'买'的是你。"

原来，豪客是一家知名玩具公司的老板，他对天乐改装玩具的技术大为赞赏，想高薪聘请他。天乐高兴坏了，他一直想做一名玩具设计师，看来这下，自己离梦想更进一步啦！他一手揽过女友，一手抱着"超声波"，笑得比谁都甜。

（发稿编辑：丁娴瑶）

（题图、插图：陶　健）

保罗·肯普雷科斯，美国专栏作家、编辑、记者，其作品想象大胆而不失严谨，代表作有《倒转地极》。本故事改编自其短篇小说。

神秘客户

诺亚从陆战队退役后，当了一名警察。他有一位美丽大方的未婚妻，可就在举行婚礼前，未婚妻不幸出车祸去世了。诺亚意志消沉，离开了警察局，整日以酒为伴。

　　过了一段时间，诺亚觉得不能再这样下去了，便来到常去的酒吧，想喝上一杯，考虑一下出路。

　　这时，一名漂亮的女子走到诺亚身边。她自我介绍叫卡拉迪，是一家大律所的合伙人，正在为一位客户寻找私家侦探，是诺亚以前的同事推荐了他。

　　诺亚问道："案子棘手吗？"

　　"很棘手，我的客户丢了一件东西，他想找回来。"

　　诺亚略加考虑就答应了她，这次业务也许能解了他的燃眉之急。

　　在路上，卡拉迪聊起了这位神秘的客户。他是一个收藏家，名叫拉斯金三世，祖上从事过劳务贸易、能源和制药生意，发了大财。诺亚不屑地笑了笑，这位女士说话可真委婉，这三种所谓的生意不就是奴

消失的
第六只秋沙鸭

隶贸易、捕鲸炼油、贩卖鸦片吗？

卡拉迪接着说："他现在主要致力于支援第三世界国家的建设。"

诺亚笑了："也就是贩卖枪支弹药，还有导弹。"

两人来到城郊的一个古堡，这里高墙矗立，守卫森严。按下门铃，一名灰白头发的管家带着两人到了会客室。他按下一个按钮，露出了后面的玻璃墙，墙内是一个巨大的房间，里面站着一个披着斗篷、幽灵一样的家伙。

诺亚问："这就是拉斯金吗？"

"嘘！"卡拉迪指了指头顶的摄像头，低声说，"这是他的贴身仆人杜德利。"

玻璃墙内的一扇门打开了，走出来一个光头男子，一脸凶相，他才是拉斯金。拉斯金说："我们的会谈必须隔着玻璃进行，望理解。"

原来，拉斯金患有罕见的家族遗传病，不能随意接触外界物品，哪怕是一点小小的细菌，都可能要了他的命。只有杜德利可以贴身服侍他，但也必须穿着厚厚的防护服。

谈起这次业务，拉斯金介绍说，他酷爱收藏，手头有一套珍贵的秋沙鸭雕塑，是著名雕刻家克罗威尔的杰作。这套秋沙鸭一共有六只，

遗憾的是，拉斯金只收集到其中五只，他好不容易才打听到第六只秋沙鸭在一个臭名昭著的骗子手里。

这个骗子名叫奥洛夫，他什么都骗，连儿童慈善基金的钱也不放过。拉斯金为了凑齐一套秋沙鸭，不得已和这个骗子做起了交易，最后商定，拉斯金花一百万美元买下这只秋沙鸭。没想到，交易还没达成，奥洛夫就被关进了监狱，他的豪宅也被查封，谁也没法进去。拉斯金本想派人偷走秋沙鸭，但就在他出手前，一场大火烧毁了奥洛夫的豪宅，那只秋沙鸭也不知所终了。

真假雕塑

诺亚明白了，拉斯金找自己来，是要找到那只秋沙鸭。他问："你怎么知道秋沙鸭没有被烧毁呢？"

拉斯金拍拍手，男仆杜德利拿出一个大号的纸板箱。打开箱子，里面是一只木雕秋沙鸭，惟妙惟肖。

拉斯金说："这就是那第六只秋沙鸭，不过是仿品。只有拥有真品的人，才能仿造得这么精细。"

诺亚想了想，说："这也有可能是在火灾发生前仿造的。"

拉斯金摇摇头："我查了仿品来源，它是最近由一家工艺品公司制作的，售价一百五十美元。有

人在杂志上登了广告，推销这些仿品。"

拉斯金说，他的人查到，有人在火灾发生后，拿着真品秋沙鸭找到了纽约的一家 3D 扫描公司，在那里，他们扫描了真品的数据，把它发送给一家工艺品公司，完成了仿品的雕刻制作。所有交易都通过网络完成，没有留下姓名地址。

诺亚问："你要我做什么？"

"找到造假的人，追回真正的秋沙鸭。"拉斯金答应事成之后给诺亚开一张支票，那是一个令人无法拒绝的数字。

拉斯金离开后，管家把装着仿品秋沙鸭的纸板箱交给诺亚，告诉他要小心保管，千万不要把仿品弄脏，等找到真的秋沙鸭后，就把它一起送回来。诺亚暗想：拉斯金真小气，一百多美元的东西都舍不得丢，事后还要亲自查验过才放心。

离开古堡，诺亚决定先到雕刻家克罗威尔的博物馆去看一看。卡拉迪交给他一份资料，是以前的调查员整理的，里面有博物馆的地址，就在不远的哈里奇小镇上。

博物馆是由克罗威尔的故居改建的，甚至保留了他家里的谷仓。馆里没有太贵重的物品，值钱的东西都在私人收藏家手中。谷仓门口

的一只秋沙鸭引起了诺亚的注意，它歪着头，梳理着羽毛，与拉斯金交给诺亚的那个仿品一模一样。

诺亚不动声色，向博物馆的女馆员打听起了这只秋沙鸭的来历。

女馆员说："那是莫菲先生捐赠的，是一件仿品，不值什么钱，我就把它放在谷仓门口了，这样能增加一点真实感。"

莫菲这个名字有点耳熟，对了，资料里写着，他是骗子奥洛夫的管家。奥洛夫进监狱后，莫菲可能是唯一接触过真品秋沙鸭的人。

诺亚决定去会会这个莫菲。他拜托以前警察局的同事查到了莫菲的地址，发现他就住在哈里奇小镇，真是巧了。更巧的是，他也在陆战队服过役。两人一见如故。

莫菲告诉诺亚，火灾的时候自己并不在场，等他听到消息赶过去，房子已被烧成了一片白地。奥洛夫有很多仇人，不知是谁放的火。没了管家的工作，莫菲就回到老家小镇。至于那只仿品秋沙鸭，是他从杂志上看到广告，专门买回来的。他是一个雕刻爱好者，真品秋沙鸭被烧毁后，他深感痛心，就从网上买了一个仿品，赠送给博物馆。

诺亚说："你送的秋沙鸭在博

物馆的谷仓看大门呢。"

"什么？"莫菲大吃一惊，他没想到自己的捐赠这么不受人待见。

水落石出

从莫菲家出来，诺亚抱着装有仿品的纸板箱去了邮局。资料上说，仿品秋沙鸭都是从哈里奇小镇寄出的，而莫菲就住在这里，这让诺亚产生了一个大胆的推测。

"我有些东西要寄。"诺亚向邮局的人指了指纸板箱，"我朋友莫菲在你们这里租过一个邮箱，寄了很多东西，他的费率是多少？"

邮局的人查了一下，说："哦，他来寄过几次箱子，就像你手里的这么大，他已经很久没来了。"

诺亚心里有了底，转身出了邮局。他给拉斯金打了个电话，跟他说了自己的推测——莫菲很可能就是制造仿品的人。拉斯金很感兴趣，他让诺亚不用管了，他的人会去处理。如果秋沙鸭的真品在莫菲手上，他会花钱买下它。

这一晚，诺亚睡得很踏实，他仿佛看见拉斯金的支票在向自己招手，自己很快就有钱还债了。

半夜里，诺亚被一阵电话铃声惊醒，是莫菲。他的声音含混不清，听上去很痛苦。诺亚放下电话，连忙驱车赶了过去。

莫菲躺在家里地板上，他的牙被人打掉了。看到诺亚，他用尽全力吐出两个字："谷仓……"接着就昏了过去。诺亚忙打了急救电话。看着莫菲被送上救护车，他心里充满自责，没想到拉斯金这么不择手段。

诺亚回到家的时候，拉斯金的男仆杜德利已经等在门口了，他是来拿回那只仿品秋沙鸭的。真正的秋沙鸭有了眉目，他们不再需要诺亚了。诺亚提到支票的事，换来的却是一阵嘲笑。杜德利说："真品的下落是莫菲自己招供的，和你有什么关系？凭什么给你酬劳？"

诺亚气坏了，忍不住动了手，可没过几招，他就被揍得昏了过去。

诺亚醒来的时候，杜德利已经不见了。他没有找到那只仿品秋沙鸭，诺亚睡觉前把它放在了床下。

诺亚抚摸着下巴上的伤口，想起了莫菲被打掉牙齿的惨状。莫菲昏倒前，还口齿不清地说着"谷仓"……突然，诺亚明白了一切！

他开车赶到博物馆，一辆黑色轿车停在外面，杜德利已经先一步到了！诺亚没有贸然行动，他知道自己不是杜德利的对手，只能智取。

诺亚给警察局打电话，告诉他们有人在盗窃博物馆的藏品，然后，他又联系了中情局的朋友，请他们查一查杜德利。结果出奇的顺利，杜德利是一个通缉犯，国际刑警一直在追捕他，没想到他在这里。

诺亚躲在暗处，看着警察赶到，抓住杜德利，把他送上了警车。拉斯金的律师神通广大，或许很快就能把杜德利保释出来，不过诺亚并不担心，中情局的朋友已经在路上，抓住杜德利可是大功一件，拉斯金的手伸不了那么长，他还管不了中情局。

回到家后，诺亚给拉斯金的管家打电话，说要把仿品寄回给他。

管家再三叮嘱，仿品一定要保持洁净，因为拉斯金会亲自查验，而他不能接触到外界的细菌。

诺亚放下电话，打开纸板箱，在秋沙鸭的肚子上抹了一些沙拉酱。他打算报复一下拉斯金，为了莫菲，为了自己到手又飞走的支票。

做完这一切，诺亚去了医院。莫菲的手术很成功，他已经能开口说话了。他不再隐瞒，说出了真情。

原来，莫菲一直是雕刻家克罗威尔的粉丝，真品秋沙鸭就是他拿走的，他只是不想看着它落入军火贩子拉斯金之手。至于仿品，则是奥洛夫欠了他的工资，他制作了用来抵扣损失。他只卖了几件仿品，凑够了被欠的工资就罢手了。

莫菲把真正的秋沙鸭送回了博物馆，却不敢说出实情。一件价值连城的艺术品，竟落得在谷仓看大门，也难怪他听说后会那么震惊。

两天后，诺亚接到了卡拉迪打来的电话。她说自己本想找拉斯金询问一下事情的进展，却联系不上他了。诺亚笑而不语，眼睛看向桌子上那瓶开了封的沙拉酱……

（编译：王立志）

（发稿编辑：吕 佳）

（题图：佐 夫）

阿婆的心事

这天，一位阿婆和几个街坊坐在院子门前晒太阳。路边一辆车里下来一个女子，抱着孩子向阿婆走来。孩子只有两三岁，在女子怀里哭闹不止。

女子告诉阿婆，她独自带孩子出门，没想到路上堵，车里又没吃的，孩子都要饿坏了。女子问阿婆："能不能给孩子一点吃的？"

阿婆笑了，点点头，转身进屋。不一会儿，她端出一碗水蒸蛋和一碗鸡蛋面。寒冷的天气里，这些东西看着就让人食欲大增。女子先喂孩子吃了水蒸蛋，自己又狼吞虎咽地吃完了鸡蛋面。

放下碗，女子想用手机转账给阿婆。阿婆连连摇头，一点点吃的而已，哪能要钱？

女子走后，阿婆接着晒太阳。她眉头微皱，似乎有心事。

一个街坊问阿婆："是不是疑心女子故意不想给钱？"

阿婆摆摆手："我常年饮食清淡，刚才按自己习惯放的盐，人家会不会觉得味道淡了？"

《菜根谭》有言："与人不求感恩，无怨便是德。"

阿婆这样的做法，才是真正的助人，真正的给予呀！

（作者：张君燕；推荐者：离萧天）

最好的童年礼物

春春小时候家境一般。一次，快过年了，母亲买了些卤肝，只给孩子切了一小盘解馋，剩下的都省着待客。春春常趁人不注意，悄悄去厨房掰一小块，迅速塞进嘴里。就这样，她天天偷吃一小块，不久就把卤肝吃得所剩无几。春春怕母亲责怪，赶紧用零花钱去市场买了块卤肝补了回去。

等春春长大参加工作后，每次回家，母亲都给她买卤肝吃，切一大盘子。一次，她不好意思地问："妈，您知道我小时候偷吃卤肝吗？"

"当然知道啦，卤肝上有你小手掰的痕迹，我一看就知道你又偷吃了。"

春春笑着说："您咋没说我？"

"说你干啥？平时也吃不着，我每次都特意多买一些。"母亲说，"有一年，你把卤肝吃得差不多了，还给我补了一块。"

原来，母亲什么都知道，她只是为了孩子的自尊，没有点破。

这时，春春又想起，小时候她总会在整理抽屉时找到几个五角硬币，找到后，她每次都会兴高采烈地拿着硬币去买饼干吃。她好奇地问了母亲，果然，硬币是母亲特意放进去的，为的是给孩子制造一些惊喜。

母亲照顾孩子的自尊心，还惦记着为孩子创造小惊喜。春春想，这就是一个母亲给孩子最好的童年礼物吧！

（作者：夏雪飞；推荐者：离萧天）

西班牙一家名叫缇特里纽的喜剧戏院，最近贴出了"免费进场"的告示。缇特里纽剧院免费开放几个月后，不仅没有出现亏损，收入反而节节攀升。原来，它推出了一种全新的收费模式——按观众的笑点收费。

按笑点收费

剧院在每个座椅的椅背上，安装了一个带有面部识别软件的平板电脑，再将电脑关联到一个系统。只要观众在观剧中发笑，这个平板电脑就会自动识别并记录下来。演出结束时，电脑会显现出相对应顾客的发笑次数。

收费细则是，观众观剧过程中每笑一次收 0.3 欧元。缴费上限是 24 欧元。

如此新奇的收费方式一公布，立即就吸引了许多人的眼球。有人想看看自己笑的极限是多少次；有人是因为情绪不好进去；有人则想，不笑就能免费看一次喜剧。

几个月下来，剧院观众量增加了 35%，剧院收入不减反增。

按笑点收费，既能引起观众的好奇心，吸引他们进入剧院，也能根据笑点的多少间接评估出喜剧质量如何。这样的经营方式，值得借鉴。

（作者：张珠容；推荐者：离萧天）

（本栏插图：陆小弟）

学写作文，从读故事开始

九尾狐

□ 吴卫华

明永乐年间，有个魏州人，叫魏子博，是当时的巨富。魏子博有一个叫如甘的女儿，容貌倾城倾国，却总是一副郁郁寡欢的神情。

这年，魏子博请来能工巧匠，用极品小叶紫檀木，给如甘打造了一张贵妃榻。贵妃榻又称美人榻，类似长凳，周身三面设有围栏，造型优雅，可坐可卧。

工匠们为精雕细镂好这张贵妃榻，用尽毕生所学。等如甘去看那张打磨好的紫檀木贵妃榻时，立时就被那紫气莹莹的原色、厚积薄发的精致征服了。尤其是围栏中间，

还纤毫毕现地雕镂着一只九尾狐：媚眼中带些戾气，皮毛光洁得在夜间都能闪出亮色，九条尾巴围绕着身体，像一圈如梦似幻的祥云。

如甘流露出欢喜的神情，她被那只九尾狐迷住了。

如甘日常深居简出，不去人多之处。七月十五盂兰节那天，魏子博为如甘早亡的母亲去寺庙斋僧，她不得不亲自随父亲去上香。如甘用面纱蒙住脸，小心翼翼地走在熙熙攘攘的人群中。一个挨着如甘走的妇人，突然盯着如甘，皱起鼻子大声说："什么味道，又腥又臊熏死人了。"如甘听后脸上骤红，急

步向前走去，脚步急切，脸上的面纱都掉落了。那妇人在后面指点着如甘跟旁人说："味道是从那位小姐身上散发出来的，别看她长得仙女似的，身上的味儿却像死猫烂狗一般。"一时惹得众人都看向如甘。

从寺院狼狈回到家，如甘倒在贵妃榻上号啕大哭。如甘总是郁郁寡欢，正是因为她有狐臭。魏子博听来偏方，说久闻紫檀的特殊香气，能治愈狐臭，便特意让人给如甘制作了一张紫檀木贵妃榻。

自此，如甘不肯走出闺房半步，日夜睡在贵妃榻上。围栏上雕镂的那只九尾狐，细长柔媚的眼睛日夜盯着如甘，如甘的精神日渐恍惚。街坊间开始流传，如甘睡的贵妃榻上有只活狐狸，还说如甘就是狐狸精，否则怎么会有狐臭味儿？

眼看着如甘精神错乱，魏子博遍请名医，却不见起效，无奈之下贴出告示，说不管是谁，只要能治疗好如甘的病，愿以半份家业相赠。

当初做贵妃榻的一个李姓木匠看到告示，去找魏子博，道出真心话："你不肯招待我们吃好的饭菜，现在倒肯拿出半份家业了？"

魏子博惊奇地反问李木匠："我招待你们的饭菜不好？"

李木匠说："师父觉得饭菜不好，一丁点儿肉块都没见到。"

魏子博叹口气，说："那是上好精肉糜做成的肉饼，哪会显出肉的形状来呢？"

听了这话，李木匠愣住了，他满脸羞愧，讷讷地说："小姐的病，我看是能治好的。"

李木匠让魏子博把贵妃榻围栏上的九尾狐木雕取下来，烧成灰烬，用清水调成膏，让如甘内服加体外涂抹。他说："什么时候把灰膏用完，什么时候病就好了。"

魏子博按李木匠说的去做，灰膏用完后，如甘的病果然好了，狐臭也消失了。在魏子博的追问下，李木匠道出了实情：李木匠的师父精通鲁班术，谁要是得罪了他，他就会利用秘术整治主家。如果他在斗角里放两只对着头的蟋蟀，这家夫妻就会一辈子吵架不休；或在夹墙里放一盏长明灯，这家人就会夜不能眠。

李木匠的师父在贵妃榻上雕镂出活灵活现的九尾狐，如甘受到了九尾狐的荼毒。但把九尾狐烧灰服用，不仅能治好如甘的蛊病，还能借紫檀殊异的香气治好狐臭呢。

（发稿编辑：陶云韫）

（题图：豆薇）

> 有句俗话说，"谈钱伤感情"。可有些时候，感情不得不和钱联系在一起。谈婚论嫁前，要不要出彩礼，要出多少彩礼，在当今社会，成了一个敏感话题……

谢鸣与何乐相恋两年，感情已水到渠成。两家人约在一家茶楼见面，商谈订婚的事。哪料到何乐爸爸一开口就说："我侄女订婚时，男方给了二十万元的彩礼。现在我女儿订婚嘛，我们不多要，你们也给二十万元吧。"

谢鸣和父母都惊着了，一家三口面面相觑。当地订婚，有男方给女方彩礼的习惯，不过就是买点首饰，花费两三万元。二十万元，确实太多了。

谢鸣爸爸结结巴巴地说："亲家，能不能少点，主要是我们现在……"

何乐爸爸不高兴了："比我侄女订婚时彩礼少，我在亲戚面前没面子。你要是嫌多，那大家再想想，订婚的事，以后再说吧。"

订婚的事就这样搁下了。何乐很不高兴地对男友说："这哪是订婚？这是做生意，讨价还价。爱情

玉酒盅 □方冠晴

败给了彩礼，没意思。"

何乐的话让谢鸣既尴尬又痛苦。不是他要讨价还价，实在是他家拿不出这么多钱来。他的父母都是农民，他在城里买房时，首付就掏光了父母所有的积蓄。谢鸣虽说是区环境监察大队的队长，但不贪不占，工资就那么多，每月还房贷都有压力。何乐家境好，一家都是城里人，爸爸当老师，妈妈当医生，他们当然不知道谢鸣的苦处。

谢鸣当然不希望爱情败给彩礼，他是真的爱何乐。可是二十万元，他到哪里去筹这笔钱呢？一连好多天，二十万元就像一座山，压得他喘不过气来。

这天晚上，谢鸣还在家里为钱的事犯愁，门铃响了。开门一看，是宏达皮具厂的叶老板。宏达皮具厂在谢鸣的监察大队监管范围内，上个月因为排污不达标，被谢鸣他们给查了，停产整顿。

叶老板还没等谢鸣反应过来，就从半开的门里硬挤进来，也不等人让座，自己在沙发上坐下来，从包里拿出一只朱红色的木盒子，很小心地摆在茶几上，赔着笑脸说："一点小意思，请队长笑纳。"

谢鸣有些生气。他不知道盒子里装的是什么，但无疑人家是来送礼的。他正色说："叶老板这是想害我犯错误？赶快将东西收起来，不然，我只能送客了。"

谢鸣义正词严，弄得叶老板有些尴尬，只得重新将那小木盒子装进包里，谦卑地说："我们厂停产整顿后，已经升级了污水处理系统，希望谢队长能让我们恢复生产。"

恢复生产并不是谢鸣一句话能说了算的，还得对厂家升级后的污水处理系统进行检测，看达不达标。谢鸣说明了这个情况，叶老板点头哈腰："那请队长帮帮忙，快点去我们厂检测吧，多拖一天就是一天的损失啊！"

谢鸣答应下来，送叶老板出门。等他返回客厅时，愣住了。那个朱红色的小木盒子躺在沙发的角落里。叶老板在与他说话的工夫，竟偷偷将木盒子留了下来，他居然没察觉到。谢鸣拿上小木盒子出门去追，人家早就没影儿了。

谢鸣忍不住好奇，还是打开了木盒子。盒子里一块红绒布裹着一只小酒盅，那酒盅晶莹剔透，竟是玉器。盒子里还有一张拍卖行的证书，证明这是明代玉酒盅，以三十二万元的价格竞拍成交。

三十二万元？看着手里的证

书，再看看盒子里的玉酒盅，谢鸣的目光直了。

这天，谢鸣翻来覆去了一个晚上，睡不着。他迫切需要二十万元钱，这个玉酒盅价值三十二万元，就算便宜出手，二十万元还是卖得到的吧。那么，他与何乐的订婚礼，就成了。

但想到这，谢鸣的眼前就浮现出环境监察大队上一任队长戴着手铐、从办公室里被带走的模样，他吓得连连摇头。

第二天，谢鸣带着队员和技术部门的人一起去了宏达。趁着技术人员在给升级后的污水处理系统做检测，他去了老板办公室，将东西还给了叶老板。

宏达升级后的污水处理系统还不错，经过检测，各项指标都达标。两天后，监察大队给宏达下达了解除整顿恢复生产的通知。

自从订婚的事被搁下来后，何乐一直在跟谢鸣闹情绪。谢鸣想缓和两个人的关系，便约何乐晚上来家里吃饭。他特意买了花，熄了灯，点了蜡烛，整得很浪漫。眼瞧着女朋友的脸色由阴转晴，谁不识趣地在这时摁响

了门铃。谢鸣有些不情愿，但还是去开了门，居然又是叶老板。

人家又硬挤进门来，看到屋内的烛光和氛围，知道来得不是时候，一边说着"打扰了打扰了"，一边从包里掏出那只朱红色的盒子放在茶几上，转身就往外走。

一看到那只盒子，谢鸣气不打一处来，一把拽住叶老板胳膊，要他将东西拿走。叶老板点头哈腰："因为你的帮助，我们厂恢复生产了，我就是来表示一下感谢。"

谢鸣郑重地说："你们厂停业整顿也好，恢复生产也好，我都是照章办事，这里面没有什么帮助不

帮助的事，所以，也就不存在感谢。东西你拿走。"

两个人在推拉的过程中，何乐已经好奇地打开了那只盒子，她看到盒子里的酒盅和证书，目光都直了。她让叶老板在沙发上就座，转身将谢鸣拉进房间，关上门，压抑着兴奋的声音，问："三十多万元的东西，你干吗要人家拿走？你是不想与我订婚吗？"

谢鸣哭笑不得："这是受贿，是犯法的，你懂吗？"

何乐微微摇头："但我觉得没风险，你帮了人家。听人说，拿钱办了事就没风险，拿了钱不办事才有风险。"

"我根本没帮人家，我是照章办事。"

"但人家认为你帮了他呀，他这么认为，自然不会向外说。有些东西是收不得，但这个，我觉得，收得。"

谢鸣没料到何乐会这样，他失望地说："我的上一任进去了，你知道我去探望他时他怎么跟我说的吗？他说，贪念只要开了头就收不住，有了第一次，就会有第二次……"

何乐说："就收这一次，拿来做彩礼应个急。"

谢鸣坚决摇头。

何乐恼了："这么说，你就是不想与我订婚呗！"她一摔门，走了。

谢鸣望着何乐冲出门外，他想去追，但终究也没去追。他痛苦地用双手抹着脸，不知道该怎么办。他看到叶老板仍坐在客厅的沙发上，气不打一处来，都是这个家伙给闹的！他将那只朱红色的木盒子塞进叶老板怀里，大吼起来："拿上你的东西，滚！再来做这种下作的事，别怪我不客气！"他将叶老板轰了出去。

第二天，谢鸣给何乐打电话，希望见个面当面解释解释。何乐淡淡地说："要彩礼的是我爸，你晚上上我家，向我爸解释吧。"

这一整天，谢鸣忐忑不安，但事情终究还是要面对。

挨到晚上，谢鸣还是去了何家。敲开门，他愣住了，何乐的爸爸妈妈在家，他的爸爸妈妈也在，饭厅里摆着一桌丰盛的酒菜。

何乐一改先前的态度，笑吟吟地拉谢鸣入座。何爸爸举起酒杯，对谢鸣的爸爸妈妈说："喝了这杯酒，我们就是儿女亲家了。这顿饭，就算两个孩子的订婚宴。"

订婚宴？谢鸣蒙了，结结巴巴

地说："可是彩礼……"

何爸爸认真地说："我需要的彩礼，你已经给我了。"说着话，他从桌子底下拿出一只朱红色的木盒，打开盒子，那只晶莹剔透的玉酒盅赫然展现在大家面前。

谢鸣吓了一大跳："叶老板还真不死心，居然将礼物送到您这儿来了？"

何爸爸哈哈大笑："什么叶老板送来的礼物？这本来就是我的东西呀！"

"您的？"

"对呀，你所说的叶老板，他是我的学生。我只是委托他对你做了几次测试。都说有贪念的人当了官，那就是高危职业，我要将女儿交给你，当然得知道你高不高危，可不可靠。"

谢鸣好半天才转过弯来，他看向何乐，迟疑地问："你劝我收下这酒盅，也是在演戏？"

何乐笑起来："不然呢？你以为我是那么贪的人吗？我只是配合叶老板，给你创设一种贪官可能遇到的场景罢了。"

谢鸣后怕得直抚胸口，问："你们就不怕我真的将东西收下了？"

何爸爸说："收下了，就没有这个订婚宴了。"

"可您就损失了三十二万元呀。拿这么贵重的东西做测试，就不怕……"

"什么三十二万元！"何爸爸拿起玉酒盅放到谢鸣面前，"七十八元在地摊上买的，再花三元做了个假证书，总共八十一元。收下吧，给你的订婚彩礼！"

一屋子的人都哈哈大笑起来。谢鸣也笑了，他守住了底线，也就保住了爱情。

（发稿编辑：陶云韫）

（题图、插图：豆薇）

捐赠行为能反悔吗 □ 黄超鹏

刘某大学毕业后，开了一家公司。一次，他想参与市里的一个竞标项目，谁知还没投标，就被人挤了出去。他十分懊恼，找业内前辈陆某请教。

陆某在生意场上混迹多年，他安慰刘某道："你的实力和企业形象还没有被市场认可呢，其实，你可以做一些公益项目，有了曝光度和名气，生意自然就容易做啦！"

一语点醒梦中人，刘某打算在公益活动方面做文章。

不久，刚好是母校的百年校庆，刘某应邀回到学校演讲。发言到高潮时，刘某宣布向母校捐款100万元。捐赠仪式上，校方特地做了一块大大的"支票"模板，以便媒体拍摄、宣传。之后，刘某与校长也在现场签署了捐赠协议。

校庆活动结束后，刘某的捐赠义举经媒体报道，在社会上产生了巨大反响，赢得了在校师生和广大校友的大力称赞。很快，刘某预期中的"甜头"来了：由于这次的正面宣传，他的公司大大地提升了在业内的知名度。很多老板认为刘某的企业有实力，他本人又懂得感恩、有社会责任心，是个值得信赖的合作对象，纷纷表达了合作意向。

然而另一头，校方却迟迟没有收到刘某的捐款转账，校方基金会的负责人便联系刘某询问情况。一开始，刘某使用拖延计，今天拖明天，明天拖后天，不是说银行没开门，就说自己在外出差工作忙。后来他索性开始"哭穷"，说自己的公司遭遇经济危机，可能无法支付捐款。校方多方打听，得知刘某的公司不但没有遭遇危机，反而势头向上，发展得很好。

于是，校方基金会的负责人上门要求刘某兑现捐款承诺，刘某却说："本来就是作秀，你们还当真了，开公司不容易，反正我是不会捐的。"负责人怒道："你这种行为就是诈捐，欺骗学校，欺骗大众，名声你赚到了，义务却不履行，你是要负法律责任的！"

"过了桥，我就是神仙！"刘某耸耸肩，说道，"我又不欠你们的，捐款这种事，我愿意，就捐；我不愿意，还不能反悔了？"

刘某坚持不履行捐款承诺，母校基金会便把他告上了法庭。接到传票，刘某不以为意：天底下还有强制人捐款的法条吗？

让刘某万万没想到的是，官司输了，他被列为被执行人，被要求马上履行承诺。然而，他仍存有侥幸心理，继续拖延着不付款。后来，他被纳入失信被执行人名单，收到了限制消费令。不但如此，他的个人形象和企业形象也毁于一旦，合作方陆续撤销了合约。直到这时，刘某才后悔莫及，不得不缴付了之前承诺给母校的捐款。

律师点评：

故事涉及的一个法律问题，即捐赠行为是否具有撤销权利。根据法律规定，一般情况下，赠与人在赠与财产权利转移之前可以撤销赠与。但是，经过公证的赠与或者依法不得撤销的具有救灾、扶贫、助残等公益和道德义务性质的赠与合同不得随意撤销。此外，赠与人如有经济状况显著恶化、严重影响生产经营或家庭生活的，可以不履行赠与义务。故事中，刘某与校方的捐赠协议具有公益性质，不存在经营方面危机且完全有履行捐赠义务的能力，故刘某的行为有诈捐之嫌，作为受赠方的学校依法可向法院主张权利，要求刘某的公司承担捐赠义务。

（发稿编辑：丁娴瑶）

（题图：张恩卫）

58

不义之财不可取，挣得越多，祸患越大，最终往往自酿苦果、追悔莫及……

这钱不能挣

□ 姚国庆

1. 两口棺材

刘家村的后山坡上都是树林子，刘英伟家的那片林子里长着一棵老楠树。这天，刘英伟的爷爷对他说："我和二弟都老啦，你找人把楠木砍了，做两口棺材吧。记住，要一模一样的！"

刘英伟答应了。没多久，两口棺材就做好了，刷着黑漆，锃光瓦亮，又沉又稳。棺材抬回家，爷爷

仔细地检查起来，刘英伟的心却怦怦直跳，因为他清楚，这两口棺材只是外表一样，一口棺材是真材实料，而另一口是夹心的，楠木里灌着水泥。

为什么会这样呢？原来刘英伟为了钱，卖掉了一截楠木。那是一棵楠树中最好的一段，被一个商人看中，要出高价买下，刘英伟毫不犹豫就卖了。得来的钱，他给新婚妻子龚美珍买了一条金项链。

卖了那一截楠木，就只够打一口棺材了，好在刘英伟打听到有一种造假的棺材，外面用楠木薄板包裹，里头灌水泥。棺材做好，怎么敲，也听不出来有夹层。

爷爷当了一辈子木匠，刘英伟害怕会被他看出端倪来。好在爷爷

查看完，并没说什么，应该是没有分辨出来，刘英伟松了一口气。至于这两口棺材如何分配，刘英伟心里有数。他指挥着摆好棺材，说："爷爷，你的棺材给你放东头，二爷爷的棺材放西头，记住了。"

二爷爷是爷爷的亲弟弟，他小时候得过病，没钱医治，脑子烧坏了，智力如同七八岁的孩童。刘英伟觉得，二爷爷从没给家里做过什么贡献，把这口灌了水泥的棺材给他，无可厚非。你瞧，他围着自己的棺材又蹦又跳，懂个啥呢？

那口真正的楠木棺材，肯定是要留给爷爷的，爷爷为家里付出太多了。多少困难日子，都是靠爷爷的木匠手艺支撑下来的。刘英伟记得，自己小时候，别家的孩子饿得哇哇大哭，他却从未挨过饿；别家孩子的衣服补丁叠补丁，一穿好几年，可他年年过年都有新衣服。

刘英伟成年后，赶上改革开放的好时候，他租了村里的老谷场，办起厂子，生产麻绳、麻袋等，这第一笔启动资金也是爷爷赞助的。这些年，厂子的发展势头迅猛，带动了许多跟风的小厂，甚至带出了县里的麻产业。

刘英伟打定了主意，就叫人把棺材一东一西摆放进了棚屋。按照本地的规矩，棺材应该棺盖揭开、反扣着摆放，让棺材吹风，具有防虫蛀的效果。可是，二爷爷不让人家这么摆弄他的棺材，非让正放着不可，因为他要钻进去躺着，晚上睡觉都叫不回来。家里人怕他闹，只好由着他。他睡了好长一段时间棺材，直到天气凉了，在那里睡不住了，才回到床上。

棺材抬回来的第二年，爷爷因病去世了，全家都很悲痛。刘英伟亲自把爷爷放进东头那口真材实料的楠木棺材里。办完后事，一向嘻嘻哈哈没心没肺的二爷爷也好像明白了什么，他闷闷不乐，每天下午还"玩消失"。刘英伟找了好久，终于在爷爷的坟前找到了他，原来二爷爷经常一个人在爷爷的坟头枯坐。

刘英伟有些感慨。爷爷生前对二爷爷特别好，爷俩小时候，村里有些孩子爱欺负痴傻的二爷爷，每回爷爷都会站出来，狠狠地教训他们，爷爷脸上因此留下了大疤。二爷爷害怕理发，爷爷就亲自给他侍弄，理完了还领他到镜子前看，二爷爷每次都乐得手舞足蹈。年纪大了，他俩一起种菜，一起钓鱼……刘英伟想：二爷爷枯坐在坟前，一定是在想这些往事吧。

2. 旁门左道

爷爷去世后，刘英伟心情有些低落，朋友们见了，就拉他去喝酒。

这几个朋友和刘英伟是同行，也是开麻袋厂的。酒过三巡，大家纷纷诉起苦来，说今年梅雨格外厉害，库存的麻袋都霉烂了，加起来也是一笔不小的损失。其实，刘英伟的厂里也有这情况，但因为这段时间忙于办爷爷的后事，他还没顾得上处理。

这时，有个朋友就对刘英伟说："刘哥，你认识的人多，能不能帮忙想想办法？有的麻袋只是有了一点霉斑，报废实在太可惜了！"

刘英伟上心了。回去后他发动关系，不几天，有个叫邱白的朋友来找他。这人以前是个小商贩，名声不怎么好，总搞些旁门左道，比如把陈米做成油亮的精米，把旧衣服甚至死人穿过的衣服做成崭新的衣服，可是人家现在发达了，听说资产都快上亿了，门路也相当广。

邱白开门见山地说："你那些东西，我全要了。付款的，不是白要哦。"

邱白给出的价格是正常麻袋价的十分之一。刘英伟听后一口答应，毕竟本来是要丢掉的垃圾，现在能赚到钱，简直和白捡一样！

消息传出去后，不少同行找到刘英伟，拜托他帮忙出售霉烂的库存麻袋，刘英伟本来就爱交朋友，便来者不拒。不过他也有点纳闷，不管自己这里有多少货，那个邱白都能接下，他要这么多霉烂麻袋干吗呀？

妻子龚美珍提醒说："你可要小心啊，那个邱

白别是在干什么违法的事吧？"刘英伟说："放心，我有分寸的。"

刘英伟再次找到邱白，打听他要那些东西干什么，邱白却只是笑笑，不接话茬。刘英伟跟他套了一段时间近乎，天天请他吃饭、唱歌、洗桑拿，终于说服了他。

这天，邱白悄悄带刘英伟到了偏远的乡下，那里有个孤零零的厂房。厂房大门紧闭，邱白像特务似的敲门，长几下短几下，有人开了门上的小窗口，探出头来看，然后才开了门。

厂房里，霉烂麻袋堆积成山，工人们把这些麻袋浸入大桶里，桶里的液体发出刺鼻的味道。取出来的麻袋被放置到一旁的传送带上，传送进一台隆隆作响的机器里。等它们从机器另一头出来，竟发生了奇异的变化：那些霉烂麻袋全跟新的一样了。

刘英伟直呼神奇，邱白得意地说："现在请出我的黄金搭档，让他跟你讲讲。"

刘英伟这才知道邱白背后还有"搞技术"的。这人外号"黑眼镜"，总戴一副黑框眼镜，听说过去在大学里教化学。

"黑眼镜"说："很简单，用那桶里的药水洗一洗，再拿烘干机烘干，一切就搞定了。"

刘英伟开玩笑说："早知道这样，就不卖给你们了。""黑眼镜"却说："这些麻袋看上去是新的，其实内部纤维结构早被破坏了。"

刘英伟问："什么意思？"

"黑眼镜"说："说白了，就是样子货，嘿嘿……"

邱白打断他的话："行了，少说两句吧。"

刘英伟算是明白了，邱白还是在走他的老路啊，可他要把这些麻袋卖到什么地方去呢？就在这时，旁边的电话室有人走出来喊："邱老板，廖主任电话。"邱白跑着去了电话室。

趁这个机会，刘英伟想从"黑眼镜"身上套话。"黑眼镜"欲言又止："不能多说呀，要不然邱老板该怪罪我了。"刘英伟说："简单提示一下嘛。""黑眼镜"想了想，说："就跟这廖主任有关。"

"哪个廖主任？"

"就是现在跟邱老板打电话的廖主任呀！"

"他是干什么的？"

"黑眼镜"犹豫了一下，说："你打听到也没用。你就这么假设——假设这堆东西不是用在好事上，你

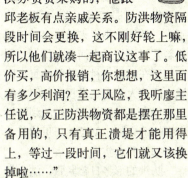

能把钱退回来、把东西拉回去吗？"

这时，邱白打完电话，从电话室走过来，刘英伟就不好再问了。

周六，刘英伟和朋友去钓鱼，居然又碰到了"黑眼镜"，"黑眼镜"也认出了他，朝他点头。钓了一个多小时，大家都没钓到什么好东西，刘英伟对朋友说："走走走，去私人养鱼场钓，那里鱼大，能把钓鱼竿拉弯，那才过瘾呢。"他又拉"黑眼镜"："我朋友的池子，咱们去了，钓多少得多少。""黑眼镜"抵挡不住诱惑，就跟刘英伟去了。那天，"黑眼镜"算是过足了瘾，钓了满满一桶鱼。后来，他们又相约钓了几次鱼，等刘英伟再问起那事，"黑眼镜"就不好意思不说了。

原来，那些麻袋竟然要装上沙子，被用作防洪的沙袋。"黑眼镜"

说："那个廖主任就是防洪办负责采购的，他跟邱老板有点亲戚关系。防洪物资隔段时间会更换，这不刚好轮上嘛，所以他们就凑一起商议这事了。低价买，高价报销，你想想，这里面有多少利润？至于风险，我听廖主任说，反正防洪物资都是摆在那里备用的，只有真正溃堤才能用得上，等过一段时间，它们就又该换掉啦……"

回去后，刘英伟做了一段时间思想斗争，妻子问起这事时，他几次想把实情告诉她，可是一想到要退钱，他心里就一万个不愿意。后来，他想起廖主任的话，觉得很有道理，只要不溃堤，防洪物资就是摆设。自己从小到大，见过几次溃堤？他对自己说，只此一次，以后坚决不做就是了。

不久，一件喜事更是让刘英伟把这事彻底抛到了脑后：妻子龚美珍怀孕了。

3. 洪水来了

龚美珍是小学老师，她怀孕三四个月了，还坚持每天去学

校。为这事，刘英伟没少苦恼。

转眼已是夏季，这年雨水特别多，滂沱大雨说来就来，一下就连着几天不停。大河进入汛期，刘英伟所在的刘家村是防洪的重点区域，因为大河在这里拐弯，河堤的压力很大。村里的男人轮流到河堤上搭帐篷守夜，刘英伟厂里的工人们也都轮着去防洪。

防洪的形势日益紧张，洪水都快涨得和河堤齐平了。县里的抗洪大会开得越来越密集，请来讲话的领导职位越来越高，河堤上也越来越忙碌。一辆辆卡车拉着解放军战士来了，拉防洪物资的车也一辆接一辆，河堤上东一垛西一垛地码着沙袋……

这天，刘英伟正在厂里值班，突然有人骑着摩托车冲进院子。刘英伟一看，是厂里派去防洪的工人。工人的嚷嚷声穿过嘈杂的机器声，传进刘英伟的耳里，他简直不敢相信："什么？决堤？"

等听明白后，刘英伟扯着嗓子喊上了："所有人员听着，立刻撤离！往西北方向撤，从那里上到坪上去……"

快速安排完厂子的事，刘英伟立刻骑上摩托车，往龚美珍的学校赶去。路上，他听到村里的广播响起来了，通知大家迅速撤离，生命为上，不要贪恋财物，家畜最好也不要管，在村小学上学的孩子不用去接，学校有专车拉，比自己带着更安全。

刘英伟到了学校，解放军的大卡车正一辆一辆有序地载着师生们离开。刘英伟看到学校门口站着教导主任，就走过去问："六年级的班主任龚老师在哪里？上车了没有？"教导主任看了他一眼，说："龚老师带着他们班最调皮的孩子家访去了。"

"家访？"刘英伟紧张起来，"往哪个村去了？我去找她。"

教导主任说："马家庄。他们已经去了两个多小时了，应该早到那边了，现在多半跟马家庄的人一起撤离了。"

刘英伟想了想，决定先回家安排一下，再去找妻子。

村子里一片紧张景象，反应快的已经上路了，反应慢的还在收拾东西，赶着牛、羊、猪……

刘英伟到了家门口，爹妈背着包裹，正在门口东张西望。刘英伟着急道："你们咋还不走？"

他爹说："你没看少个人吗？"

刘英伟一拍脑袋："哎呀，二

爷爷！他去哪儿了？"

"这不，今天是他生日嘛，他要吃烧鸡，要吃发糕，还要喝酒，就都买给他了，结果他抢了就走。后来我忙活起来，就不知道他去哪儿了。往常站后山坡一喊，他就回来的，今天死活喊不到他……"

刘英伟顿时头大如斗，想了想说："他该不会去爷爷坟上，醉在那里了吧？"

他妈说："哎哟！快去找他，那边离决口还近呢……"

刘英伟让爹妈先走，自己发动摩托车，朝坟地冲去。终于，他看到二爷爷的黑影矗立在那里。"二爷爷！"他用尽全身的力气呼喊，可是二爷爷一动不动，近了，他才发现这哪里是二爷爷，分明是一截腐烂的树桩，远看像是一个人站着。

刘英伟来不及喘口气，又骑上摩托，飞快地去了平时二爷爷常去的几个地方，却都没有看见人影。他知道不能再找了，就往坪上骑。

等骑到坪上，刘英伟已经筋疲力尽，汗水湿透了全身。坪是一片丘陵高地，洪水淹不到，附近几个村的人都撤离到了这里。刘英伟瘫坐在地，眼睁睁看着洪水把他的厂子、村庄、庄稼淹没。

嘈杂的人群挤过来了，刘英伟的爹妈也找了过来。刘英伟还没来得及说二爷爷的事，他妈就哭丧着脸说："英伟，马家庄那边没有美珍，那孩子也没回家……他们、他们怕是半路上让洪水淹啦……"

刘英伟脑子里轰的一声，顿时脸色惨白。

爹安慰刘英伟说："别急，美珍可能没和马家庄的人在一起，我们一会儿再在坪上找找她，这会儿太乱了。"停了一下，爹又问，"没找到你二爷爷？"

刘英伟摇摇头，突然，他想起了一件事，说："爹，我失误啦！"爹忙问："怎么了？"

刘英伟说："我还有个地方遗漏了，那口棺材！二爷爷喝了酒，会不会躺里面睡觉了？"

"哎哟！"爹一拍大腿，懊恼不已，怎么把这地方忘了呢！他想了想，说："没事没事，棺材能漂起来，哪怕你二爷爷睡着了，棺材也会带他漂到岸边的，放心。"

就在这时，刘英伟突然狠狠扇起了自己嘴巴，"啪啪"作响。他爹妈忙拉住他，问："你这是做什么呀？"

刘英伟说："爹，妈，我要害死二爷爷了呀！那棺材不是楠木的，里面灌着水泥！

那时、那时……为了钱，我卖了一截楠木，就只能打一口棺材了呀！真的楠木棺材埋了爷爷，剩下那口假的就留给了二爷爷……呜呜，它哪里能漂起来？"

"什么？！"爹一屁股坐在了地上……

4. 自酿苦果

傍晚，救援中心来搭帐篷，让村民们临时住宿，还放了几台电视机，好让大家了解抗洪情况。电视新闻里出现了大堤决口、战士抢险的画面，有眼尖的人叫起来："瞧出原因了吧？沙袋有问题！看，战士们往决口抛掷沙袋，十袋有九袋是破的，沙子都漏了，怎么抗洪？"

大家都看到了，纷纷嚷起来："对，防洪物资有大问题！"

这消息一传十，十传百，很快传开了。等传到刘英伟的帐篷，他"噌"地坐直了身子，那件在他脑海深处的事情一下冒了出来：那些被邱白买走的麻袋，是不是用来抗洪了？那个"黑眼镜"说麻袋的纤维结构早被破坏了，就是样子货……

"哎呀！"刘英伟大喊一声，"我要去死！"他掀开帐篷的门帘，疯了一样冲到黑暗中……

刘英伟的爹看到儿子的反常表现，立刻紧跟着冲出去，在刘英伟准备跳进洪水里的那一刻，拉住了他。刘英伟朝他爹大喊："别拉我，让我去死！"

他爹心痛地说："坚强点，美珍现在到底是什么情况，咱们还不清楚……"

"不，爹，你不知道……你就让我去死吧！"刘英伟哭着喊着要往洪水里奔。他爹突然狠狠给了他一巴掌，刘英伟捂着发烫的面颊，居然冷静了下来。

"到底是怎么回事？"爹听出了他的话外之音。刘英伟叹口气，说："爹，你想不到的，就连我自己也想不到，这一切竟然都是我造成的，老天一定是在惩罚我……"

刘英伟讲起了那些麻袋的事，他爹听得直摇头："你怎么这么糊涂？"他想了想又说："走吧，咱们去自首，这坪上就有派出所。"

"自首？我犯法啦？不不……"

"难道你还想让那些坏蛋继续逍遥法外？"

爷俩到了派出所，刘英伟哭哭啼啼地把情况简要一说，民警意识到问题的严重性，把值班的副所长

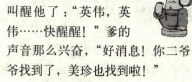

叫了来。副所长听后，又给上面打电话，回来后，他对刘英伟说："你能来自首，很好，给我们提供了重要信息。不瞒你说，其实我们也已经掌握了一定的情况，抢险官兵也都有情况报告上来。我们正在调查，相信事情很快会水落石出……"

刘英伟被留在派出所等待进一步调查。这一夜他无法入睡，第二天白天，又不停地有人来了解情况，直到傍晚，刘英伟才迷迷糊糊地睡着了。他做了一个奇怪的梦，梦里看到一口棺材漂在水面上，棺材里坐着二爷爷、龚美珍和一个孩子，他们在那里面蹦啊跳啊，朝他挥手……那一刻，刘英伟多高兴，他笑得流下了眼泪。

刘英伟不愿从美梦中醒来，无情的现实让他绝望，可是，爹来

叫醒他了："英伟，英伟……快醒醒！"爹的声音那么兴奋，"好消息！你二爷爷找到了，美珍也找到啦！"

刘英伟一骨碌坐起来，心怦怦乱跳："爹，你没开玩笑吧？"

爹笑得露出大牙："是真的！"刘英伟使劲掐自己的手臂，才知道不是在做梦。

爹说："你知道在哪儿找到他们的？"刘英伟摇头。爹说："棺材啊！他们都在那口棺材里！"

棺材，这是怎么回事？刘英伟蒙了，爹笑着说："你就是想破脑袋也想不明白的！"

5.失而复得

原来，洪水淹没村庄时，二爷爷的确睡在棺材里。等他酒醒了，发现棺材正带着自己在水面上漂啊漂。不知漂了多久，突然，棺材撞进一大片藤蔓里，暂时搁浅了。二爷爷抬头一看，才发现这哪是藤蔓啊，是一棵满是枝杈、奇形

怪状的大树，只是藤蔓缠住了大树的周身。而那棵大树上，居然就蹲着龚美珍和她的学生。事情为什么这么巧？其实有相当大的运气成分。

那天，班上那个最调皮的孩子太不像话了，一上午连犯三个错误：早上迟到、考试作弊、下课和同学打架。龚美珍忍无可忍，趁中午就带着他去家访。本来到他家也就半小时路程，可是这孩子中途逃跑了，他逃到一条干河沟里，龚美珍就跟着追，刚进干河沟，肚子突然痛起来："宝宝又踢我……"她捂着肚子，不得不坐在一块石头上休息。那孩子看到老师难受，自己又慢慢走回来，问老师怎么了。

龚美珍说："我肚子疼，要歇一会儿。"孩子就陪着她。歇了一会儿，龚美珍说："你给我拔个萝卜来吃，我一吃就好。"龚美珍之前也这么疼过，就是吃萝卜吃好的，那孩子就去找萝卜。这一片在两个村子之间，过去是烧砖取土的地方，周边既没有农田也没有人家，那孩子走了半小时才找到萝卜地，拔了两个萝卜回来。吃了萝卜，龚美珍让孩子走远点，她躲到小土坡后上了个厕所，肚子才不疼了。时间就是这么流逝的……

还得感谢龚美珍的直觉，洪水还没来时，空气中已有一股潮气扑来，人的耳里还有隐隐的轰鸣。龚美珍七岁时遇到过决堤，那时运气好，她爸爸在村里开拖拉机，把她抱上拖拉机一路飞驰。那一路上，空气的潮湿、耳里的轰鸣，刻进了她的记忆深处。这一刻，龚美珍的记忆被唤醒了。

她对那孩子喊："洪水要来了，快上树！"他们选了干河沟中最健壮、最容易爬的大树。刚爬上树，洪水就来了，那势不可挡的气势真是吓人，平常那么调皮大胆的孩子都吓哭了。龚美珍鼓励他："抱紧树干，别往下看，没事的。"

第一波洪水过后，水流气势小了，可是水位一直在慢慢上涨，两人就往上爬。好在那树的枝杈多，爬上去不太困难，不过龚美珍有一次在跨过一根枝条时，脚下还是打滑了，幸亏那孩子及时拉住了她，也亏了那孩子长得人高马大，有一膀子力气。

后来，他们就看到了那神奇的一幕——二爷爷"乘坐"着棺材来了。他们这位置也算主"航道"，树下正好有一片枝丫挂满藤蔓，棺材撞进来，暂时停靠住了。

那孩子先小心翼翼地进入棺材

里，发现浮力不错，后来龚美珍也在他的帮助下，下到棺材里。棺材给了他们一个可以待的空间，当天夜里和第二天整一天，他们都待在里面。棺材里还有吃的，二爷爷的烧鸡、发糕都被他拿到棺材里了。他们还用藤蔓对棺材进行加固，防止洪水冲跑它。龚美珍明白，棺材如果漂走，平衡就不好掌握了，一旦侧翻，那是相当危险的。二爷爷个头小，身子轻，能一路漂过来，本来就有运气的成分，现在棺材里有了三个人，就不敢冒这个险了。她相信，只要在这里等着，一定会

有人来救他们的。他们就这样熬着，直到救援船到来……

这些都是龚美珍被解救后告诉刘英伟的。刘英伟听得眼眶湿润，虽然此刻他身处派出所，但本以为已永远失去的亲人失而复得，他觉得这真是自己人生中最幸福的时刻！可他还是不明白，那灌了水泥的棺材为什么会漂起来呢？

刘英伟很聪明，很快他就想明白了，一定是爷爷当初就偷偷换了棺材。那时爷爷肯定看出来了，一副假的，一副真的，嘿，可是他不愿意责备自己，更不愿意把那口不好的棺材留给二爷爷。刘英伟找二爷爷一套话，果然如此，爷爷是趁自己不在家，找人悄悄搬动棺材，调换了位置。刘英伟不禁感叹，是爷爷的无私挽救了这个家庭，可是，想起那么多因洪水而受灾的不幸家庭，他又内疚不已……

不久，警方的侦破工作有了重大突破，不但直接参与犯罪的那几个人——邱白、廖主任等被抓，还拔出萝卜带出泥，牵出一窝大蛀虫来。他们即将受到审判，为自己的行为付出代价。

（发稿编辑：吕 佳）

（题图、插图：杨宏富）

古时候，民间认为"死无全尸"不吉利，便需要专人来缝补尸体，由此生出了一种特殊职业——缝尸匠，因其容易使人产生不良联想，故有了"二皮匠"这一代称。

二皮匠

□ 段生军

1. 拜师学艺

大宋至道年间，离定州府一百里远有个王家村，村里有个孩子叫王铁蛋。王铁蛋是他父母赶庙会时拾来的，可惜没过多久，他父母就双双早亡了。自此，王铁蛋无依无靠，在村里吃百家饭长大。

王铁蛋长到十岁时，一天，村里来了一个缝皮袄的皮匠。皮匠姓石，大家就叫他石皮匠。石皮匠在村子里缝皮袄时，王铁蛋就天天去给他打下手，顺便混点饭吃。

王铁蛋聪明伶俐，做事勤快，石皮匠叫他做的活儿都能很好地完成，尤其是在缝东西这件事上，好像有着特殊的天赋。石皮匠一直想收个徒弟，就跟村里人说，想收王铁蛋为徒。大伙一听，都替王铁蛋高兴，这下王铁蛋又有依靠啦！

就这样，王铁蛋拜了石皮匠为师。等石皮匠忙完了村里所有缝袄的活儿，就带着王铁蛋走了。

手艺人吃百家饭，走到哪里吃到哪里。王铁蛋跟着石皮匠走南闯北，一转眼就十八岁了。这些年，王铁蛋在石皮匠的细心教导下，习得了缝制皮袄的精髓，技术出神入化，已经是"青出于蓝胜于蓝"。

最近，王铁蛋听到一个传言，说他师傅石皮匠不仅会缝制皮袄，还会一种秘术——接头术。据说有次石皮匠到一个村里缝皮袄，撞见了一件不平事——有个农户家里养了一头耕牛，被村霸看上了。村霸抢而不得，一怒之下就砍了那牛的头。农户失了耕牛，眼看以后的日子更难过了，就大哭起来。这事发生时石皮匠也在场，他见那农户伤心欲绝，决定出手相救。他先劝退众人，接着用秘制神药在牛的头和脖颈处抹了抹，然后用平时缝制皮袄的针线，将牛的头和身子缝合起来。没过多久，那牛竟然活了！

这事传得神乎其神，王铁蛋分不清真假，石皮匠也并未多言。不过巧的是，这之后，只要碰到机会，石皮匠就会让王铁蛋把人家宰杀的牛、羊、猪的头缝到原来的身子上，练习手艺。王铁蛋胆小，一开始本不愿意学，可他又不想违背师傅的意思，只好凑合着学。谁知缝着缝着，他竟迷上了这个手艺。慢慢地，王铁蛋的缝合技术越来越高，那些由他缝合的牲畜的头颅，居然看不

出一点缝过的痕迹。

有一次，定州府地界上两方山匪交战，其中一方的匪首被另一方砍了脑袋。被砍了脑袋的那一方，其二当家找到石皮匠，请他去给匪首缝头颅。

虽说王铁蛋因为给牲畜缝头颅胆子大了不少，可现在听说要给人缝头颅，他还是吓得直哆嗦。石皮匠倒是很淡定，他不慌不忙地拿过缝制工具，叫上王铁蛋一起去了。

两人到时，那匪首被砍掉的头颅上血已经快干了。石皮匠小心翼翼地把匪首的头颅举起来，又把他的身体揽在怀里，然后对准位置，把头颅放在脖子上，开始缝合。不到半个时辰，石皮匠就把匪首的尸体缝好了。

话说这匪首和二当家是亲兄弟，当初两人是被迫落草为寇，但从未做过伤害老百姓的事。这次交战，也是为了反击，是不得已而为。二当家见哥哥身首异处，就想着给哥哥留个全尸。他找人打听能缝头颅的人，于是找到了石皮匠。现在，见哥哥"完整无缺"，他十分感激石皮匠。二当家给了石皮匠一笔银子，说："大恩不言谢！以后有用得着我的地方，尽管到鸡冠山来找我，我一定鼎力相助！"

王铁蛋想，看来这是一帮义匪啊，难怪还肯付银子呢！

跟着师傅走了这一遭，王铁蛋心中除了害怕，还有重重疑虑。回去后，石皮匠就告诉王铁蛋一个秘密："我除了缝皮袄，其实还是个'二皮匠'。以前没说，是担心你看不起我这个师傅……"

"二皮匠"其实不是什么皮匠，它是和刽子手配套的一种职业，负责把判了死刑、斩首后的犯人的头和身体缝合起来。王铁蛋以前听师傅说过一些二皮匠的事，他那时只当是故事呢。看来，此前的传言，说师傅会接头不假，但能让牲畜死而复生，怕是不太可能。后来，王铁蛋又陪师傅干过几次二皮匠的活儿，渐渐地，他倒也不怕了。

一日，石皮匠患上了疟疾，不能行走，王铁蛋就背着师傅四处求医问药。可石皮匠毕竟年纪大了，再加上一路颠簸，没多久，人就奄奄一息了。临终前，石皮匠对王铁蛋说："孩子，我不行了，以后的日子要靠你自己了。我教你的手艺，无论是缝皮袄还是缝头颅，一定要烂熟于心，说不定以后你能靠它吃上饭呢……还有，你要牢记，二皮匠只给受了冤屈的好人缝，不给恶

人缝……"说完，石皮匠示意王铁蛋打开自己的随身包裹，然后又断断续续地交代了一番。

王铁蛋早已泣不成声，他答应道："师傅，您放心，我定会牢记您的话，绝不让您的手艺失传！"

不久，石皮匠就走了。

王铁蛋将师傅安葬好后，就背上师傅留下的包裹和工具，独自踏上了谋生的道路。

2. 刑场相遇

石皮匠走的时候是冬天，这之后王铁蛋再也没接到过一次缝制皮袄的活儿。他想自己又变成孤苦之人了，今后该何去何从呢？王铁蛋隐约记得，小时候家在北方，加上那里天气冷，缝皮袄的活儿可能多一些，他便一路向北。经过一段时间的跋涉，终于来到定州府地界。

王铁蛋无钱住店，就找了一座破庙住下。白天去街上走走，看看有什么零活可以干。

这日，王铁蛋在街上晃悠，听到两个叫花子闲谈，说明天菜市口有犯人要行刑。其中一人感叹道："那个少年多冤枉啊……"说者无意，听者有心。王铁蛋一听，心想，明天我也去菜市口凑个热闹，没准

还有机会赚点碎银呢。

第二天，王铁蛋就背上工具，来到了菜市口。这时菜市口已被看热闹的人围得水泄不通，王铁蛋削尖了脑袋才挤进去。只见几个犯人被押在台上，一字排开，中间跪着一个白净帅气的少年。王铁蛋想，这就是叫花子口中那个少年吧。午时三刻一到，监斩官扔下令箭，刽子手就砍下了犯人的脑袋。

那个少年的脑袋落在地上打了几个滚，竟然立在地上，眼睛还眨了一眨，最后定在了那里。王铁蛋瞧了一眼，看少年似有几分眼熟。

监斩队伍一撤，犯人家属就一哄而上，开始收尸。这时，一对老夫妻边哭边扑到了那个少年的尸体旁，喊道："冤枉啊，我的儿！"

这对老夫妻看着年纪不小了，估计是老来得子。王铁蛋见他们哭得实在伤心，也忍不住掉下了眼泪。接着，他快步走到两人跟前，说："我可以帮你们把他的头和身子接起来，让他留个全尸。"老两口一听，立马要给王铁蛋磕头。

王铁蛋连忙拉起两人，然后拿出了针线。他捧起少年的头颅，又把少年的身体搂在怀里，接着他在少年的头和脖颈上抹了一层药膏，然后开始缝合。这时，少年竟睁开了眼睛，开口说："给我缝好一点，我是冤枉的。"

王铁蛋点了点头，淡定地说："你放心，我会给你缝好的。"

原来，石皮匠临终前告诉王铁蛋，传说他会接头术、能让牛死而复生一事不假。他随身包裹里有个陶罐，装的是祖传秘制药膏，可以迅速止血。如果及时在被砍的头颅和脖颈上抹上一层这药膏，再迅速将两者缝合起来，伤口就会快速愈合，死者就会神奇复生。不过这药膏有限，秘术也只可用在关键的人和物上，不能随意使用。这次，王铁蛋见少年是被冤枉的，其父母又实在伤心，便打算试试师傅传下的秘术，效力究竟如何，他也没底。

不久，经过王铁蛋的精心缝合，少年的头颅和身子又合为一体了。一时间，他分明看到少年的笑脸，还感受到少年的身体有了余温。王铁蛋想，这少年说不定还真会复活！接下来，他赶紧帮老两口把少年背回了家中。老两口要给王铁蛋辛苦钱，却被王铁蛋拒绝了。

这一切结束后，王铁蛋回到了破庙。当晚，他怎么都睡不着，眼前老是晃动着那个少年的影子。给少年缝合头颅的时候，王铁蛋又仔细瞧了少年的模样，他跟自己长得太像了，年龄似乎也差不多。

说起这个少年，确实是那对老夫妻好不容易得来的孩子。少年的父亲叫张万儒，原本是个富商，家境殷实，生意红火。遗憾的是，夫妻俩一直未有孩子，直到年过四十，才生下一对双胞胎。张万儒见大儿子的左屁股上有一块心形红色胎记，小儿子的右屁股上有一块像"如意"的棕色胎记，就给他们分别起名为"称心"和"如意"。

两个孩子从小就聪明，而且特别乖巧。六岁时，有次两人在离家不远处碰见一个问路的中年男人，请他们带路。两个孩子乐于助人，哥哥张称心让弟弟张如意回家告诉父母一声，自己则带着中年男人去寻路。谁知那中年男人是个人贩子，张称心这一去再也没有回来。

张家夫妇得知大儿子被人拐走后，动员了所有亲朋好友寻找，甚至还通过官府重金悬赏，却始终没有消息。张万儒从此无心做生意，整天东奔西跑地寻思着找儿子。

张称心找不到了，张如意就是张家夫妇的命根子。这之后，无论张如意走到哪里，两人都跟在后面，生怕再把他弄丢了。

张如意长大后，是定州府出了名的美男子。县衙师爷的女儿看上了张如意，一心要嫁给他。于是，师爷派人去做媒，却被张如意拒绝了。张如意知道，师爷一家行事蛮横，做了许多不光彩的事，他本就无意与师爷家结亲，更何况他早有了意中人，就是街对面一个贫苦人家的姑娘，两人早就心意相通。

师爷的女儿知道了这件事，到处说张如意的坏话。不仅如此，她还雇了一个浪荡公子去调戏那姑娘。恰巧那天，张如意和姑娘有约。张如意到的时候，看见那浪荡公子正在调戏自己的意中人，他忍无可忍，三下五除二就把那浪荡公子打趴下了。浪荡公子不服，爬起来又向张如意扑过去。张如意一闪一躲，浪荡公子扑了个空，一头撞在房中的桌角上，竟一命呜呼了。

浪荡公子的父亲就这么一个孩子，怎么会放了张如意？他找到师爷，两人谋划一番后，拿钱疏通了县太爷。县太爷不问青红皂白，就把张如意判了个斩立决……

3. 死而复生

这会儿，张家老两口看着儿子的尸体，边哭边入殓。忽然，张如意的眼睛微微地睁了睁。张万儒见

74

状，赶紧把儿子从棺材里抱出来，放在炕上。接着，他又拿来一条湿毛巾给儿子擦了擦脸，张如意的身体竟然微微动了动。就像王铁蛋猜测的那样，张如意起死回生了。

张万儒又去请了郎中，经过几天的医治，张如意逐渐清醒了。

张家老两口高兴之余，不忘四处打听王铁蛋的下落，说要好好感谢他。后来，他们终于在破庙里找到了王铁蛋。

一见到王铁蛋，张万儒就激动地说："贵人啊，你是我儿子的救命恩人！"说着，他就要跪下，被

王铁蛋拦住了。

张万儒又请王铁蛋到家中一叙，说要请他吃一顿答谢宴。王铁蛋点头同意了，他简单收拾了一下自己，就跟着张万儒去了。

来到张家，王铁蛋见到了死而复生的张如意，十分高兴。张家虽不如早些年那般富裕，但日子还算过得去。张万儒尽其所能，做了一顿丰盛的美食招待王铁蛋。

席间，张万儒问起了王铁蛋的身世，王铁蛋便实话实说了。张万儒听说王铁蛋小时候走失过，今天见他收拾干净的模样，又与张如意相似，心中不免有了一种猜测：莫非王铁蛋就是自家丢失多年的孩子？为了验证自己的想法，张万儒不停地给王铁蛋敬酒，说道："恩人，今日定要不醉不归！多亏了你，我儿才能死而复生……"

王铁蛋确实也高兴，就喝开了，没过多长时间就醉倒了。

张万儒趁王铁蛋酒醉，悄悄脱去王铁蛋的裤子，果然见他的左屁股上有一块大大的心形红色胎记。张万儒再也忍不住了，号啕大哭起来："儿啊，你让我找得好苦！"

张万儒赶紧将这消息告诉了老伴，两人喜极而泣。万万没想到，不仅被斩首的儿子死而复生，丢失

多年的儿子竟也找到了，这真是上天给他们的福报啊！

王铁蛋酒醒后，张万儒开口便叫道："儿啊，你是我的儿！你叫张称心，不叫王铁蛋……"

这可把王铁蛋整蒙了。还没容王铁蛋开口问，张万儒就把他丢失的过程和自己寻找他的经过讲了个一清二楚。张万儒猜测，王铁蛋是在被倒卖的过程中不慎丢失了，这才被王家村的养父母捡了去。

王铁蛋听完又惊又喜，他没想到自己竟然救了亲弟弟，还找到了失散多年的亲生父母。他赶紧跪下，连磕三个响头，说道："爹，娘，不孝儿给你们磕头了！"

老两口立马拉起王铁蛋，又是抱又是亲，一家人欢喜得不得了。

4. 再起风波

可惜，安稳日子还没有过上几天，麻烦又来了。

县衙师爷听说张如意不但死而复生，还找到了他失散多年的哥哥，可气坏了。师爷暗道："都怪张家那个走失回来的小皮匠！我得想个法子，整治整治他，不然以后还不定怎么在我头上撒尿拉屎呢！"

师爷苦思冥想了好几天，就是想不出一个完美的法子去刁难王铁蛋。就在这时，他父亲出事了。

师爷的父亲为富不仁，作恶多端，得罪了不少人，大家敢怒不敢言。那天，师爷在县衙，家里突然闯进贼人，抢劫财物。师爷的父亲爱财如命，哪容得别人抢劫自己的财物？他拼力反抗，在搏斗的过程中被贼人砍掉了脑袋。脑袋滚到地上，转了好几圈，好像还在看自己的财物被贼人抢去了多少。下人赶

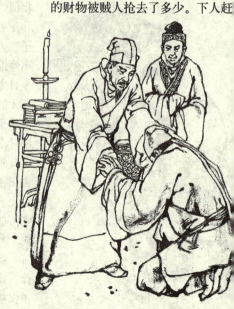

紧把老爷的脑袋拾起来，安在他的身体上，然后连忙去给师爷报信。

师爷知道后想，张家那小皮匠不正是干这事的吗？于是，他赶忙骑上马，领着下人直奔张家。

到了张家门口，师爷来不及等下人牵住马，就从马上往下跳。谁知一不小心跳到地上被马缰绳绊了一下，摔了个狗吃屎。师爷也顾不得颜面了，大声地朝里面喊："小皮匠，你给我出来，快跟我走，去把我父亲的头颅缝好！"

张家人听到喊声，赶忙迎了出来。王铁蛋见来人是求亲不成而让弟弟含冤入狱的师爷，还没有弄明白是怎么回事，就被师爷和他的下人连拎带抱地扶到了马背上。接着，下人打了马一鞭子，马立刻疾驰而去。师爷也上了一匹马，紧跟在王铁蛋后面，急匆匆地朝家里赶去。师爷一边气喘吁吁地驾马，一边絮絮叨叨地跟王铁蛋说他父亲被贼人砍了脑袋的事。下人们找张万儒拿了王铁蛋缝制头颅的家什后，就跟在马后面拼命地跑。

王铁蛋从师爷的叙述中知道了是怎么一回事，他突然想起了师傅跟自己说过的话——二皮匠缝合头颅，只给受了冤屈的好人缝，不给恶人缝。王铁蛋听父母亲说过弟弟

入狱的前后因果，也知道了师爷一家人的德行，现在，师爷请自己去给他作恶多端的父亲缝缝颅，如果不答应，师爷岂肯饶恕自己？如果答应下来，不就是助纣为虐，违背了师傅的遗言吗？这可怎么办？王铁蛋左右为难，忽然，他看见路边有个小孩倒骑着毛驴。王铁蛋灵机一动，计上心来。

等到了地方，师爷一家早就候在那里了。见王铁蛋来了，他们立马拥着他去了停放师爷父亲尸体的房间。师爷对王铁蛋说："你今天一定得把我父亲的头颅缝好，让他起死回生。否则，我就把你投进大牢，让县太爷判你个斩立决，立马送你去见阎王爷！"

王铁蛋笑了笑，答应道："师爷，你放心，我一定会把你父亲的头颅和身体接上的，至于能不能起死回生，我就不好说了。你们这么多人在这里，会影响我行事。现在请回避一下，我要开始动手了。"

师爷一听，立马让大家回避，只留王铁蛋一人在房内给父亲缝头颅。王铁蛋不紧不慢地从身边拿起药膏和缝制工具，像以往一样开始缝制。不过，他边动手边暗骂："我让你祖宗三代丢死人！"

大约半个时辰，王铁蛋就将师爷父亲的头颅和身体接在一起了，然后在他身上盖了一床被子。接着，王铁蛋朝门外大声喊道："师爷，你们进来吧。先把老爷抬上炕，再请郎中给老爷看看吧。"

听王铁蛋这么说，师爷先是吩咐下人去请郎中，然后领着家人从门外拥进房内，将父亲连着被子抬上了炕。

师爷摸摸父亲的身体，竟有了温度；再看头部，眼睛好像也眨了眨。师爷高兴极了，大声说："小皮匠，看在你救了我父亲的分上，我就饶你一家，你赶紧走吧！"

王铁蛋一听，头也不回地出了门。临到门前，他又掉回头，对着师爷一家说："你们现在千万不能动老爷的头，被子也别急着掀开，万一再受凉就不好了。"

师爷想，父亲已有了体温，眼睛也开始动了，这必定是起死回生了，于是就不耐烦地说："你快滚吧！别再啰唆了，免得我不高兴，再治你的罪。"

"行。师爷，后会有期！"王铁蛋说完，大踏步地走了。

一会儿，郎中来了。他诊治一番后，开了一些治伤口和补身体的方子便走了。师爷吩咐下人照办。

郎中走后，下人给老爷敷药、整理被子，突然发现他的身体有点奇怪，好像倒趴着。下人掀开被子想看个究竟，惊讶地发现，王铁蛋给老爷的头颅缝反了！大伙儿都惊呆了：这叫啥事啊！这还是个人吗？简直就是个怪物！

师爷明白过来后，气得咬牙切齿，大声喊道："这个该死的小皮匠，我一定要扒了他的皮！我不会让你张家好过的！"

再说王铁蛋从师爷家出来后，

边走边自言自语："给恶人缝合头颅是迫不得已，好在我想到了这惩恶的法子，也不算违背师傅的遗言了。这下可是出了一口恶气！"

5. 双喜临门

师爷的父亲被王铁蛋反缝了头颅，这事一下子传开了，大家都拍手称快。有个调皮的小孩说："这叫'张果老倒骑驴'。"村里人听了小孩说的话，觉得很解气，暗地里就叫师爷的父亲"倒骑驴"。

这事很快就传到了师爷的耳朵里，师爷越想越生气，就揣了些银两，去找县太爷告黑状。县太爷收了师爷的银两，又派人把张如意抓走了，仍然要判他死刑。

张如意被抓走后，张万儒愁得茶饭不思，不知如何是好。王铁蛋劝慰他爹说："爹，你别急，我来想办法。我要离家两天，出去找救兵。我保证，一定会把弟弟从县衙里救出来的。"

张万儒听了王铁蛋的话，虽是半信半疑，但还是点了点头。

王铁蛋出门后，张家老两口忐忑不安，时不时就去门口张望一下，看王铁蛋带回来救兵没有。

两天后的黄昏，王铁蛋终于回来了，可他仍是一个人，连个救兵的影子都不见。张万儒看这情形，觉得救小儿子是没戏了，一下子瘫在地上，老伴也伤心地大哭起来。

王铁蛋见了，拉起瘫在地上的爹，劝住号啕大哭的娘，说："爹、娘，你们不要哭了，也不要担忧弟弟。明天一早，县衙准会把弟弟给我们安全送回家的。"

老两口虽然不信，可也无他法，只能再等等看。

谁知第二天，还真如王铁蛋所说，果然有四个衙役，抬着张如意，把他送回来了。

张家老两口简直不敢相信这是真的，他们悬着的心终于放下了。张万儒这才想起来问王铁蛋："你到底是从哪里搬来的神兵天将，救了你的弟弟？"

王铁蛋倒了一碗茶，一边喝茶，一边讲起了事情的经过。

那天，王铁蛋出门，走了整整一天的路程，来到了鸡冠山。鸡冠山山高林密，不易上去。可是，对于王铁蛋来说，却易如反掌，他过去跟师傅来过这里几次。王铁蛋沿着山间的一条小道，一直往上爬。爬到半山腰的时候，王铁蛋被两个山匪给抓住了。王铁蛋没有反抗，任由两人把他抓起来捆住，蒙住眼睛，带到山顶匪首大王的面前。

一见匪首大王，王铁蛋就大声说："大王，我是石皮匠的徒弟王铁蛋啊！您不认识我了吗？"

大王一听"石皮匠"这三个字，立马让喽啰们给王铁蛋松了绑，上前一瞧，见来人确实是王铁蛋，赶紧拉过他，说："王铁蛋，果真是你啊！你遇到什么事了？尽管说来，本大王出面给你摆平！"

此人就是多年前找石皮匠给他哥哥缝头颅的二当家。当年料理完哥哥的后事，他就替代哥哥，成了匪首。王铁蛋那时陪师傅去缝头颅，虽说害怕得很，但也记得二当家许下的承诺。所以，这一次，当师爷找到县太爷、又来找张家麻烦的时候，王铁蛋就想到了他。

接下来，王铁蛋像竹筒倒豆子，把经历过的事都说了一遍。说到现在县太爷又把他弟弟张如意抓走了时，匪首大发雷霆，他把桌子一拍，说："兄弟，你先回去，明天本大王就去把这事给你摆平了！"

王铁蛋说了一堆感激的话，然后就打道回府了。

第二天，匪首领着一帮人，绑了县太爷的公子，恐吓说："如果再找张家的麻烦，我们就活剥了你家公子的皮！"

县太爷听后，魂都吓没了，哪还顾得上师爷的请求，立马答应放了张如意，派人将他送回了张家。

这事过去没几天，匪首托手下给王铁蛋带来一句话，说那天王铁蛋上山，他家大小姐看上了王铁蛋，一心要嫁给王铁蛋，问王铁蛋同不同意。

其实，那天王铁蛋和匪首坐在一起的时候，也对站在匪首旁边的大小姐一见倾心，只不过当时救人要紧，王铁蛋顾不上这份情义。

本以为这事不了了之了，没想到那大小姐也对自己有意，王铁蛋哪有不同意的道理，高兴还来不及呢！他当即答应了这桩婚事。

张家老两口听说后，比王铁蛋还要高兴。大儿子摆平了麻烦事不说，还意外带回来一个儿媳妇。

后来，张如意看上的那个姑娘家里也捎话来，说张如意死而复生，是富贵之命，加上两个年轻人本就情投意合，他们便也打算把女儿嫁过来。

一个月后，张家张灯结彩，两个儿子同时成亲，真可谓双喜临门！

（发稿编辑：曹晴雯）

（题图、插图：谢 颖）

·神探夏洛克·

哪道菜里有毒

夏洛克先生应邀参加了酒会，席间，一位中年男士给大家讲了一个故事：古罗马曾有一位皇帝，他很贪吃，经常举办盛大的宴会。结果在一次宴会上，他突然口吐鲜血倒地身亡。他是被一种剧毒的毒药毒死的。可是，这种毒药的味道很苦，下在任何菜里也掩盖不了苦味。那天宴会上首先上了烤羊排，接着是水果沙拉，然后是皇帝最爱的冰淇淋，过后又上了海鲜、烤饼和汤。

讲到这里，男士问大家："你们知道哪道菜里有毒吗？为什么皇帝没有尝出毒药的苦味呢？"

夏洛克微微一笑，把他的猜想告诉了大家。那么你猜到了吗？

超级视觉

仔细看，里面的方形在动！可它明明是静止的图片呀，为什么呢？你能告诉我吗？

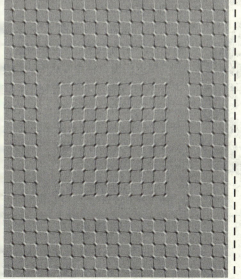

疯狂 QA

一只小狗被绳子拴在树干上，它想吃地上的一根骨头，但绳子不够长，差了 5 厘米。你能教小狗用什么办法抓着骨头吗？

- - - - - - - -

想知道答案吗？

1. 购买 2023 年 6 月下《故事会》。

2. 扫二维码：

动感地带，与您不见不散！

上期答案见本期 P23。

早点杀我

田桂凤与谭鑫培合演《宋江杀惜》。田桂凤自恃演技高超，扮阎婆惜表演前半段"坐楼"时，极力卖弄，即兴编排，使扮演宋江的谭鑫培手忙脚乱。谭鑫培央求田桂凤："念咱们二十年交情，给我留点面子。"田桂凤却我行我素。

戏演到"杀惜"，谭鑫培做出比平时多得多的身段，淋漓尽致地进行表演，就是不把阎婆惜杀死。田桂凤被晾在一旁，十分难堪。她想下台，只好向谭鑫培求饶："你早点杀我吧。"观众大笑。

（推荐者：王世全）

王安石儿子买房

北宋名臣王安石与司马光是"冤家"，两人政见不合。

王安石儿子准备买房，王安石再三嘱咐儿子："买靠近司马光家的房子。"儿子不解，问其原因，王安石回答："他家风优良，会对后辈产生好的影响。"尽管王安石一生与司马光政见不合，但他对司马光的品行还是非常认可的。

（张 希）

画商拜访启功

一个画商前去拜访启功，想得到一件墨宝。此人品行不佳，启功早有耳闻。

启功隔着门问画商："你来做什么？"画商回答："我来看您。"启功贴近门窗，将身体从不同角度展示给对方看，说："看完了，请回吧！"画商一脸尴尬："我给您带来一些礼物。"启功说："你到公园看熊猫还用带礼品吗？"画商听后，悄然无声地走了。

（推荐者：谁与争锋）

原璧归还

张大千母亲病危，让他拿《曹娥碑》帖来，想再看看。张大千惶恐至极，因为此宝已被他赌博输掉，早不知落于何人之手。

恰好叶恭绰来访，张大千述及《曹娥碑》，叶恭绰大笑："这个正在我手上。"张大千表示，愿重金购回。叶恭绰说："我一生爱好古人名迹，从不巧取豪夺，玩物而不丧志。这碑帖既是你祖传遗物，太夫人又在病笃之中，意欲一睹为快，也是人之常情。我愿原璧返还。"

(推荐者：王世全)

死了以后如何

叶衡罢相后回家，生了重病。朋友们来看望，大家不敢言笑，生怕刺激了叶衡。谁知叶衡突然问："我就快死了，也不知死了以后好不好？"一人答："想必极好。"叶衡很惊讶，问："如何得知？"那人道："假如死后不好，那些死了的人一定会逃回来。现在没有一人回来，证明是不错的。"

(路卫兵)

弘一大师的与众不同

一九三四年，弘一大师为闽南佛学院捐办了佛教养正院。开院典礼上，有人问他："请问您究竟在什么地方与众不同呢？"

大师说："我吃饭的时候专心吃饭，睡觉的时候从不做梦，每次都睡得安稳踏实。"

那人沉思良久，说："您是怎样做到这些的呢？"

大师说："放下，放下的时候就能安宁。"

(张达明)

真正的幕后高手

20世纪40年代初，正在戏曲学校教书的翁偶虹，前去拜访早已红遍上海滩的程砚秋。程砚秋没摆架子，热情地接待了对方，谈话间，他问："您看看《只尘谭》这本书上的这段百余字短文，是否有望编成一个戏？"

翁偶虹以这段百字资料为基础，精心设计了故事情节和剧中人物，仅用半个月，便写出了《锁麟囊》。后来演出大获成功，程砚秋特意将翁偶虹邀请上台，对场下观众谦逊地说："不是我的演出有多精彩，实在是《锁麟囊》这个本子写得好。站在我旁边的，就是创作了《锁麟囊》剧本的翁偶虹先生，他才是真正的幕后高手。"

(姚秦川)

(本栏插图：孙小片)

迟了一分钟

□ 上海兰田中学
夏 雨

刺耳的警笛声在耳旁响起，消防车闪烁着刺眼的红蓝光划破黑暗，车身如一条红龙般在街道中灵活穿梭。

坐在消防车里的他心神不宁，座位上仿佛有万根钢针。这是他第一次出火警，他望着手上硬邦邦的头盔，突然想起了远在家乡的母亲。他摸了摸挂在颈上的护身符，这是母亲寄给他的。

车猛地停住，一行人麻利地跳下车，立刻被眼前熊熊燃烧的商场惊呆了，夺目的火焰不断从破碎的窗户中蹿出，这绝不是一次简单的救援！他的手握得很紧，手上汗溶

溶的，不只是热，还因为心中的恐惧。

随着一声刺耳的哨声响起，救援开始了，但他还愣在原地，不知所措，像一只受惊的雏鸟。

"愣着干什么！"一声怒吼打断了他的思绪，是队长。队长狠狠瞪着他，像一头发怒的豹子。

他有些慌乱，还不等他反应过来，手里已经被塞了一根又粗又重的水带。

"一分钟也不能迟！"一声大吼又在耳旁响起。

他拖着水带向火场冲去，瘦小的身影在肆虐的大火前显得格外渺

小。一阵热浪扑面而来，他打开水枪，水向后的推力险些把他推倒，可喷出的水柱如同杯水车薪，毫不起效。

"啪！"传来一声响，他身后的卷帘门掉了下来，那是他唯一的退路。他慌忙退回到卷帘门前，蹲下身子，握住门把，竭力想打开门，可一切都是徒劳，门似乎被什么堵上了。他一下子瘫坐在地，感到前所未有的崩溃。

水带被卷帘门夹住了。火势越来越大，熊熊的火焰仿佛要吞没周围的一切。他四处看看，不远处有个装着灭火器材的箱子。他冲过去砸碎玻璃，取出灭火器，拉开保险栓，一捏把手，白色的粉末随即喷出。他随着喷雾奋勇向前冲去，杀开一条路。

"救救我！"撕心裂肺的哭喊声在他耳边响起。

"撤退！商场的天然气要爆炸了！"几乎同时，他的对讲机里传来了队长的喊声。

他踌躇了片刻，仅仅是片刻："一分钟也不能迟！"

他不顾脸上热辣辣的灼痛，冲到传出喊声的房间门前，用力推了推，门纹丝不动。他又退后几步，向前撞去。"咚！咚！咚！"一次

又一次撞击，门终于开了，他冲了进去，一对母女害怕地蜷缩在墙角。

"快撤退！快……"对讲机里，队长的话还没说完，就被他掐掉了。

他搀扶起母女，带她们往外走。楼上传来了一阵剧烈的震动……"啊！"一根钢筋插在了他的腿上，顿时鲜血如注。母女俩愣住了。

"快跑！不要管我……"他沙哑地喊道。

母女俩跟跟跄跄地往外跑去，卷帘门已被外面的消防员撬开，她们很快就被抬上了担架。

"他还在……里面……"那位母亲虚弱地说。

话音刚落，商场里传来震耳欲聋的爆炸声……

清晨，一位老太太颤颤巍巍地走到一座新的墓前，浑浊的眼泪在布满皱纹的脸上流淌着。新墓旁边还挨着一座墓，埋葬的是这位年轻烈士的父亲、老太太的丈夫，他也是一位消防员，多年前在一次救援中牺牲……

（"我的青春我的梦"第三届中小学生故事会征文获奖作品选登）

（指导老师：林　萍）

（发稿编辑：吕　佳）

（题图：孙小片）

·脱口秀·

社死瞬间

◆ 同事小张暗恋一姑娘，尽人皆知。一天，我们坐在一个桌上吃午饭，姑娘想擦嘴忘了带纸巾，问我们借。小张赶紧拿出餐巾纸给姑娘。姑娘边擦边说："想不到你蛮体贴的，随身带着纸巾。"小张脸一红，脱口而出："也不经常带，这是我上午上厕所剩下的。"

◆ 坐公交车，我站着，跟前坐着一个大哥，正在打视频电话。可能太吵了听不清，他忽然把手机平放在耳朵边，然后我就和视频里的人大眼瞪小眼。

◆ 村里刘大爷快咽气了，奄奄一息地说："不用请大夫了，我坦白一件事就走，我外面确实有过几个女人……"人之将死，他老婆原谅了他。我爷爷是村医，凭多年经验，觉得刘大爷还有救，一番忙活，把刘大爷救回来了。刘大爷是我爷爷救过的人中唯一不懂感恩的人。

（推荐者：晕　晕）

这是我上厕所剩下的……

笑看世间

◆ 同一块面做出的馒头和花卷，内在是相同的，这时就该看颜值了。

◆ 世上的喜剧，不需要金钱就可以产生；世上的悲剧，大部分和金钱脱不了关系。

◆ 除了外卖、公交车、快递你能等到，其他啥都等不到！

◆ 晚安＝让我一个人再玩一会儿，你就当我已经睡了吧！

◆ 不用担心，你们中的有些人一辈子都不会遇见梦想的真爱，只会因为害怕孤独地死去而随便找个人，互相饲养。

（推荐者：苏格兰没有底）

◆ 我拨通自己的号码，"您好，您拨打的电话正在通话中"。知道自己并不孤独，我也就安心入睡了。

◆ 领导对我说："你明天别来上班了。"我（暂停电视剧，关掉蓝牙扬声器，从椅子上坐起来，放下奶茶擦了擦嘴，摘下U形枕，掀开小被子，穿上鞋，站到领导面前）问："为什么？"

◆ 把音乐调成随机播放的是我，因为没有听到想听的歌而生气的也是我。

◆ 知道你过得不好，我特别欣慰，对你付出了这么多的感情终于得到了回报。

◆ 想让大家都喜欢你，其实很简单，只要你长得像我就可以了。

◆ 老板要求我们多一些狼性。我查了，狼每天要睡十多个小时，食草动物最短只要睡几分钟。看来，我早就具备了充分的狼性。

◆ 大哥出轨，两口子闹离婚。二哥夫妻去劝架，大哥骂二哥："凭啥说我？你在外边也有俩情人！"二哥夫妻也吵起来了。

（推荐者：段子小鬼）

没心没肺的快乐

熊孩子趣事多

◆ 今天坐公交车，看到一对小学生，女孩问："你会喜欢我多久？"男孩答："我会喜欢你到灰太狼把村里的羊吃完为止！"

◆ 我女儿刚出生时，家里还养了一只小奶猫。女儿几个月大的时候，趴在我肚子上睡觉，猫过来拍她，她就主动下去了，猫爬上来睡觉。后来，女儿大点了，见到猫趴在我肚子上，她就过来拍拍猫，猫就主动下去了。这就是实力的变化吧。

◆ 我晚上洗完澡，头发湿漉漉地披着，想起电动车没推进停车棚，就叫上初中的儿子帮我去推车。我找了个借口："停车棚有点远，天太黑，妈妈有点怕。"儿子看到我，夸张地愣住了："妈啊，你自己去呗，怕啥！别吓到路人就好……"

（推荐者：赛文凹凸慢）

（本栏插图：孙小片）

巧嘴惹祸

□ 司健安

民国时期，距离双水镇不远的蝎子岭上，盘踞着一帮土匪。土匪头子平金牙是个狠角色，县里的宪兵队去围剿了几次，都铩羽而归。这不，这帮土匪愈发嚣张，前不久，给双水镇上的商铺都糊了帖子。干啥？要钱！商铺那些掌柜们，个个吓得胆战心惊。

镇上最大的包子铺，掌柜的叫芦大炮，他小舅子赵老歪是宪兵队的副队长。于是，那些被糊帖子的掌柜们纷纷过来找芦大炮商量对策。其中，包子铺对面饼铺的掌柜邵阿四，被土匪要的钱最多，他也最愁，不得已，跟着来求芦大炮拿主意。芦大炮见大家都赔着笑脸给

自己说好话，心里很是得意，让人到县里去请赵老歪。

赵老歪来了，有些为难地说："蝎子岭山高路险，易守难攻，要是来硬的，说句实话，我没那本事。到时候，惹毛了平金牙，吃亏的还是大家伙儿。"众人一听，连宪兵队的副队长也没辙，都犯愁了。停了一会儿，看气氛酝酿得差不多了，赵老歪又说道："不过呢，既然大家这么高看我，瞧在老少爷们的面子上，我可以冒点风险，上一趟蝎子岭，看有没有商量的余地。"众人纷纷点头同意。

赵老歪还真是有把金刚钻，没几天，就把事情谈妥了——他把平

金牙索要的钱款数额，压下来一大半。这样，平金牙的面子说得过去，大家伙儿也能承受。

风波暂时过去，店铺都重新张罗起了各自的买卖。

饼铺的邵阿四消了心事，也恢复了平常热情待客的模样。话说这邵阿四特别能说，人称"邵巧嘴"。平日里，他总是一边炕饼，一边高声吆喝自己编的顺口溜。要是客人带着孩子，他就吆喝："千层馍，千层饼，娃儿吃了更聪明；千层饼，焦黄黄，娃娃吃了不尿床……"要是客人没带孩子，他就喊："饼子香，饼子白，生意人吃了发大财；饼子白，饼子香，老百姓吃了粮满仓。"他的随机应变、现场发挥，常常逗得食客们捧腹大笑，再加上邵阿四为人爽快，不斤斤计较，他的生意好得不得了。可谁想，就是这张巧嘴，让他歪嘴骡子卖个驴价钱——吃了嘴上的亏。

那天，邵阿四又编了几句顺口溜："千层馍，千层饼，好人吃了田成顷；千层饼，饼千层，坏蛋吃了肚子疼。"这叫卖声飘着飘着就传到了芦大炮的耳朵里。说者无意，听者有心，芦大炮越咂摸越觉得，邵阿四明里暗里是在咒骂他。

芦大炮是做贼心虚——当日那些土匪下的帖子，就是他和赵老歪冒充平金牙糊的！

芦大炮这人有点小肚鸡肠，看邵阿四生意那么好，他心里很是嫉妒，就让小舅子赵老歪想办法收拾收拾邵阿四。这个赵老歪，也是个一肚子坏水的家伙。他眼珠一转，就想了个"冒名糊帖"的坏点子，不但坑了邵阿四不少钱，还连带着骗了大家的钱。收到钱后，这俩孬货还大笑着说："这不就叫'拉屎系鞋带———一举两得'嘛！"

芦大炮这事干得缺德，能不心虚？他听到邵阿四的顺口溜，自己就对号入座了，以为邵阿四起了疑心。他心想：万一那些掌柜们知道真相，还不得弄死他？兔子还不吃窝边草呢！这事得想个办法找补找补，于是他去找了赵老歪。

赵老歪也正闹心呢！最近，县里剿匪又失败了。他本来算计着平金牙被剿之后，他和芦大炮做的那事就死无对证了。哪知道两三个排的兵力，竟然被平金牙打了个稀里哗啦。这会儿，听了芦大炮的来意，赵老歪跟着心烦：要是邵阿四真是知道了什么，故意吆喝，这话就这么传出去，传到平金牙那里，那土匪头子还不得收拾他俩？

芦大炮越想越不放心，干脆让赵老歪把上次瓜分的钱拿出来给平金牙送去。赵老歪把嘴一歪，不乐意了，说那些钱早花没了。说罢，他眼珠一转，又出了个歪点子：让芦大炮把自己那份钱先拿出来给平金牙送去，再怂恿平金牙绑架邵阿四的孙子麦囤儿。邵阿四家平时就他们老两口带着一个两三岁的小孙子，要绑个娃，基本就是手到擒来。到时候逼他多出点赎金，好让平金牙多捞点实惠。这样，他们也能借机和平金牙真正地拉上关系。

再说邵阿四，他哪里会想到自己就要大祸临头了呢？还是天天乐呵呵地卖他的千层饼，该咋吆喝咋吆喝："赶紧来，赶紧来，尝尝饼子香不香；外酥里嫩油润润，吃饼还送疙瘩汤……"

这天，邵阿四正吆喝呢，几次扭头，都发现店门外有一个胡子拉碴的老汉在徘徊。那老汉也不买饼，有时就站那儿发愣，邵阿四估摸着他是没钱，又饿着肚子，就拿了两块千层饼递过去。那老汉先是一愣，便接过饼子吃起来。邵阿四怕他噎着，还给他盛了一碗疙瘩汤。等天落黑，邵阿四发现老汉仍蜷在店铺旁没走，瞧他衣着单薄，怕他挨冻，邵阿四索性收拾了一间屋子，硬是招呼老汉住了下来。

当天半夜，邵阿四家跳进来两个蒙面人，把老两口打倒后，抱起麦囤儿就要跑。突然，偏门响动，一个身影挡在了他们面前——正是留宿的那个老汉。

两个蒙面人相互看了一眼，其中一个骂道："老东西，找死！"说着，这人握着钢刀向老汉逼近。那老汉却不慌不忙，沉肩坠肘，两手这么一推，那人竟然就像木头桩子一样，"扑通"一下倒在地上，不动了。旁边抱着麦囤儿的蒙面人

一看不好，正要拿刀往麦囤儿的脖子上架，没想到"呼"的一下，刀和麦囤儿都被老汉抢了过去。老汉把孩子交给邵阿四，然后操刀在手，点着那人的脖子，压低声音问道："你们是谁？为啥抢孩子？"

那人倒也有种，说："老子是蝎子岭的，你敢惹吗？"

那老汉一听，走到油灯前咧嘴一笑，露出两颗金灿灿的牙齿："巧了，老子就是平金牙！"说着，他一把扯下那人的面巾，对方竟然是赵老歪！

原来，有人冒充蝎子岭的名号在双水镇糊帖子的事早就传开了。平金牙也是穷苦人出身，被逼无奈才落草为寇。别看他平时啸聚山林，欺负老百姓的事，他从来不做。那段时间，他忙着应付官军，无暇顾及此事。官军退后，他才亲自来双水镇调查。今日也是巧了，他蹲守在邵阿四的饼铺这儿查探消息，没想到被邵阿四一顿热情招待，还碰巧让他逮到了心怀不轨、上门使坏的赵老歪。

平金牙认得赵老歪："你一个宪兵队的头子，冒充我蝎子岭的人为非作歹，是何居心？"赵老歪嘟囔了半天，不想说。平金牙手腕稍微用力，殷红的血就从赵老歪的脖子上流了下来，吓得他一五一十地把前因后果都交代了。

除了糊帖子的事，赵老歪还交代说，他最近养了个小老婆，手头吃紧，所以就想瞒着芦大炮，先行把邵阿四的孙子绑了，等拿到赎金，他就借马上要调离豫西的机会，把芦大炮让他转给平金牙的钱也一并带走。反正他姐姐去世多年，芦大炮这个姐夫，又算啥？

平金牙猛地举起刀柄，朝赵老歪嘴上狠狠一敲，疼得赵老歪眼冒金星。平金牙怒道："想活命的话，给我挨家挨户地加倍把钱退回去！滚！"赵老歪一边应声，一边吐出几颗血牙，捂着嘴巴就滚了。

从那以后，芦大炮的包子铺就关了门。据说平金牙的人后来找到了他，他怕得撒腿就跑，结果慌不择路，摔进了一个深坑，摔断了两只胳膊，再也包不了包子喽！

这件事过去不久，邵阿四又编了段顺口溜："疙瘩汤，味鲜美，没牙老歪流口水；千层饼，酥又香，大炮手抖掉裤裆……"

呵，这个邵阿四，因那张嘴，吃恁大的亏还不改，又贫上了！

（发稿编辑：丁娴瑶）

（题图、插图：孙小片）

晓雯刚入职一家公司做文员，最近，公司要召开一个重要会议。头天下午，晓雯负责分发材料和矿泉水。她不停来回穿梭，刚完成任务，李副主任来了，他站在主席台前，左瞧右看，皱着眉头说："矿泉水摆放不整齐，要重新整改！"

晓雯不解地说："主任，我看挺齐的呀！"

李副主任严肃地说："做工作要精益求精，追求极致。你看看，这些矿泉水瓶做到了直看、横看、斜看都是一条线吗？明天总公司董事长要亲临会场，我们应该把公司最好的一面展示出来。"

晓雯知错就改，她找来直尺和绳子，忙活了一下午，总算达到了要求。晓雯刚松了口气，张副主任来了，他看了一眼，摇头说："不行呀！矿泉水摆得太扎眼了，好像阅兵方阵似的，一看就是典型的形式主义。"晓雯解释说，这是李副主任要求的。张副主任却说："严格要求当然没错，可明天开的是'反对形式主义、提高工作效率'专题会，董事长要亲自作报告，你这样做不是往枪口上撞吗？"

晓雯吓了一跳，赶紧请示。

"既要整齐划一，又不能显山露水，你再想想吧！"张副主任丢下这句话，转身走了。

晓雯头都大了，究竟该怎么办？她仔细琢磨，反复领悟，终于想到了一个两全其美的办法。

第二天，晓雯早早来到会议室，这时门已开了，就听里面传来一声怒吼："这会场是怎么布置的？"晓雯一惊，赶紧上前。只见公司王经理指着座位上那些横着放置的矿泉水，怒气冲冲地对身边的人嚷道："难道你们想告诉董事长，我们公司准备躺平（瓶）了吗？"

（发稿编辑：曹晴雯）

矿泉水瓶该怎么放

□ 黄 平

真正的用意

□ 高国俊

小杨在某家公司的食堂里工作，负责为员工盛饭打菜。公司食堂老板是周胖，他为降低经营成本，专挑廉价食材进货，还恶狠狠地关照小杨："打饭打菜时，别给他们盛太多！"员工屡屡投诉吃不饱，提了很多意见，周胖都只当没听见。

最近，员工们惊讶地发现，去食堂打饭时，小杨给的量明显增多了，有时甚至会盛到冒尖。胃口小的女员工纷纷提出，饭菜还是要少打一点，太浪费了。

这个变化引起了员工的讨论："这个小杨，平时打饭勺子都要抖三抖，最近怎么不抖了？""听说小杨最近谈女朋友了，是不是心情好，所以我们也跟着沾光？"

隔了几天，中午打饭时，有个号称智多星的员工说："你们说，小杨是不是在替我们出气？"见人们不解，智多星进一步解释："不管你

饭量大小，他一律把米饭和菜盛得很多，吃不了自然倒掉，倒掉的不都是周胖进的食材？"

大家恍然大悟，再一看泔水桶，里面的剩饭剩菜早已冒尖。

这天，员工们正排队打饭，打到一半，队伍里出现了骚动。周胖闻讯而来，他瞪着牛眼，一把夺下小杨手中的饭铲，狠狠地把他推出了发饭间，怒吼道："你看看你，怎么干活的！"

到了晚上，小杨给未来的岳丈打电话："叔，以后到俺公司拉泔水，别再一天一来，还是恢复三天一次，千万别给人看见了。"

电话那端的未来岳丈急问："为啥啊？"

小杨懊恼地说："今天我打饭时，没掌握好度，导致二十多人没吃上米饭啊！"

（发稿编辑：陶云韬）

逃单

□ 六月的雨

汤姆是个超级吃货，痛苦的是，他兜里钱太少。这天，一群朋友打电话叫汤姆去本地的高级餐厅聚餐，费用ＡＡ制。汤姆囊中羞涩，但也不想错过这个可以美餐一顿的机会。苦思冥想一番后，汤姆对妻子说，他一会儿会给她发一条短信，让她到时给自己打个电话。交代完后，汤姆就赶去了餐厅。

入座后不久，一道道美食陆续端了上来，汤姆口水直流，抄起刀叉就自顾自地吃起来。等大家都用餐结束，服务员拿来了账单。

这时，汤姆将手伸进裤兜里按下了发送短信的按钮，很快他的手机就响了。汤姆拿起手机，装模作样地听了几句，忽然脸色大变，火急火燎地对大家说："我妻子说家里失火了，我得赶紧回去救火，失陪了。"在众人惊讶的目光中，汤姆匆忙跑出了餐厅。

汤姆好不得意，他这一招起码省下了一百美元的餐费！快到家时，前面忽然传来消防车的鸣笛声，汤姆心里一紧，该不会家里真着火了吧？于是他拼命地往前跑。

果然，家门口停着几辆消防车，好在房子并没有出现任何火情。就在汤姆松了一口气的时候，一名消防员迎上来，递给他一份账单。汤姆惊诧道："先生，我并没有呼叫消防服务……"

消防员笑着说："是你的朋友们帮你叫的，他们听说你家里着火了，第一时间就联系了我们。我们可是本市出车速度最快的私营消防公司，当然收费也最贵。现在，麻烦你支付一下费用。"

汤姆因为没钱，从来不买消防保险，这样一来，出车费只能自己承担了。看着账单上那刺眼的天价出车费，汤姆彻底傻了眼……

（发稿编辑：曹晴雯）

商场发生火灾，一个农民、一个商人和一个贪官在火灾中丧生，他们一起来到阎王殿门口。值班的判官翻了一会儿生死簿，说："各位，真是对不起！我们搞错了，其实你们在人间的寿命还没有到期。"

三人一听，马上吵闹着要找阎王讨说法。

判官说："阎王爷他老人家很忙，再说，没有我的安排，你们是见不到他老人家的。不过，如果你们每人给我五千元钱，我就把你们送回去复活，就当没有发生过这回事！"

三人考虑了一会儿，农民最先答应了。他掏出准备给妻子看病的五千元钱，判官把钱装进口袋，把农民往阎王殿门外一推，农民立马活生生地从火灾现场坐了起来。

现场的医生惊讶极了："你怎么能死而复生的？"

农民把自己的遭遇一五一十地告诉了医生。医生看了看一旁担架上一动不动的商人和贪官，问道："既然这样，这两个人怎么没有跟你一起复活呢？"

农民回答："我回来的时候，商人正在跟判官讨价还价呢。"

农民的话刚落音，商人肥胖的身子动了动，飞快地爬了起来。他得意扬扬地说："我跟判官砍价，他同意打八折，我只付了四千元。"

农民好奇地问："那个官呢？"

商人说："他要求判官开两万元的大额发票，好回来报销。"

医生问："那他怎么还没复活，难道判官不给他开发票？"

商人答道："他已经住进阴间最高级的十八星宾馆。判官说，只要他在宾馆里消费一段时间，就给他多开两万元的发票。他托我带话，让你们千万别把他火化了，他还要在阴间多待几天。"

（发稿编辑：吕　佳）

复活　□王　伟

小肥羊

□ 高文刀

王胖子是个厨子，村子里有白事的时候，就会被人请去做饭。他做的大锅饭迎风飘香好几里，老远就能闻到香味。

村里有一个孤儿，叫小山，人憨憨的，脑子有点钝，但不影响干活。平时，王胖子接到了白事的活儿，只要给小山烟抽，他就愿意帮忙，脏活累活抢着干。

村子这一带办白事有个习俗，到了晚上子时，主家要买只大肥羊，炖好后给熬夜守灵的人吃。时间一长，王胖子摸出了规律，一只大肥羊能出六十斤肉，基本上只吃掉一半，很浪费。后来，他想了个主意：炖羊时只炖一半，剩下的一半偷偷包起来，让小山悄悄带走。第二天，王胖子给小山两盒烟，就能把羊肉换出来，自己带回家慢慢吃。

这样，小山有烟抽，王胖子拿半只羊，大家都得了好处。

最近，王胖子的岳父去世了。他知道买大肥羊浪费，就买了只三十多斤的小肥羊。他把羊肉切好，放在一边，就等晚上开炖。

到了晚上要炖羊肉了，肉找不见了，这可把王胖子给急坏了。丢了羊事小，丢面子事大，人家都有羊吃，不能到了自己这儿被人笑话呀！

正当王胖子坐立不安时，他突然看到小山从门外跑来。王胖子一拍大腿，明白了，对小山说："你看到要炖的羊了吗？"

小山凑到王胖子耳边说："你今天忙，我把你切好的羊，悄悄带走了。但是，这次给我两盒烟可不行了。"

王胖子纳闷地问："为什么？"

小山笑嘻嘻地说："以前的羊都是两条腿，所以你给我两盒烟换。这次我一看有四条腿，最少得给我四盒烟……"

（发稿编辑：陶云韫）

（本栏插图：顾子易 小黑孩）

2023年

中国十大廉洁故事评选

○ 每篇奖金 3000 元 ○

兴廉洁之风，树浩然正气。为加强新时代廉洁文化建设，鼓励广大作者创作出老百姓喜爱的廉洁故事，上海金山山阳廉洁文化基地与《故事会》杂志社，联合推出2023年中国十大廉洁故事评选活动。

评选范围： 2023年《故事会》有关栏目发表的"廉洁故事"，如新时代廉洁故事、中华传统文化中的廉洁故事、红色廉洁故事、家风家训廉洁故事等。

评选方法： 专家评选及网络投票。

奖项设置： 获奖作品奖金为每篇3000元，全年共10篇，并颁发获奖证书。

投稿方式： 欢迎广大作者踊跃来稿。邮箱：gushihuilianjie@126.com。老作者可直接投给固定联系的编辑。篇幅控制在3000字以内。作品后请附：姓名、地址、手机号、身份证号、开户银行信息及账号。

其他说明： 获奖作品著作权归作者所有，主办方享有使用权、发布权和改编权，凡参赛者视为接受本项约定。

中国十大幽默故事评选

○ 最高奖金 每则 4600 元 ○

为鼓励广大作者创作出老百姓喜爱的幽默故事，中国幽默故事基地上海金山山阳镇与《故事会》杂志社，联合推出2023年中国十大幽默故事评选活动。

评选范围： 2023年《故事会》"幽默世界"栏目发表的所有作品。

评选方法： 1.每季度评选出6篇季度奖作品；2.荣获季度奖的作品再参加年度总决赛，经专家评选及网络投票，评选出2023年中国十大幽默故事。

奖项设置： 季度奖奖金为每篇1000元，全年共24篇；年度奖奖金为每篇3000元，全年共10篇。年度奖获奖作品将颁发获奖证书。

征文信箱： gushihui999@126.com。请作者自留底稿，参赛稿一律不退。

山阳 SHANYANG TOWN

《故事会》杂志社地址：上海市闵行区号景路159弄A座307-308室，邮编：201101

父亲的让步

赵嫒佳 故事会绿版编辑
Zhao Aijia Stories Editor

父亲节将近，我想起曾经看过的一个关于父亲的故事，与大家分享。

史蒂夫是个单身父亲，因为儿子路易痴迷于足球收藏，所以常买各种各样的足球送给他。路易有些好奇，父亲的收入并不高，怎么买得起那么多价格昂贵的足球？史蒂夫回答他："你别管，我有办法。"

路易大学时交了个女友，毕业后两人准备结婚，可就在这个关头，路易却告诉史蒂夫，他被女友欺骗了："她明明说过会留在得州，现在却说希望结婚后，我跟她一起到加州生活，我才不去！"史蒂夫听罢，脸色一沉，默然不语。

数日后，路易下班回家时，打开信箱，发现里面放着一份给父亲的文件。路易以为是账单，随手拆开一看，眼睛顿时瞪大了。原来，史蒂夫多年来利用职务之便，偷偷拿公司的财产高价变卖，被起诉了。

路易冲回屋里指责父亲："你怎么能做出这种让人不齿的事？"

"我不这么做，怎么给你买足球？"史蒂夫满脸通红，恼羞成怒。

父子俩闹翻了，路易跟女友注册结婚后，前往加州定居。在那里路易总是闷闷不乐，经过妻子的劝说，他终于决定回得州的监狱看望父亲

到了监狱，路易发现，史蒂夫根本不在里面。一名狱警自称是史蒂夫的好友，告诉他："史蒂夫的确是个骗子，但他只骗了你一人。"

原来，史蒂夫根本没在公司偷东西，那份起诉文件是他伪造的，那些昂贵的足球是他省吃俭用买的。他深知路易不去加州定居，是为了留下来陪伴自己。权衡之下，史蒂夫决定欺骗路易，让儿子舍他而去奔向真爱和幸福。

路易立刻往家中赶去，只见孤独的史蒂夫正在用足球逗着一条狗，父子四目相对，了然于心。"你……回来了？"史蒂夫站起来，尴尬地扯出一句话。路易从史蒂夫手里拿过足球，对他说："走，踢球去！"

不要小看一名父亲，你永远也不知道他们会为孩子做出什么样的让步。

(插图：丁德武)

777

CONTENTS

2023
SEMIMONTHLY
6月下半月刊

扫二维码，可听全本故事。

开门八件事，扫码听故事。一本可读、可讲、可传、可听的全媒体杂志。

开卷故事		2
笑话 16 则	白丁儒等	4
新传说		
不公平竞争	朱关良	8
捉迷藏	顾敬堂	17
删不掉的缘分	孙华友	21
一沓奖金	康倩	25
我叫无原则	徐树建	29
网文热读		
罐儿	冯骥才	12
泗州盲刀	墨中白	34
帮扶	高春阳	50
脱口秀		15
民间故事金库		
吃鱼不翻身	叶凌云	37
传闻轶事		
凶宅有宝	吴滨	40
外国文学故事鉴赏		
爱尔兰没有蛇		44
3 分钟典藏故事		48
我的故事		
逃婚	查老三	52
情感故事		
鱼阵来临	叶林生	56
阿 P 系列幽默故事		
阿 P "改命"	刘振涛	60
法律知识故事		
彩票改号后奖金该咋分	汪小弟	64
中篇故事		
破玉重圆	吴宏庆	66
动感地带		81
细节		82
我的青春我的梦		
真假宝剑	陆李伟	84
情节聚焦		
偷孝布	张敬中	86
幽默世界		
《不识货》等8则	孙国彦等	89

故事会

绿版·下半月刊

社长、主编 夏一鸣
副社长 张凯
副主编 朱虹 吕佳

本期责任编辑 赵媛佳
电子邮箱 babyfuji@126.com

发稿编辑
朱虹 王琦 田芳 彭元凯
美术编辑 郭瑾玮 王怡斐
红版编辑部电话 021-5320 4060
绿版编辑部电话 021-5320 4051
地址 上海市闵行区号景路 159 弄 A 座 3 楼
邮编 201101

主管、主办 上海文艺出版总社
出版单位 《故事会》编辑部
发行范围 公开

· 出版发行部 ·
发行业务 021-5320 4165
发行经理 钮颖
媒介合作 021-5320 4090
广告业务 021-5320 4161
新媒体广告 021-5320 4191

· 融媒体中心 ·
《故事会》微博 @故事会
《故事会》微信 story63
故事中国网 www.storychina.cn
《故事会》网店
shop36332989.taobao.com

故事会公众号　　故事会小程序

国外发行 中国图书贸易总公司
印刷 上海四维数字图文有限公司
发行 中国邮政集团公司报刊发行局总发行
国内代号 4-225　定价 8.00元

感冒冲剂

老公感冒了，味觉和嗅觉都大受影响，便让老婆找点药。一会儿，老婆端着一个杯子走过来说："给你冲的，赶紧喝吧！"

老公很感动，喝完后问老婆："味道不错，怎么喝起来和以前的冲剂不一样？"

老婆支吾着说："没找到感冒药，我就给你冲了咖啡，颜色跟感冒冲剂差不多……"

（白丁僪）

（本栏插图：包丰一）

打死也不嫁

小美是个大龄女青年，闺密给她介绍了一个对象。

小美说："他离过婚吗？打死我也不会嫁给一个离婚的男人。"

闺密说："这个男人不是离婚，是丧偶。"

小美说："丧偶倒可以考虑。对了，他妻子是怎么死的？"

闺密吞吞吐吐地说："两口子打架，误伤而死……"

（红豆年糕）

被挡住了

一年级的数学课上，老师让同学们看一道图片题：共有12人在排队，左边有7人，右边有几人？

小明看着图急得抓耳挠腮，忍不住喊道："老师，右边有棵树，那些人被挡住了，我根本看不清楚有几个啊！"

（暮　春）

外 卖

草原上，一只鹿奔跑着，突然撞死在一头狮子面前。一头豹子走过来说："哟，这就是传说中的守株待兔吧？"

狮子说："不，这是我叫的外卖。"

（番茄拉面）

恋爱的感觉

小丽是个大学生，她向男友抱怨："刚谈恋爱那会儿多甜蜜呀，现在却没啥感觉了。"男友说："行，明天就让你再次体验恋爱的感觉！"

第二天一早，小丽被电话铃声惊醒，男友说给她买来了早餐。小丽不得不起床去拿，谁知宿舍的门还没开，小丽接过男友从栏杆缝里递来的塑料袋，打开一看，里面装着三个馒头。小丽气呼呼地说："这哪里是恋爱的感觉？这是坐牢的感觉！"

（小福赋）

同效不同价

夜里，服装店关门了，羽绒服对貂皮大衣抱怨道："同样是保暖的衣服，凭什么我只能卖几百上千块，而你却能卖几万块的高价？"

貂皮大衣冷冷地回应道："你说毛什么？你卖的只是羽毛，可我卖的是命啊！"

（离萧天）

反套路

推销员："先生，耽误您两分钟时间，投资我们的理财产品，利率高达15%，稳赚不赔啊！"

男人："既然利润这么高，你怎么不去投资呢？"

推销员："我们推销员穷啊，没钱！"

男人："没钱是吧？来，咱们坐下慢慢谈。我是搞小额贷款的，利息只有8%，你还有7%可以赚。哎，你别走啊……"

（怜莲）

打破魔咒

办公室里几个同事陆续有了孩子，恰巧都是女儿，大家都说这是中了"魔咒"。

这天，一个男同事开心地给大家发喜饼，说："魔咒打破了！我得了个儿子。"

有人在一旁小声说："不会吧？确定孩子是你的？"

（流水枫叶）

愚人节

一个男人去外地出差，提前了一天回家，不料看见老婆和自己最好的哥们躺在床上。

没想到，床上的两人同时笑着对男人大喊："愚人节快乐！"接着，哥们边穿衣服边说："放轻松点！还真把你吓着了。"

男人松了一口气。等哥们走后，他疑惑地看了一眼日历：4月2日。

（呆兔）

今晚吃饺子

早上，老婆对老公说："晚上早点回来，我做你最爱的白菜猪肉饺子。"

老公下班回家后，老婆却说："改吃面疙瘩汤吧，我还加了不少肉臊子呢。"

老公一听，叹口气说："看来，今天的白菜猪肉饺子，又全都煮破皮了……"

（小丽）

熬药的锅

老婆身体不舒服，老公正在给老婆熬中药，邻居过来串门，好奇地问："熬药为什么要用炒菜锅呀？"

老公还没开口，只听老婆在卧室里大声说道："因为其他的锅他都还没刷呢！"

（花江）

介 绍

大刚和女友走在路上，不巧碰见了前女友。他尴尬地指着女友向对方介绍道："这是……你嫂子。"

前女友点点头，对大刚的女友说："你好，我是你以前的嫂子。"

（娜 娜）

打了吧

母鸡对公鸡说："亲爱的，我怀了你的孩子。"

公鸡不耐烦地甩出十块钱，说："拿这钱去超市买个打蛋器，把孩子打了吧。"

（菠萝头）

半隐居

甲："我看透了世间的尔虞我诈、人心不古，所以，我现在过上了半隐居生活。"

乙："什么叫半隐居？"

甲："债主来讨债的时候，我就藏起来；债主走后，我继续在滚滚红尘中享乐！" （甜 甜）

划 算

妈带着五岁的女儿在公交站等车。妈妈说："有两辆车都可以到我们家，坐哪一辆吧？"

女儿接话道："花一样的钱，当然选站数多的划算啊！"

（椰蓉挞）

拉电闸

这天晚上，大周家突然停电了。他到楼道里去检查是否跳闸，把一个电闸拉上拉下好几次，家里还是没电。

这时，对门邻居打开门，正好看见大周，求救道："大哥，你来帮我看看，我家一会儿有电一会儿没电的，太吓人了！"

（蛋壳儿）

本栏目欢迎来稿。请把有新鲜感、有精彩细节的笑话佳作尽快投寄给我们。来稿一经采用，即致稿费，最高稿费为一则100元。本期责任编辑电子信箱：babyfuji@126.com。

所谓的公平竞争，从一开始就是不公平的……

□ 朱关良

不公平竞争

矿检修队有个小伙儿名叫李成梁，大伙儿都喊他"大驴"：一是他身强体壮，干起活来像头驴；二是他面貌凶恶，被人惹到就暴跳如雷，脾气差得像头驴。

矿上有个发放头灯的姑娘叫王彤，长得高挑白皙，工人们每次去领头灯时都忍不住故意磨蹭会儿，就是为了多看她两眼。这么个人见人爱的姑娘，却好几年都单着，只因为大驴早就放出话来："我喜欢王彤，谁也不许跟我抢！"

行，不跟你抢，可你倒是上呀！大驴却磨磨蹭蹭，始终没有行动，一见到王彤就脸红脖子粗，说不出话来。不但吃瓜群众等急了，王彤也郁闷得够呛，就等着他张口

表白，自己好断然拒绝——不把他搞定了，没人敢追自己呀！

这天，检修队来了个新同事小马。小马长得精神干练，很快和同事们打成一片。面对凶悍强壮的大驴，他也丝毫不怯，几句话下来就取得了大驴的好感。大驴得知小马也要住职工宿舍，主动出主意道："我楼上正好空着个房间，一会儿我陪你去后勤处说说，咱俩楼上楼下住着，没人敢欺负你。"

可随后发生的一件事却令大驴对小马产生了敌意。这天，两人下井前去取头灯，大驴照旧扭扭捏捏，不好意思多和王彤说话；而小马却和王彤谈笑风生，很有一见钟情的意思。

等出了矿灯房，大驴拉着长脸说："小马，你刚来可能不清楚，三年前我就决定追王彤了。我提前和你说一下，免得伤了咱哥俩的感情。"

小马笑嘻嘻地问："追到手了吗？"

大驴抿了抿嘴："迟早的事儿！"

"那就是还没确定关系啦？有道是一家有女百家求，你敢不敢和我来个公平竞争？"

大驴闷了半天道："父母没给我像你这样的小白脸，却给了我一副好体格，你要不怕伤到自己，咱就试试。"

小马撇嘴道："现在女孩儿哪有喜欢粗鲁男人的呀，不怕结婚后被家暴呀！"

大驴的脸瞬间涨得通红："我就算把自己打死，都不带动她一根指头的！"

"所以，你得先改变自己的性格和形象，让人家看到你温柔细心的一面。"小马笑着拍拍大驴的肩膀，"这样吧，昨天我买了两盆剑兰，回头你挑一盆，谁的先开花谁就胜出。"

大驴只好硬着头皮答应道："不就是养花嘛，我会怕你？"

下班后，大驴去小马的房间选了一盆长势较好的剑兰，小心翼翼地放在朝阳的地方，仔细浇了水。从此以后，大驴每天下班都要对着花儿看半天，仿佛这盆花就是王彤，那一点点绽放的花骨朵就是她的笑脸。

这天，大驴和小马正在巷道里巡查，大驴的耳朵动了动，往头顶看去，忽然脸色大变，喊了一声："快跑，冒顶了！"

话音刚落，小马如同离弦的箭般向外射去。大驴的灵活度却差了很多，他刚跑出去十几米，忽然落下一堆煤来，将他的腿死死压住了。大驴正惊慌绝望，小马又冲了回来，飞快地挖开大驴腿上的煤块，用力将他拖出来，扶起他继续往前逃。

大驴一瘸一拐地边跑边感谢道："小马，好哥们！"

小马刚想回话，忽然，一根坑木被冒顶的煤块挤压着弹了出来，大驴看得分明，双膀用力，将小马抢到旁边，自己用后背挡住了巨大的冲击。他被当场拍翻在地，差点背过气去。

小马赶紧拖起大驴，躲开不断落下的煤块，刚钻进旁边一个紧急避险的小巷，就听外面轰隆隆作响，落下的煤堵住了出口。

大驴咳嗽着对小马说道："你身手可真利索，要不是回头救我，早就逃出去了。"

小马拍拍大驴道："你也替我挡了一棒子，难兄难弟就别客气了！"

两人被困在井下三天，终于等来了救援。小马没受伤，打了两天营养液就能出院了；大驴腿上的韧带有些拉伤，后背肌肉挫伤也不轻，最少还得四五天才能出院。

大驴掏出钥匙对小马说道："几天没回家，也不知道我养的剑兰怎么样了，麻烦你帮我看看……"

小马意味深长地看着大驴："你不怕我作弊，弄死你的花？"

大驴伤感地说道："这几天我想了很多，觉得还是你俩般配。我只求你把我的花儿照顾好，就当留个念想。"

小马拍拍大驴的肩膀："那不

行，说好了公平竞争的，谁胜出谁就赶紧去表白，不许当缩头乌龟！"

又过了四天，小马骑着摩托车来接大驴出院。大驴回到家中第一件事就是奔到窗台前看花。他惊喜地发现，这盆剑兰开出了四五朵花，还有一串花苞含苞待放。大驴咧嘴笑了半天，扭头问小马："你的花开得怎么样？"小马摊摊手，带着大驴去了楼上。大驴定睛一看，小马的花蔫蔫的，有些花苞已经掉下来了。

大驴兴奋地拍着胸脯道："出事儿前我刚把花浇透了水，所以比你的花坚持得久一些。你认输不？"

小马耸耸肩道："不认！除非你立刻去找王彤表白，否则我还有机会！"

大驴咬咬牙，兴冲冲地捧着花盆出门了，小马则撇嘴笑了笑，躺在床上发起了微信。

大驴来到灯房，正巧王彤换完衣服往外走。大驴涨红着脸将花盆举起来说道："王彤，这是我亲手养的花，送给你……咦？"

王彤都做好半

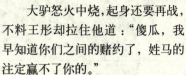

推半就的准备了，大驴却将花盆举起来，看着底部喃喃说道："这不是我养的那盆花，我在花盆下面刻了个'彤'字，这盆没有……"

王彤的脸顿时黑了："你还有事吗？没事让开，我还要去吃饭呢！"

大驴沉默了一会儿，捧着花盆转身离去，嘴里低声说道："一定是小马把他的花和我的掉包了。公平竞争，我不能接受他故意让着我，祝你们幸福。"

王彤顿时冷笑一声，甩开腿走在大驴的前面，一路朝宿舍走去。大驴跟在后面越来越纳闷，这是男宿舍，王彤来找谁？

王彤二话不说，上楼后一脚踢开小马的房门，大声喝道："姓马的，看你干的好事儿！"

大驴站在楼下，只听小马怒喝道："死丫头，跟谁说话呢！"随即王彤发出一声惨叫："疼疼疼，我错了，再也不敢了！"

大驴哪里还沉得住气呀，三步两步蹿上去，见小马居然拧着王彤的耳朵，顿时火冒三丈，怒喝一声"放手"，一拳砸向小马的胸膛。

小马轻轻接过大驴的拳头，顺势一送，大驴一头栽到了沙发上。

小马笑道："实不相瞒，我从

小练武，三个你加起来都不够我打的！"

大驴怒火中烧，起身还要再战，不料王彤却拉住他道："傻瓜，我早知道你们之间的赌约了，姓马的注定赢不了你的。"

大驴瞪大了眼睛："为什么？"

小马扬扬得意地说道："因为我在家排行老九，王彤的妈妈排行老大！我是她亲舅舅！"

大驴的眼珠子差点掉了出来："那你还跟我竞争？"

小马摸了摸下巴说："我那老大姐听说有个霸道的人对王彤宣布主权，弄得别人都不敢追我的外甥女了，于是派我来解决一下。原本我想揍你几回把你收拾老实呢，结果处来处去，发现你这孩子本性还不错，干脆撮合撮合你俩得了！"

"你小子管谁叫孩子呢？"大驴愤愤不平地反驳道。

小马冷笑一声："行啊，那以后我管你叫一辈子大哥！但你可记住，王彤是我外甥女！"

大驴脑袋终于开窍了，谄媚地扶着小马的胳膊说道："老人家别生气，从今往后，您就是我亲舅舅！"

（发稿编辑：赵娓佳）

（题图、插图：孙小片）

罐　儿

□ 冯骥才

罐儿是码头最穷的人。
爹是要饭的，死得早，靠他娘缝穷把他拉扯大。他娘没吃过一顿饱饭，省下来的吃的全塞进他的嘴里，他却依旧瘦胳膊瘦腿，胸脯赛搓板。打他能走的时候，就去街上要饭。十五岁那年白河闹大水，水往城里灌。城内外所有寺庙都成了龙王庙，人们拿木盆和门板当船往外逃。他娘带着他跑出了城，一直往南逃难，路上连饿带累，娘死在路上。他孤单一个人只能再往下逃，可是拿嘛撑着，靠嘛活着，往哪儿去，全都不知道。

这天下晌，来到一个村子，身上没多大劲儿了，他想进村找个人家讨口吃的。忽然，他看见村口黑森森大槐树下有个窝棚，棚子上冒着软软的炊烟，一股煮饭的香味扑面而来。这可是救命的气味！他赶紧奔过去，走到窝棚前，看到一个老汉正在煮粥。老汉看他一眼，没吭声，低头接着煮粥。

他站在那儿，半天不敢说话。忽听老汉说："想喝粥是吗？拿罐儿来。"

他听了一怔。罐儿是他名字。他现在还不明白，爹娘给他起这个名字，是叫他有口饭吃。爹是要饭的，要饭的手里不就是拿个罐儿吗？

可是，他现在两手空空，嘛也没有。

老汉说："没罐儿？好办。那边地上有一堆和好的泥，你去拿泥捏一个罐儿，放在这边的火上烧烧就有了。"

罐儿看见那边地上果然有一堆泥，他过去抓起泥来捏罐儿。可是他从小没干过细活，拙手拙脚，罐儿捏得歪歪扭扭、鼓鼓瘪瘪，丑怪之极，像一个大号的烂柿子皮。老汉看一眼，没说话，叫他放在这边火中烧，还给他一把蒲扇，扇火加温，不久罐儿就烧了出来。老汉叫他把罐子放在一木案上，给他盛粥。当他把罐儿捧起来往案子上一放，只听"咔嚓"一声，竟散成一堆碎块。他不明白一个烧好的罐儿，没磕没碰，怎么突然散了。

老汉还是不说话，扭身从那边地上捧起一堆泥，放在案上，自己干起来。他先用掌揉，再用拳捶，然后提起来用力往桌上"啪、啪"的一下下摔，不一会儿这堆泥就变得光滑、细腻、柔韧，并随着两只手上下翻卷，渐渐一个光溜溜的泥罐子就美妙地出现在眼前，好赛变

戏法。老汉一边干活，一边说了两句："不花力气没好泥，不下功夫不成器。"

这两句话像是自言自语，又像是对他说的。他没弄明白老汉这两句话的意思，好像戏词；听起来，似唱非唱。

老汉捏好罐儿，便放在火中烧，很快烧成，随即从锅里舀一勺热腾腾香喷喷的粥放在里边，叫他喝。他扑在地上跪谢老汉，边说："我一个铜子也没给您。"

老汉伸手拦住他，嘴里又似唱非唱说了两句："行个方便别提钱，

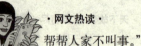

帮帮人家不叫事。"

等他把热粥喝进肚里后，老汉对他说："这一带的胶泥好烧陶。反正你也没事，就帮我把地上那些泥都捏成罐儿吧。你照我刚才的做法慢慢做，一时半时做不好没关系。"

罐儿应声，开始捏罐。按照老汉的做法，一边琢磨一边做，做过百个之后，一个个开始像模像样起来。他回过头想对老汉说话，老汉却不见了。窝棚内外找遍了，影儿也没找着，怎么找也找不着。

窝棚里还有半锅粥，够他喝了三天。原打算喝完粥接着往前走，可是他待在窝棚里这三天，慢慢把老汉那几句似唱非唱的话琢磨明白了——老汉不仅给他粥喝，救他一命，原来还教他做罐。

前边的两句话"不花力气没好泥，不下功夫不成器"，是教他活下去的要领；后边两句话"行个方便别提钱，帮帮人家不叫事"，是告诉他做人做事的道理。

这个烧陶的棚子不是老天爷给他安排的一个活路吗？那么老汉是谁呢？没人告诉他。

多少年后，津南有个小村子，原本默默无闻，由于陶器做得好都知道了。这人专做陶盆陶缸陶碗陶盏。这地方的胶泥很特别，烧过之后，赤红如霞，十分好看；外边再刷一道黑釉，结实耐用，轻敲一下，其声好听，有的如磬，有的如钟，人人喜欢，渐渐闻名，连百里之外的人也来买他的陶器用。他的大名没人知道，都叫他罐儿。他铺子门口堆了一些罐子，那时逃荒逃难年年都有，逃难路过这里，便可以拿个罐儿去要饭用，他从不要钱。有人也留在这里，向他学艺，挖泥烧陶，像他当年一样。

又过许多年，外边的人不知这村子的村名，只知道这村子出产陶器，住着一些烧陶的人家。家家门口还放着一些小小的要饭用的陶罐，任由人拿。人们就叫这村子"罐儿庄"，或"罐子庄"。一个秀才听了，改了一个字，叫贯儿庄。这个字改得好，从此这小村就有了大名。

（推荐者：云　汐）

（发稿编辑：朱　虹）

（题图、插图：孙小片）

绿版编辑部电子邮箱：

朱　虹：zhong98305@sina.com

王　琦：wangqi_8656@126.com

赵媛佳：babyfuji@126.com

田　芳：greygrass527@126.com

彭元凯：abigstudio@163.com

用麻将精神去工作

- ◆ 随叫随到，从不拖拖拉拉。
- ◆ 不在乎打麻将（工作）的环境，专心致志。
- ◆ 不抱怨，经常反省自己：唉，怎么又错了！
- ◆ 永不言败，推倒再来。
- ◆ 从不嫌作业时间太长。
- ◆ 始终抱着赢的心态。
- ◆ 牌好牌坏都努力往更好的方向整。　（推荐者：卧龙城主）

妙侃女人

- ◆ 女人在问你问题的时候，其实她们已经知道答案了，只是想看看你怎么撒谎而已。
- ◆ 女人知道每一件商品的价格，甚至精确到几毛几分，但就是不知道这个月的钱是怎么没的！
- ◆ 女人口中最难理解的一句话莫过于"其实我想要的很简单"，其中包含的信息量不亚于一部《永乐大典》！
- ◆ 女人认为好男人应该像包子，精华都包在里面；而男人则喜欢女人像个汉堡，养眼的东西都露在表面。
- ◆ 不要去欺负一个已婚女人，因为你不知道她身后男人的质量；更不要去欺负一个未婚女人，因为你不了解她身后男人的数量。
- ◆ 在男女关系中，当女人处于优势地位时，她们的必杀技是："你敢吼我？"当女人处于劣势地位时，她们的必杀技是："你有没有想过我的感受？"
- ◆ 女人的思维真是高深莫测，比如说看到自己喜欢的衣服，那就应该买下了是不是？女人不一样："这个衣服真好看啊，挺适合我的，所以我们再去看看别的吧！"　（推荐者：小叮当）

穷是一种态度

◆ 我这辈子这么穷，可能是上辈子中了"再来一贫"吧。

◆ 富人有两宗罪：有钱不借给我；借我之后催我还钱。

◆ 从小就被教育不要乱花钱，长大后才发现，根本没钱，怎么乱花？

◆ 只要是我朋友，谁没钱了，尽管和我说一声，让我知道不是我一个人穷！

◆ 别人赖床是因为有钱，想睡多晚就睡多晚；我赖床是因为没钱，能省一餐是一餐。

◆ 没钱和没钱的概念是不一样的。

◆ 别人说没钱，可能是有房有车但最近花钱比较大手大脚，存款从 300 万变成了 280 万；我说的没钱是再不发工资就没钱吃饭了。

◆ 小时候家里穷，超羡慕那些一顿饭吃五六百块钱的人；现在工作了，一顿饭几百块没什么稀奇，也就半个月工资！

◆ 是什么支撑我在这个灯红酒绿的世界里，面对一年一度的购物狂欢，依然保持朴实无华、单纯美好的个性？是穷！

（推荐者：鱼 板）

笑侃学渣和考试

◆ 学霸上课算题目，学渣上课算时间。学霸复习是无懈可击，学渣复习是无中生有。

◆ 以后上课再也不玩手机、传纸条了，因为一节课只有 45 分钟，根本不够睡！

◆ 这次四级试卷印刷得不错，监考员服务很友好，考场干净整洁，灯光光线很好，下次还会再来。

◆ 高中生们不要感叹什么"毕业以后，这个班估计是聚不齐了"，我跟你说，在大学，上课都聚不齐。

◆ 考试时的恐怖瞬间：别人都拿出计算器算题目了，可你根本不知道哪个地方需要用到计算器！

◆ 我最喜欢数学了，它没有语文的曲折，没有政史的枯燥，没有英语的语法，它有的，只有不会做、不会做和不会做……

（推荐者：甜辣酱）（本栏插图：孙小片）

一场跨越20年的捉迷藏，能够挽回夫妻间的感情与信任吗？

储藏室

捉迷藏

□ 顾敬堂

张洁是一名普通教师，和丈夫左新本是同事，后来左新辞职，下海经商，家里的生活越来越好，但张洁却反而不放心起来，生怕左新有钱后变坏了。

这天下午，张洁给左新打电话，问他几点下班。左新有些不耐烦地说道："你天天这样查岗累不累？我今天有应酬，说不准几点回家！"

张洁被噎得说不出话，情绪极端起来："左新，你这是烦我了吗？你在哪？我过去找你，这日子能不能过，当面把话说清楚！"

左新压抑了许久的火气涌了上来，怒道："咱们城市就这么点儿地方，有本事你找到我再说！"

张洁冲着被挂断的电话吼了几声，拿起外套怒冲冲地出门了，发誓要把左新找出来。她叫了辆出租车，先去了左新的公司，发现他的奥迪没停在公司院里。张洁尽量让自己冷静下来，思索着如何在这茫茫人海把左新揪出来。

出租车漫无目的地向前开着，司机时不时拿起对讲机，在电台里和同行聊两句，交流哪哪堵车，哪哪客流多。张洁灵机一动，对司机说道："师傅，我多给你二十块钱，你帮我在电台里喊一声，让大家帮忙留意一下尾号四个'3'的奥迪，好吗？"

司机愉快地答应下来，立刻

在电台里说了信息。这二十块钱瞬间买了几百个流动眼线，仅仅过了几分钟就有人在电台中反馈：在一个非常隐蔽的茶楼旁边发现了目标车辆。

出租车抵达茶楼，临下车时，司机师傅热心地劝道："大妹子，男人不是靠盯着防着的，你得想办法让他黏着你。"

张洁愣了一下，推门进了茶楼，说来找左总，服务员立刻报出了茶室名称，看来左新是常客了。

张洁要了一壶绿茶，亲自端着敲了茶室的门，进去后，她发现里面只有左新和一个穿着体面的男子，果然是在谈事情。张洁在左新诧异的目光中，微笑着将茶壶放到桌上："这是明前新茶，请两位老板尝尝。"

不等左新说话，张洁弯了弯腰，退出了茶室，只听那名客人道："这是茶楼的老板娘吗？气质很好啊。"

张洁擦擦额头的虚汗，离开了这里：这壶茶原本是打算泼在左新身上的——如果和他一起喝茶的是女人的话。

话说左新在茶楼里看到张洁，大吃一惊：没想到老婆如此神通广大，居然真的找到了自己。同时他也恼火到了极点，谁能接受老婆像个特务似的整天盯着自己呀！他表面不动声色，和客户谈完了生意，立刻驱车赶往家中，打算和张洁大吵一架。

家里空荡荡的，不见张洁的身影，桌上留着一张便笺：老公，我找到你了，现在该你找我啦！六点半之前找不到就算输哦！

这张便笺，忽然触动了左新尘封的记忆，让他想起了20年前的一段往事。

张洁和左新当年同时被分配到一所乡村中学当老师。学校比较偏远，吃住条件很艰苦，娱乐活动少得可怜。但学校里年轻教师比重很大，大家课余时间嬉笑玩闹，倒也不觉得寂寞。

这天下午，因为农电所检修线路，所以晚自习取消了。住校的老师们忽然多出了一些空闲，有个叫王泽的老师提议大家玩捉迷藏。大家被勾起了童心，纷纷响应。

游戏的第一局是四名男老师藏，两名女老师找。计时三分钟后，张洁和另一名女同事英子分头行动，很快揪出了三名男同事，唯独左新藏得严实，怎么都找不到。

张洁眼珠一转，想到了一个办法。她跑到学生宿舍，喊出了住宿的十多名学生，让他们分头寻找左新，一旦发现他的身影，就大声朗诵《藤野先生》。

学生们也觉得好玩，立刻兴致勃勃地跑出去，在校园里寻找起来。不大会儿工夫，便传来男生响亮的朗读声："大概是物以稀为贵吧，北京的白菜运往浙江，便用红头绳系住菜根……"

张洁和英子闻声奔过去，鼻子差点被气歪了，站在外面笑骂："左新你缺不缺德？赶紧滚出来！"左新从男厕所走了出来，嬉皮笑脸地说道："又没人规定不能藏在厕所里。"张洁给了他一个白眼："那又怎么样，还不是被我逮到了！早知道你藏在这儿，我们就不找了，活活臭死你！"

大家嬉笑了一会儿，轮到女生藏了。张洁思忖了一会儿，找到看守门的老韩，悄悄对他说："韩师傅，一会儿你把杂物间打开，我躲在里面，再从外面锁上。千万别告诉别人呀！"老韩抿嘴笑着同意了。

张洁躲在杂物间里，不大一会儿，就听见英子的笑声，显然，她已经被擒获了。

张洁捂着嘴偷笑，心想只要韩师傅不告密，任谁也找不到自己。时间一分一秒地过去，杂物间里的光线越来越暗，渐渐到了伸手不见

五指的程度。张洁侧耳倾听，外面没有一丝声响，安静得落针可闻。

张洁忽然慌了，用力地拍打着门，大声呼喊韩师傅。不知过了多久，外面传来了急促的脚步声，伴随着钥匙串哗啦啦的响声，门终于被打开了。韩师傅满怀歉意地说道："对不起呀小张，刚才食堂大师傅找我过去帮忙修笼屉，一忙起来把你给忘了。"

"王泽和左新他们呢？"

"半个小时前我就看他们在食堂排队打饭了。"

张洁的眼窝顿时红了，她飞快地穿过暮色中的操场，跑进教师宿舍，迎面遇到了王泽。她忍着眼泪质问道："你们为什么不找我？"王泽坏笑道："找了呀，没找到。左新说算你赢了。"

被同伴戏弄的感觉油然而生，张洁"哇"的一声哭了出来。这时，男宿舍的门开了，左新笑眯眯地将张洁拉进屋里，只见桌子上摆了七八个菜，有几个是从食堂打来的，还有些香肠罐头之类的，应该是在山下供销社买的。桌子正中摆了一个很大的面包，插着两大三小五根蜡烛，同事们拍着手唱起了生日歌。

左新笑着说道："趁你藏起来

的时候，我们去山下买了点吃的，为你庆祝生日。"英子促狭地说："左新偷看了你的档案，知道你今天生日，还真是有心呢！"

张洁的眼泪淌得更凶了，先头是气愤，现在全变成了感动。

打这以后，张洁和左新走得越来越近，很快确定了恋爱关系，最终步入了婚姻殿堂。

回忆到这，左新脸上浮现出了一丝笑容，他拨了张洁的号码，却被告知对方已关机。她躲到哪去了呢？左新皱着眉思考起来。

与此同时，还是当年的乡村中学，只是当年的平房早已变成了气派的三层楼。王泽始终没离开这所学校，已经成了校长，其他当年的老同事也纷纷被王泽邀请了回来。

桌子上的菜也是今非昔比，各种美味佳肴源源不断地被端了上来。大家围在一起，杯中都倒满了酒，但谁都没有动筷，都在盯着墙上的石英钟。

张洁抿了抿嘴，轻声说："这次拜托王泽，邀请大家到这儿来聚会，其实是因为我最近觉得和左新的距离越来越远，想借这个机会和大家一起回忆回忆过去，找找当年的感觉。今天是我的生日，对我和左新来说有着不同寻常的意义。我本想给左新一个惊喜，所以今天下午才打电话给他，想让他直接到这儿来，谁知……"

王泽连忙安慰她："再有十分钟就六点半了。你放心，左新要是找不到这里，我们这些老同事一定不会轻饶了他！"

话音刚落，左新手里捧着鲜花嬉皮笑脸地推门进来："你们也太小看我的智商了！一提起捉迷藏，我立刻就想到了咱们中学，想起了那段美好的时光！"

扭过头去，左新将鲜花郑重地递给张洁，满含歉意地说道："对不起老婆，我忘了今天是你的生日，现在记起来不算太晚吧？"

张洁如释重负般露出了笑容："被你找到了，算是平局，快坐下喝酒吧！"

看着得意扬扬的左新，王泽在心里冷哼一声：要不是我给你发微信提醒，谅你也想不到我们在这里！他掏出手机，想删除这段对话，消灭证据，忽然惊奇地发现，刚刚发信息的时候，正巧手机信号不好，那条编辑好的信息前有个红色的感叹号，根本没发出去……

（发稿编辑：赵嫒佳）

（题图：陆小弟）

20

删不掉的缘分

□ 孙华友

刘波是一名货车司机。这天，他驾驶着大货车行驶在山路上，天空中突然飘起大雪，路面陡然变得十分湿滑。突然，轮胎打了

滑，车身左摇右摆起来，此时车子正处于爬坡期，刘波拼命想控制住方向盘，但要命的事还是发生了，车身开始失控后溜。车子的一侧是崖壁，一侧是山沟，而车子后溜的方向，正是山沟一侧。

刘波吓傻了，大脑一片空白。就在这千钧一发之际，车身猛然一震，一下停住了。刘波赶紧打开车门跳下车，发现车后方一侧站着一个人。此人身材消瘦，年龄六十开外，从一身装束来看，是一名公路养护工。

老汉指着车尾，说："刚刚太危险了，差点就掉下去了。"

刘波这才发现，大货车的一个后轱辘已经冲出了路基，半悬在空中。幸好另一个车轱辘在冲出路基的那一刻，压到了一块大石头。刘波硬着头皮往下面看了看，顿时惊出一身冷汗。山沟又深又陡，乱石嶙峋，这要是掉下去，后果不堪设想。

此时，车身已经严重倾斜，车厢一角的货物倾泻出来，散落到山沟里到处都是。刘波的心又揪了起来，这里又偏又远，又是这种鬼天气，找救援的话，费用贵不说，人家还不一定会来。

刘波正胡思乱想着,一旁的老汉拿出一部旧手机,不知在给什么人打电话:"多找些人,再开两辆拖拉机来。快点!很着急……"刘波暗吃一惊,这老头难道想趁火打劫?

很快,随着一阵"突突突"的声音,两辆拖拉机拉来了一大群人,男女老少都有。他们一跳下车,就扑向散落在地上的货物,抱的抱扛的扛,眨眼间装满了两辆拖拉机。

刘波摇摇头,脸上现出了无奈的表情。老汉看到了,呵呵笑道:"不用担心,我找人来帮你呢。"非亲非故的为什么要帮我?刘波看着老汉,一脸的不相信。

老汉见状,继续笑道:"当然了,钱还是要给的。像这种情况,叫救援的话最少五千块起步。这样吧,我找人帮你,你给三千就行。"

刘波知道老汉说的倒是实情,但自己最近急需用钱,三千块对自己来说也不是小数目。再说了,谁知道老汉说的是真是假?万一他借机敲诈呢?看刘波不说话,老汉抬起手指着车子的门徽,说:"这是长丰公司的车吧?听说你们老板赵长丰很有钱,是不是?"

老汉竟然知道自己的老板?这完全出乎刘波的意料。他心里暗道:

老板是老板,我是我,那是一回事吗?再说了,现在老板的日子也不好过,上个月的工资,还是老板借钱发的呢。

刘波正想着,两辆拖拉机停在了大货车的前方,一群人从拖拉机上跳了下来。不等刘波发话,老汉已经指挥人群忙了起来。有的往车上拴缆绳,有的爬到车上整理货物,有的跑上跑下搜集货物,人群忙碌却有序,刘波在一旁看呆了。

有道是人多力量大,不到半小时,一切被重新收拾停当。刘波爬进驾驶室,在两辆拖拉机全马力拖动下,大货车冲上了坡顶,刘波放眼望去,前方一马平川。

刘波心里有脱困后的喜悦,更多的却是失去三千块钱的心疼。他拿着手机来到老汉跟前,面无表情地说:"我没有现金,给你转账吧。"

老汉笑着说:"行,先加个好友吧。"

刘波语气依旧,说:"不用加好友,可以扫码支付。"

老汉执意说:"还是加个好友吧,我喜欢跟人加好友。"

事真多!我出钱你出力,两不相欠,就此别过再无瓜葛,加什么好友?刘波心里这样想,但老汉十分坚持,他也没办法,只好加了好友，给老汉转了三千元。

"慢点开，路很滑……"老汉还想叮嘱刘波几句，只听"砰"的一声，刘波关上了车门。"装什么好人！"他嘴里嘟囔着，启动车辆，头也不回地走了。

一路上，刘波心里老惦记着那三千块钱，越想越心疼。这时，"叮"的一声，刘波手边的手机屏幕亮了，一条信息蹦了出来。刘波斜眼一看：您的转账已被对方退回。刘波一愣，以为自己看错了，他急忙把车停在路边，点开消息仔细一看，千真万确，刚刚转给老汉的三千块钱，被原封不动地退了回来。

看着消息，刘波的第一反应是，老汉不懂操作，误把钱给退回来的。刘波心里起了波澜：说到底，这笔交易根本没经过我同意，说他是趁火打劫、敲诈勒索也不为过。鬼使神差般，刘波伸出手指头，把老汉从好友中删除了。刘波驾车继续上路，三千块失而复得，按理是好事，但不知为何，他却高兴不起来。

刘波把货物送到了目的地。刚卸完货，老板赵长丰给他打来电话，他急忙接听："刘波，我给你发了段视频，你赶紧看看。"

挂断电话，刘波一肚子疑惑，他点开视频：大雪飞扬中，一辆大货车正在爬坡。突然大货车失控后溜，慢慢朝路边的山沟滑去。千钧一发之际，一个人影出现了，他费力地将一块大石头塞到了大货车的后轱辘下面……

视频是后车记录仪拍摄的，画面十分清晰，刘波一眼就认出来了，视频中的大货车正是自己开的那辆车，而塞石头的人，正是那位养路工老汉。

视频还原的真相，跟刘波想象的完全不一样，他一下子傻了。这时，老板赵长丰又发来了一段语音：

"人家对你可有救命之恩，公司跟你都应该感谢人家……"

刘波想了好久，给老板回复道："老板，我知道该怎么做。"

当晚，刘波彻夜难眠。第二天，他驾车原路返回，来到事发地时，大老远看到一个人影正在修整路基，不是别人，正是自己的救命恩人。

刘波把车停在路边，快步来到老汉跟前，颤声喊道："大叔……"刘波刚要跪地磕头，老汉一把架住了他，还是那副笑模样，说："刚刚我还在惦记你呢。"

刘波一脸的羞愧，不知如何是好。他掏出手机，红着脸对老汉说："大叔，咱们再把好友加上吧，我把钱再转给您。"

老汉掏出手机，说："只加好友行，转钱就免了吧。说实话，钱是我主动退给你的。当时要不是看你害怕，心里不信任我，为了不让你担心，我才不会装模作样地跟你谈半天价。"

事情的真相竟然是善意的谎言。刘波更急了，说："大叔，昨天你找那么多人来帮忙，我付钱是应该的。"

看刘波执意要付钱，老汉指着眼前一条通往下面村庄的水泥路，说："没修这条路之前，我们村每年都有人摔下山沟，有一年竟然摔死了一个人。乡里想给我们修路，可是等了好多年也没筹够钱。后来，是你们长丰公司的老板赵长丰热心公益，一下出了六十万，才给我们修好了这条路。你说说，他公司的人跟车出点事，我们村里的人帮点忙，能要钱吗？"

刘波听完这番话，顿时呆若木鸡。缘分，可真是个奇妙的东西，不知何时何地，就能把两个毫不相干的人连在一起。刘波跟老汉重新加了好友，一再感谢后，他告别老汉，驾驶着大货车往公司赶。

刘波一边开车，一边从衣兜里掏出一张纸来。思考许久后，他撕碎了纸片，随手抛出了车窗外。碎纸屑随风飘扬，隐没于路边草丛中。

这是一封辞职信。就在前几天，另一家公司开出了更高的工资，刘波本打算跑完这趟任务，就把辞职信交到老板手里。现在刘波下定决心了，以后无论赚多赚少，都跟着赵长丰干。跟着这样的老板干，赚钱是小事，关键是危难时刻有人帮啊！

（发稿编辑：朱　虹）

（题图、插图：佐　夫）

王达三十多岁，在车轮厂上班，算是工作稳定，家庭幸福。可就有一点，王达在外是个大男人，回到家却是个妥妥的"妻管严"。尤其在钱上，妻子刘丽向来说一不二，把王达管得死死的。

最近，王达的妈妈退休了。老太太忙了一辈子，突然闲下来反而浑身不是滋味，她见邻居大娘买了个平板电脑，既能学气功和广场舞，又能上网，就和王达说也想买一个，丰富一下退休生活。

王达把这事儿和刘丽说了，刘丽却说道："快过年了，花钱的地方多，一个平板电脑得三千块，妈又不着急用，等过完年再说吧！"王达一下泄了气，只好琢磨着怎么和他妈说。

正巧今年车轮厂效益不错，年底每人额外发了三千块钱奖金。这天，王达揣着奖金，心情好了不少，回家的路上还顺便买了两条活鱼，准备回家做个鱼汤改善一下伙食。

要按以前，无论工资还是奖金，王达一定全都乖乖"上交"，可这次他转念一想，不如用这钱给妈买个平板电脑，让老人过年高兴高兴；刘丽那边儿，就和她说老太太自己花钱买的，岂不两全其美？

王达回到家就赶忙把鱼放进水槽，奖金还在兜里呢，他没来得及想把钱放在哪里，不料刘丽今天竟提早下班。听到开门声，王达的心都快跳出来了，刘丽眼尖，自己

一沓奖金

□康 倩

兜里揣了啥，肯定逃不过她的眼睛。情急之下，王达看见厨房里有两箱苹果，箱口没封胶带，于是赶紧把装钱的信封塞了进去。

刘丽进门就喊王达，听见他在厨房应了声，就探头来看。她见王达一脸慌张，不由得上下打量他，狐疑地问："你怎么了，满头大汗的？"

王达很少对刘丽说谎，此时更是舌头打结。他在厨房转了一圈儿，一指水槽里的活鱼，结结巴巴地说："今、今天回来的路上看鱼挺新鲜，就买了两、两条想煲个汤，可弄半天也没收拾明白。"

刘丽抻着脖子看了一眼鱼，笑道："你收拾过几次鱼呀？还是我来吧！"说完她把王达推出厨房，自己在厨房忙活起来。这一晚直到上床睡觉，王达也没逮到机会把苹果箱里的钱拿出来。

第二天王达下班回到家，见刘丽正在卫生间洗头发，赶紧蹑手蹑脚钻进厨房。可一进厨房，王达就傻了眼，放苹果的地方空空如也，那两箱苹果早已不知去向。

这时刘丽擦着头发走过来，问王达："你找什么呢？"王达有苦说不出，忙问："苹果呢？那两箱苹果哪儿去了？"

刘丽坐到沙发上，边擦头发边说："咱俩都不爱吃苹果，可这是我单位过年发的福利，又不能不要，我就抽空给咱妈送去了。"

王达更急了，这要是送到刘丽娘家，被丈母娘看见那一沓奖金，他可怎么解释啊！于是他赶紧问刘丽："是给你妈，还是给我妈送去了？"

刘丽被王达问乐了："你妈，我妈，不都是咱妈吗？当然是一家一箱！"

王达被刘丽的话噎得直翻白眼，当天晚上借了个由头就去了自己妈家。进门二话不说，他直奔刘丽送来的那一箱苹果，结果翻到底也没见装钱的信封。王达只好悻悻回了家，进门见刘丽皱着眉头，似乎有话要和他说。可王达想着那一沓奖金，干什么都心不在焉，草草冲完澡就上床睡了。

隔天，王达下了班没回家，而是去了丈母娘家，去的路上又买了两条活鱼。两位老人见王达上门，有点儿惊讶，王达不太好意思地说："今天下班看见这鱼挺新鲜，就多买了两条，送来给二老尝尝鲜。"说完他一头钻进厨房，一定要帮二老收拾完鱼再走。

王达一进厨房，就看见地上放着刘丽送来的那箱苹果。他刚要打开箱子，厨房门就被丈母娘推开了。丈母娘笑呵呵地说："一路走得累了吧，哪能让你进门就给我们收拾鱼呢？快先去吃点水果！"

王达一听水果，心又提到了嗓子眼。回到客厅一看，好在不是苹果，但他又不好拒绝丈母娘的好意，只好如坐针毡地吃了一个橘子，又和老丈人闲聊了几句。一回头，见丈母娘进了厨房，王达赶紧主动请缨，让丈母娘回屋歇着，自己来收拾鱼。

关上厨房门，王达终于打开了装苹果的箱子。纸箱里，一个牛皮纸信封安静地躺在苹果上面。王达赶紧把它拿出来，捏一捏，厚薄也和之前一样。他来不及仔细看，赶紧把信封揣到兜里，心一下就放松了，吹着口哨把鱼收拾好，一身轻松地回了家。

王达到家后，趁刘丽在厨房做饭，悄悄把信封塞在了自己枕头下面。刘丽今天做了一桌子热腾腾的菜。不知是不是心里的石头落了地，王达感觉刘丽今天似乎挺温柔，两人吃饭时还开了一瓶好酒。

但晚上枕着那一沓奖金睡觉，王达还是觉得不踏实，总感觉自己

是在做贼。为避免夜长梦多，第二天在刘丽上班以后，王达就把钱又揣进兜里。一下班，他就直奔市中心的百货大楼，打算用那三千块钱赶紧买一台平板电脑。

王达本打算买银色的那款，可售货员说最后一台银色的平板电脑刚卖出去。王达一想，什么颜色老人也无所谓，就换成了深灰色。他把钱交给收银员，看着那沓人民币"刷刷"地过点钞机，突然觉得有点不对劲。

王达又把钱要回来，仔细看了看，突然发现这沓钱竟不是原来那

三千块钱！

王达明明记得自己领的奖金是一沓新钱，当时会计还半开玩笑地对他说："你看这钱嘎嘎新，还连着号呢！"可现在王达再看自己手里的人民币，不仅不是连号，而且还有新有旧。

谁把钱给换了？为什么换？王达只觉脑袋嗡嗡响，顾不上再买平板电脑，一把将钱塞进怀里，赶紧回了家。

王达到家时，刘丽也刚回家不久。她见王达一脸慌张，忙问怎么了。王达憋得脸通红，可这事儿已经到了不得不说的地步，他只好硬着头皮，把事情从头到尾都向刘丽坦白了。

刘丽听完，沉默了一会儿，起身回卧室拿出一样东西。王达一看，竟是一台崭新的银色平板电脑，他惊讶地问："你……什么时候买的？"

刘丽瞪了王达一眼："今天！就是刚刚买的！我本想买完再和你谈谈。"她一把将平板电脑塞到王达手里："你也真是，有什么事儿是不能和我商量的？"

原来，刘丽将那箱苹果送到娘家的当天晚上，刘丽妈就发现了纸箱里的钱。刘丽妈打电话来告诉刘丽的时候，王达正在自己妈家翻另外一箱苹果。刘丽当时一听，就把事情的原委猜出了十之七八。

刘丽妈还在电话里劝女儿："就是因为你平时总爱自己说了算，王达才不敢和你商量！明天你早点来我这儿把钱取回去，别和王达发脾气。两口子嘛，遇事还得有商有量才好！"

可没想到，第二天刘丽刚把钱从娘家取走，王达就来了。刘丽妈怕戳穿了这事儿，王达没面子，就趁王达吃水果的工夫，又装了三千块钱放进那箱苹果里。

王达一手拿着一沓人民币，一手拿着平板电脑，心中千般滋味。他不由感慨道："媳妇儿，这次是我不好，以后我一定什么事儿都不瞒着你！"

刘丽开怀一笑："我也有不好的地方，以后咱们遇事都好好商量！"

王达看着手里的钱，挠了挠头："这钱咱得赶紧给你妈送回去！"

刘丽一拍王达肩膀："呆子，是咱妈！"

王达憨憨一笑："对对！你妈，我妈，都是咱妈！"

（发稿编辑：王　琦）

（题图、插图：豆　薇）

我叫无原则

□ 徐树建

小事和稀泥

黄健华是个公务员，最近被派到新华村任第一书记。没过几天，黄健华就发现村委班子里有个人很有趣，大伙都叫他吴原则。这当然不是本名，因为他姓吴，讲起原则来一板一眼，所以大伙都叫他"吴原则"；可有时他又嘻嘻哈哈的，不讲原则，所以又叫他"无原则"。

这天，村里发生了一件事：一东一西两户人家，东边人家的鸡吃了西边人家菜园里的青菜，因为是屡犯，西家一气之下打死了东家的鸡。东家炸了毛，告到村委会。黄健华正觉头疼，吴原则说了声"这事我来处理"，当即来到东家，拎起那只死鸡，说："晚上到我家吃饭。"他又来到西家说："晚上到我家吃饭，记得带瓶酒。"吴原则是村干部，他请人吃饭，两家自然痛快答应。

到了晚上，东家先来到吴原则家，发现鸡已煨好，桌上还摆着好多菜，当即高高兴兴坐下，就在这时又进来一人，是提着一瓶好酒的西家。西家一见东家也在，掉头就走，吴原则早反锁上门，虎着脸说："我今天想喝酒，不要扫我的兴，天大的仇等喝过酒再说，给不给我这个面子？"

两人只得板着脸坐下，吴原则

一指桌上："鸡是东家的，酒是西家的，其他菜是我的。我们仨这叫打平伙喝酒，谁也不讨谁便宜，开吃！"

三人埋头吃菜喝酒，气氛十分沉闷：东家起先不肯喝酒，因为酒是西家的，但尝了一小口后发现酒很好，不喝白不喝，喝他的酒就当弥补死鸡的损失，所以就大口喝开了；西家先是不肯吃鸡，因为鸡是东家的，但看到东家喝他的酒，立即伸筷子夹鸡，心说你能喝我的酒，我就能吃你的鸡。喝着喝着，酒劲上来，两人原本紧绷的脸不知不觉就松了。

吴原则忽然长叹一声："相处这么多年了，像亲兄弟一样，竟然

为了一只鸡翻脸，想想真是不值得。"

那两人顿时脸有愧色，东家心说是西家动手打死我的鸡的，正寻思要说这话，吴原则哪容他开口，一旦他开口西家肯定反驳，说是你家鸡先吃我家菜的，那就没个完了，他立即一指西家："身上有钱没？"

西家一愣："什么意思？"

吴原则一瞪眼："赔人家一点钱啊。人家鸡只不过啄了你几棵菜，你就动粗，赔点钱不算过分吧？没钱我垫！再说你家菜园没有围网，难保鸡不跑进去啊！即使今天他的鸡不进来，明天也会有别家的鸡进去啊。"

东家听了满脸通红，一半是酒劲上涌，一半算是气出了，嚷道："算了算了，一只鸡也不值多少钱，再说这瓶酒更贵，赔什么赔？"西家脸更红，声音更大："不，要赔！是我过分了，对不起！"

吴原则趁势端起酒："来，干了这杯酒，我们还是好邻居，好不好？"那两人一起喊："好！"一仰头干了。

这事就这么解决了，黄健华听完瞪大了眼："真的吗？太高明了！可是，你这做法叫和

稀泥，无原则！"吴原则笑嘻嘻地一挺胸脯："到！"

自有过人处

到了夏天，村里又出了一件事。今年雨水特少，稻田灌溉用水十分紧张，上游的一户人家在小沟里的水流经他家稻田时，堵上了水沟。这么一来他家田里倒是有水了，下游人家的稻田却干得不像样。两家顿时闹了起来。

就在这时，上游人家的孩子接到大学录取通知书，因为他家经济困难，除了村里拿出一笔钱，黄健华还号召全村为他家捐款。吴原则拿着捐款明细表，来到那户下游人家，说："情况我就不多说了，你看，是不是表示一下？"

下游人家差点蹦起来："他家断了我家稻田的水，还让我捐款？你当我傻子？"

吴原则一脸严肃："首先声明一点，捐款出于自愿，没人逼你；其次，如果你不捐，你还真是个傻子，大傻子！"

下游人家听了一脸迷茫，吴原则说："你跟他家大人有嫌隙，跟孩子也有吗？我们农村出一个大学生容易吗？如果因为没钱，我们村的孩子上不了大学，往小了说是害

孩子一辈子，往大了说是害国家少一个人才，你扪心自问，真的没有愧疚感吗？"

一语惊醒梦中人，下游人家一脸惭愧道："是啊，我跟孩子生什么气？那孩子平时见了我就喊叔叔，特别有礼貌，我这当长辈的差点失了礼数。"说完，他爽快地捐了800块。

吴原则马上来到上游人家，递上捐款明细表和钱，佯装无意地说："那户人家捐了800块，说你家孩子是个好孩子，他是看着你家孩子长大的，打心眼里欢喜……"

话没说完，上游人家的女人眼圈就红了，朝男人嚷道："你看看你做的事！非要断人家水，人家这么对我家孩子，你说得过去吗？"

那男人面红耳赤道："我、我这就上他家赔礼道歉，立即放水！"

这事又解决了，黄健华听完，朝吴原则一竖大拇指："吴原则，你虽然无原则，但自有过人之处，厉害！"

吴原则还是一副嘻嘻哈哈的样子："不是我厉害，人心都是肉做的，懂这点就行。"

这两件事一处理，他在黄健华心中"无原则"的形象算是牢牢固定了，直到发生了这么一件事。

大事讲原则

村里老李头早上放羊时一只不少，晚上羊回圈时一数，少了一只，那可是一只成年羊，很值钱。他想起放羊时，自家羊群跟村东头张老倔的羊群碰头了，现在少了一只，肯定是混到张老倔羊群里了。可那张老倔爱贪小便宜是出了名的，嘴皮子又厉害得很，所以老李头只好请村里出面。

吴原则拍拍对方的肩，说："叔，这事包在我身上，三天之内不帮你要回来，我赔你！"

老李头一走，黄健华说："老吴，你以前处理事情总爱和稀泥，为了息事宁人甚至不惜倒贴钱，这回肯定是你掏钱买只羊赔给老李头，对吧？"

不料，吴原则摇摇头，严肃地说："这回不同，以前是小事，无关原则，所以可以和稀泥；这回是原则问题，一只成年羊上千块，如果就这么稀里糊涂放过去，那是助长不良风气。为避免夜长梦多，我们立即行动，先来招敲山震虎！"

两人当即来到村东头张老倔家，吴原则笑呵呵地说："老倔叔，黄书记关心你家致富情况，想了解一下你家今年养了多少只羊。"张老倔说："98只。"

黄健华接过话头："不对，老倔叔，我听说你家羊只有97只，怎么多了一只？"

吴原则若有所思道："对啊，黄书记这么一说我也想起来了，前几天村里统计时说你家羊是97只哩，难道统计数字错了？"

张老倔有点慌张："肯定是统计数字错了。"吴原则没再说什么，和黄健华走了。

到了第二天凌晨4点，整个村庄还在沉睡，张老倔却牵着一只羊悄悄走了出来。当他走到村口时，身后突然有人叫他："老倔叔，一大早这是干吗去啊？"

张老倔一哆嗦，回头一看，

黄健华和吴原则笑嘻嘻地站在他背后。张老倔一下子结巴了："我我我……赶早市卖羊去。"

吴原则走过去，一边抚着羊一边直咂嘴："啧啧啧，这羊还没完全长成你就要卖？亏大了，真舍得！这样好了，与其跑那么远到集市上卖，不如卖给我们好了，多少钱你开个价。"

张老倔脸上的表情像哭又像笑："你你你……你们说得对，现在卖羊可亏了，我不卖了。"

望着他回去的背影，吴原则说："现在可以确定，他要卖的羊就是老李头的。张老倔这下已完全清楚我们在怀疑他，不过他这人倔得很，不会轻易服输的，和他之间还要再战！"

中午时分，两人趁热打铁，再次来到张老倔家，张老倔一见他俩来，脸上就是一惊。

吴原则大大咧咧地说："老倔叔，我们这次来是想关心一下你儿子娶亲的事，我突然想起来，你那未来的亲家还是我同学哩，要不要我帮着说说好话？"

此话一出，精准点中张老倔的命门，张老倔脸上立马现出讨好的样子，说："那敢情好啊，你也知道，我儿子岁数不小了，可女方一直磕磕绊绊的，不顺溜，不知道是不是嫌彩礼少。"

吴原则一摆手："不，你不了解我那老同学，他人很痛快的，对钱财一点也不看重，只看重一点……"

吴原则故意停顿，张老倔急问："看重什么？"吴原则一字一顿道："人品！我那老同学跟你一样是个倔脾气，以前有人到他家说媒，人家那条件可比你家强多了，可当他听说那家人以前干过坏事，他立马翻脸，谈也不谈！"

两人走后，张老倔那张脸一阵红一阵白的。

第二天一大早，黄健华和吴原则刚到村委会，赫然发现门口大槐树上拴着一只羊。

吴原则立即叫来老李头："叔，羊被我们找着了！你说巧不巧，我和黄书记在山里转悠时，刚好看到这羊在沟里圈着。叔，这事就算了结了，不要瞎怀疑别人了。"

老李头笑得合不拢嘴："是的是的，这羊就是我家的，以后我不瞎咧咧了。"

望着老李头牵着羊走远，黄健华佩服地拍了拍吴原则的肩……

（发稿编辑：朱　虹）

（题图、插图：陆小弟）

泗州盲刀

□墨中白

泗州西大街南北长约三里，共有六家卖肉的。其中有个人叫盲五，他一天就卖三口猪。盲五的猪肉好卖，其余五家卖肉的眼红，想把盲五赶出西大街，可都不敢做。盲五双目失明，可手里的那把刀却很神奇。

盲五卖肉是不用秤的，顾客站到肉案前，报肥瘦和斤两，只见他一刀下去，肥瘦刚好，斤数不少。一开始，有人不相信盲五的刀会比秤准，接过肉，会用秤校，结果非但不少，还多一两。买盲五的猪肉，只多给，不会少斤两。这样一传开，盲五的猪肉更好卖了。可盲五每天只杀三口猪，多一口也不卖。

看着众人在盲五肉铺排队等着割肉，对面肉铺的邱三心里就不自在了，想找人整盲五。邱三请的人是牛七。这牛七好吃懒做，在街上吃拿卡要，做生意的人都怕牛七。

清早，盲五刚将猪肉放在案板上，牛七就来了："给俺称十斤槽颈肉，十五斤腰眉肉，二十斤臀尖肉，三十斤碎骨头。"牛七指哪儿，盲五手中的快刀游走到哪儿。肉割好，盲五告诉牛七："俺只卖肉，不卖骨头。"

"骨头照付给你钱。"牛七大手一甩，银落案板，叮当作响。

虽看不见来人，可盲五知道眼前这主是来寻碴儿的，全城人都知道他卖肉从不连皮带骨切给人家，更不用砍刀。他只需执一把八寸余长的小刀游走在骨缝间剔肉，顾客要哪儿，刀就剔哪儿，肉扒光了，案板上只剩下一副完整的猪骨架。

泗州人爱买盲五的猪肉，除了他不缺斤少两，还因为他不把皮骨当肉卖，花银子买回的全是肥瘦肉。眼前这人一开口就要三十斤猪骨头，还要切碎，盲五知道是在难为他。

"俺的猪骨头是不卖的，你非要买，可不能说俺欺客！"摸着刀，盲五问，"骨头多碎为好呢？"

"当然越碎越好，成面粉才好哩。"牛七一脸坏笑。

"你拿盆接着。"盲五将盆交给牛七，双手抄起猪骨架，只听噼里啪啦响，那鲜红坚硬的猪骨头在盲五的手里，瞬间粉碎。牛七目瞪口呆，两手禁不住抖了起来。盲五一把抓住牛七的手说："端稳，撒掉就不够斤两了。"

牛七仿佛感觉到自己手指骨也被盲五捏碎了，吓得他忙放下盆，转身就走。只听盲五大喊一声："你的肉！"话音刚落，那四十五斤精瘦肉，啪啪啪地飞贴在牛七的脖子上。

牛七觉得脑袋一沉，刚想用手将肉拿开，只听盲五又喊："还有骨粉。"说完，他把肉盆一甩，只见三十斤骨头粉在空中漂亮地转着圈儿，落下，并围绕牛七的双臂紧紧缠贴他的身上。

整个过程把邱三看呆了，后悔把银子给了牛七。

两旁做生意的人看着牛七脖子上围满猪肉，都掩面偷笑。牛七回到家，才敢叫家人取下脖上的猪肉。

看着掉落地上的碎骨粉，牛七惊魂未定，感觉身体异常疲惫，便上床休息。没想到这一躺下，就出事了……

盲五是在街上卖肉时被捕头带走的，罪名是打人致死。

邱三说那天牛七一躺下就没有起来，四天后口吐鲜血而死。牛氏一纸诉状将盲五告了，西大街五家肉铺也都画押指证盲五是凶手。

盲五刚被捕头带走，知府白一品就收到西大街百姓递上来的签名书，请求放了盲五。

白知府一时左右为难，问师爷："盲五与牛七无仇，为何要他性命呢？"

"满街人都看见盲五将猪骨头握捏粉碎……"

"仅凭这，怎能断定人是盲五

所伤？好好查，那么多人为盲五喊冤，看来其中必有隐情。"白知府打断了师爷的话。

师爷奉命再查。看着师爷远去的背影，白知府想那盲五双眼虽瞎，却能把猪肉生意做得如此红火，绝不仅是因为他一手神奇的刀功，就算如师爷所言，那些联名上书的穷人都曾喝过盲五的骨头汤，可是众人拿着银两自愿排队去买盲五的猪肉，又如何解释呢？白知府相信，牛七虽可恶，盲五是不会要其性命的。他决定亲审盲五。

盲五辩解说，实想教训牛七，并不想取他性命。

邱三等人不信，咬定盲五是害死牛七的凶手。

"牛七并没有死。"盲五话一出口，众人皆惊。

"他人在哪里？"白知府问。

"俺这就领大人去见牛七。"盲五带着白知府等人出了泗州城，来到梅花庵，见一光头正跪在观音佛像前忏悔。

牛氏不敢相信，先前让人弄了具毁容男尸蒙混作假，其实牛七早已躲到盱山去了，要等法办了盲五再悄悄回来，他怎么会跑这里拜佛呢？

捕头将牛七带回府衙。牛氏和邱三等人原以为牛七会拒绝承认他们共同设计谋害盲五，没想到，牛七开口就说："俺信佛了，今后绝不再做恶事。"说完，他就跪在盲五面前。

见牛七低头认错，牛氏和邱三等人也都吓得纷纷跪下，请白知府开恩，从轻发落他们。

"这么多明眼人，陷害一个睁眼瞎，实在可恶，每人各打二十大板，回去好好做人吧。"白知府当众宣判盲五无罪。

盲五回来卖肉，还是不卖骨头。顾客要哪儿，他的刀就剔哪儿，肉扒光了，案上只剩下一副完整的猪骨架。

看着那鲜红的猪骨架，买肉人喜欢，西大街的穷人更喜欢，因为他们又有骨头汤喝了。

大伙还说牛七信佛，是因为害怕看见盲五手中的刀。

牛七怎么会怕他剔骨头的刀呢？难道那夜自己从府衙跑出来找牛七，拿刀削他头发时，手劲用大了？盲五摸了摸那把剔肉的快刀，笑了起来。

（推荐者：朵　朵）

（发稿编辑：朱　虹）

（题图：豆　薇）

吃鱼不翻身

□叶凌云

明朝时，有个男孩名叫张文孝，家境贫寒，读不起书。父母看他白皙瘦弱，不是庄稼把式，想来想去，决定让他学医。当地镇上有个老郎中，颇有名气，父母便凑了点钱，带着他上门拜师。

从此，张文孝跟着师父四处行医，既学医术，也学为人处世。这天，张文孝跟着师父到一户渔民家里出诊，那渔民出海打鱼遇到了大风浪，小船差点翻了，他拼尽全力，好不容易才驾船回到岸边。由于劳累过度，受了风寒，再加上死里逃生，受了惊吓，他病得很重。师父为其诊治了两次，情况明显好转。最后一次出诊时，病人已基本康复，还特意设宴款待师徒二人。

渔民家并不富裕，好在自己捕了不少鱼，因此弄了一桌鱼宴。师父一边和渔民聊天，一边吃鱼喝酒。其中有一条海鱼特别鲜美，张文孝吃得很解馋。眼看一面肉吃没了，张文孝便要把鱼翻过来继续吃，不料师父用筷子压住了那条鱼，说："别的盘子里也有鱼，吃别的。"渔民愣了愣，笑着说："孩子想吃，就让他吃呗。"师父摇摇头，也不解释，继续和渔民喝酒聊天。

师父发话了，张文孝自然不敢多说啥，只好去吃别的盘子里的鱼。

吃完饭，师徒告辞回家。路上，师父说："是不是不明白为啥不让你吃那条鱼？"张文孝挠挠脑袋："确实不明白。您平时都让我把鱼吃干净，别浪费呢。"师父笑了笑说："渔民家里一般都有忌讳，吃鱼是不能翻身的。"

张文孝点点头说："师父是怕人家不高兴。"师父摇摇头说："也不单是为这个，如果是平时，你是孩子不懂事，翻了也就翻了。但这个渔民之所以生病，主要是被海上的风浪吓的，身上的病虽然好了，心里的病还得缓几天。你这时候将鱼翻身，他就会想到船翻了，岂不是给他心里添堵？作为郎中，想的自然要比普通人多一些。"

张文孝心悦诚服："师父说得对，徒儿明白了。"

过了几天，新来的知县大人生病了，差人请老郎中去看，张文孝又跟着师父去了。知县年纪不小了，这次赴任赶路太急累病了，之后吃了师父开的药，也就好了。知县很高兴，也设宴款待师徒二人，并让师爷好好招待。

县衙的宴席自然是丰盛的，张文孝吃到了鸡鸭鱼肉，十分开心。尤其是那鱼，跟老百姓的做法不一样，甚是美味。张文孝吃完了一面鱼，心想，这不是渔民家，肯定没有忌讳了，于是伸筷子要翻身，不

料师父又一次用筷子压住了鱼："那么多好吃的还不够你吃啊？这鱼别动了。"

师爷看了师徒二人一眼，对师父感叹道："有心了。"师父笑了笑，继续吃饭。从县衙出来后，张文孝纳闷地问道："师父，这次不是在渔民家，为啥您不让我翻身吃鱼啊？"

师父叹口气说："你知道知县为啥连夜赶路赴任吗？"张文孝说："听说是前任知县被罢官了。"师父又问："那你知道前任知县为什么被罢官吗？"张文孝想了想说："听说是城外的渔村有人勾结倭寇造反，知县镇压不力。"

师父点点头说："没错，这新任知县火急火燎地跑来赴任，就是为了尽快整顿县城，等待大队官兵到来好平息反叛。我进县衙的时候，师爷跟我说，尽量别说反字，知县听见就恼怒。你没看我出诊时都避开这个发音的术语吗？"

张文孝恍然大悟道："怪不得三平四反您说成三平四起，这知县还挺迷信的。"师父笑了笑说："图吉利的心思人人都有，当官的自然也不例外。咱看好了病虽然有些功劳，说到底也是本分。真要犯了忌讳，人家给你一顿板子也是没准的

事。行走官府看病，可不是那么容易的。"

张文孝吐了吐舌头："一个知县就这么厉害，这要是给皇上看病，说错话还不得没命啊。"

师父神色严肃地说："你要记住，在郎中眼里虽然都是病人，但治病的同时，绝不能忘了自己在跟谁打交道。"

张文孝连连点头，汗流浃背。

一年后，倭寇被打跑了，张文孝也长进了不少，师父的医术和为人处世都学到了不少。

这天，一个农户来请师父出诊。如今，老郎中开始让张文孝看病了，他在旁边指点。张文孝说得对，他就不出声；张文孝说得不对，他就更正。在师父的指点下，张文孝治好了这个农户。农户感激不尽，一定要设宴款待师徒二人。

农户杀了一只鸡，买了一条鱼，弄了点家里种的青菜，勉强凑了一桌宴席。席上农户殷勤劝酒，一再感谢，说张文孝医术高超。张文孝第一次亲手治好病人，十分高兴，不知不觉多喝了几杯，红头涨脸的，伸筷子去夹鱼，发现一面已经吃完了，又想去翻面，不料师父又伸出筷子压住了鱼："看你都喝成这样了，嘴里不辣吗？快吃点蔬菜去去

·口耳相传 源远流长·

酒气。"

张文孝一愣，不过他已经习惯听师父的话了，便拿起根黄瓜咬了起来。吃完饭，师徒二人告辞而归。路上，张文孝忍不住问师父："师父，这家一不是渔民，二不是官府，而且他的病是体虚之症，跟翻鱼没有任何关系，为啥您也不让我翻鱼呢？"

师父叹了口气说："这家的房子是刚盖的，你发现了吗？"张文孝点点头说："在倭寇之乱中，很多老百姓的房子都被烧了，都是后来重盖起来的。"

师父感叹道："这农户本就生活贫苦，又被烧了房子，困苦可想而知。你没看见，咱们吃饭时，那农户的妻子把两个孩子带到灶房里躲着，隔着墙我都能听见孩子咽口水的声音……"

听到这里，张文孝的眼圈一下子红了，他停下了脚步，恭恭敬敬地给师父行了个礼："师父的教诲，我一辈子都不会忘。"

师父点点头，欣慰地笑了。

（发稿编辑：朱　虹）

（题图：谢　颖）

本刊转载部分文章的稿酬已按法律规定交由中国文字著作权协会转付，敬请作者与该协会联系领取。电话：010-65978917，传真：010-65978926，E-mail：wenzhuxie@126.com。

凶宅有宝

□吴　滨

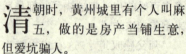

清朝时，黄州城里有个人叫麻五，做的是房产当铺生意，但爱坑骗人。

这天，有两个衣着土里土气的人来找他，一个年纪大些、又矮又瘦的自称赖永年，一看就是乡下来的。另一个年纪轻些、又高又壮的叫大夯，呆头呆脑的。赖永年想买下麻五手里一处小院。

一听报价一百两，赖永年急了："啥？你这是凶宅，最多三十两！"麻五没想到对方知道底细，一时有些张口结舌，但他又奇怪，对方知道，为啥要买？

赖永年支支吾吾地解释说："俺们乡下人手头紧，买房子便宜就行，不在乎是不是凶宅。"麻五半信半疑，又一想这房子砸手里不少日子

了，三十两也是赚，就答应卖了。

赖永年从鞋坷里取出皱巴巴的银票递给麻五，麻五强忍着恶心接过银票，也交出了房契。这时，赖永年身旁的大夯等得着急了，一瞧买卖成了便嚷嚷道："三叔的房子买完了，赖叔你快带我去吃大饼酱肉。"

赖永年被这话弄得有些紧张，马上呵斥大夯说："别瞎说，你不吃过半斤窝头了吗？"大夯委屈地说："光吃窝头没菜，我又饿了。你说的，买完房子分我钱，让我一辈子吃大饼酱肉，我娘说一辈子吃大饼酱肉得三百两银子。给我钱，

我要吃！"麻五一瞧大夯这德行，十足缺心眼，不过他这话让麻五想起一件事。

原来这宅子的原主人外号叫三儿，是个吝啬鬼，几年前，有人看见他与妻子争吵，失手杀死对方后跑了。因为跑得急，传言说他攒的钱还藏在院子里。后来三儿的亲属接管房子，啥也没找到，就把这凶宅卖了。

麻五乘机低价吃进，但也没找到传说中的那笔钱。这个大夯说的"三叔"是不是那个三儿？大夯说买完房分钱，或许和藏的钱有关？想到这儿，麻五就多了个心眼，加上他的当铺正好离这宅子不太远，他就偷偷观察起这叔侄二人。很快他就发现，两人住进去后一不买家具二不接家眷，天天关在院子里不知在捣鼓些什么，只是偶尔出来买些吃食。

这天，麻五正好遇上大夯出来买东西，大夯在一个大饼酱肉摊前馋得口水都流下来了。麻五趁机过去买了一份，对大夯说："只要你告诉我三叔是谁，这个大饼酱肉就给你。"

大夯说赖叔不让说，麻五干脆当着大夯的面吃起大饼酱肉。大夯一见，忙咽下口水说："我说我说，三叔是赖叔的把兄弟，仨月前病死了。"麻五把大饼酱肉递给大夯，接着问："那你们怎么来这儿了？"

大夯边吃边说："赖叔卖房卖地，说到这儿买房子找东西，让我刨地。等找到了，让我一辈子吃大饼酱肉。"麻五一寻思，看来这大夯口中的"三叔"很有可能就是"三儿"，他逃到赖永年那儿，死之前把藏钱的事儿告诉赖永年。赖永年才卖了家当买凶宅，为了行事方便，还挑了个人傻力气大的大夯做帮手。

为得到更多消息，麻五指着大饼酱肉对大夯说："你们找到了东西，你就偷偷到当铺来找我，我还给你买大饼酱肉。"正说着，赖永年追来了，一瞧麻五在，怒气冲冲地质问大夯："你怎么不回来，在瞎说啥？"大夯说没啥，只说三叔病死了。

赖永年一把抢过大饼扔到地上，又打了大夯几个耳光。大夯被打急了，手里一使劲把赖永年推倒在地，抄起酱肉摊的切肉刀叫道："你骗人，不给我买大饼酱肉，自己喝酒也不给我，现在又打人，再打我砍你！"

赖永年知道大夯犯傻惹不起，

忙半哄半吓说："听话，完事一定给你买，不听话我叫你娘来。"大夯一听老实多了，跟着赖永年走了。

转眼又过了三天，这天，大夯来当铺找麻五，他浑身臭气熏天，进门就叫："找到了，我要吃大饼酱肉！"边说边拿出块银子。麻五接过一看，这块银子大约五六两重，他不由得两眼放光，忙问在哪儿找到的，有多少。

大夯说："先给我吃大饼酱肉！"直到麻五让人买回来大饼酱肉，大夯心满意足地吃了一大口，

这才说："拆了茅厕找到的，挖好深，这东西好多，赖叔弄得一身脏，出门洗去了。"

麻五如梦方醒，自己哪儿都找了，就茅厕没挖。他怕赖永年回来发现大夯不在，说不定会追到自己这儿，忙说："你先回去，找机会偷着把银子送我这儿，我让你一辈子吃大饼酱肉，记住别让你赖叔知道，最好晚上等他睡着了。"大夯说好，乐颠颠走了。

送走了大夯，麻五犯起了嘀咕，觉得让大夯偷钱不是办法，可想啥主意把钱弄来呢？想来想去，天已经黑了，麻五把门板插上没多久，就听到外面有人敲门。他开门一看，就见大夯背个口袋浑身酒气地走进来。没等他开口，就听大夯气呼呼地说："刚才我和赖叔喝酒，他发现银子少了块，就问我要。我说你给我买大饼酱肉，我就把银子拿给你了。他急了，使劲打我。"

麻五没想到这个大夯太缺心眼了，什么都往外说，他忙问后来咋样。大夯喷着酒气从怀里掏出把刀："我气极了，用刀把他砍了，脑袋在这儿。"说着一抖口袋，麻五这才看清脏兮兮的口袋上有鲜血，袋口还露出了黑乎乎的头发。麻五看了一眼，便吓得魂飞魄散，忙移开

目光，问大夯："那、那你来找我干吗？"

大夯满不在乎地说："我娘说杀人要打官司，你帮我打，替我做证是赖叔先欺负我，我才杀他的。"说着他拉住麻五要走。

麻五连连后退，心想：进了衙门，你这缺心眼啥都说，杀了你没啥，治我个教唆杀人的罪名，那我不就完了？毕竟凶宅是自己卖的，偷钱也是自己挑唆的，就凭这点，那贪婪的知县肯定会揪住不放，狠狠地敲自己一笔竹杠！麻五越想心越虚，眼下事态紧急，凶宅院子里出现个死人，万一叫路人发现报了官，衙门兴许马上会查到自己这儿。他忙劝大夯："你别去衙门，进衙门永远甭吃大饼酱肉了。"

这话真管用，大夯忙问咋办，麻五说："你认识道吗？赶紧回家找你娘吧。"大夯愣了片刻说："我不去，我就跟着你，你有钱，还给我大饼酱肉。"麻五急得要死，干脆拿出张五十两的银票说："你拿这给你娘，能买好多大饼酱肉。"

大夯摇摇头："我娘教我认过字，这才五十，我娘说得三百两才能一辈子吃大饼酱肉，我要一辈子吃大饼酱肉。"麻五心想，与其被知县狮子大开口讹上，还不如用

三百两送走大夯这尊瘟神，于是，他赶紧凑够三百两，连哄带骗地对大夯说："你快走，赶紧回家找你娘去躲起来，衙门不会找你的。再把这口袋给埋到乱坟岗去。"大夯答应了。

大夯走后，麻五又想起凶宅的银子，想去看又怕碰到官差，只好把门关好，自己把屋里的血迹擦干净，一夜都没睡踏实。

天刚亮，就听外面有人"砰砰"砸门，麻五以为是官差，既怕又不敢不应，只好哆哆嗦嗦开了门。他出来才发现，是门上挂的东西被风吹得直撞门。那是颗被处理过的猪头，奇怪的是猪头上还顶着团假发，下面拴着张字条。麻五取下来一看，是凶宅的房契，背面有字，大意是麻五害人不浅，三百两银子会用来周济被他骗过的人，还说这次是小小警告，如有下次定不会轻饶。

麻五这才明白，原来赖永年没死，大夯也没有看上去那么傻，两人合伙利用凶宅有宝的传言设局，还用假人头骗了麻五的钱。被人骗了三百两，担惊受怕了一场，还不能报官，麻五越想越心疼，越想越窝火，竟气得一病不起……

（发稿编辑：田　芳）

（题图、插图：谢　颖）

弗雷德里克·福赛斯（1938— ），英国著名小说家，他的小说素有"杀手指南""间谍培训手册"之称，代表作有《间谍课》《最精妙的骗局》等。这篇《爱尔兰没有蛇》曾获"爱伦·坡最佳小说奖"。

爱尔兰没有蛇

拉姆是个在爱尔兰求学的印度学生。他希望能学成回国，成为受人尊重的医生，但是他家境贫寒，只能半工半读来完成学业。

暑假，拉姆找了一份工地上的工作，报酬还不错，按日结算。工头是个结实的大个子，名叫比利，他对拉姆非常不友善，粗鲁地叫他"黑人"，还总是给拉姆分配最重的活儿。为了钱，拉姆都默默地忍受了。

一天，比利要拉姆上去拆三楼的一面外墙，拉姆指出那面墙底部已有一大道裂缝，他说："墙随时可能坍塌，站在那里的人可能会跟着它一起掉下来。"

比利怒喝："照我说的做，你这个蠢黑鬼！"见拉姆没有动，比利恶狠狠地揍了他一顿。拉姆闭眼躺在地上，听着比利离去的脚步声，在心里做了个决定。

拉姆找到工地的负责人，声称父亲病危，需要回国几天，负责人批准了。

拉姆用攒下的钱买了张机票，回到炎热的家乡，去市场买了一条锯鳞蛇。拉姆在书上查到，锯鳞蛇是毒蛇中体量最小但毒性最大的，而且适应性非常强，可以一个星期不进食，两三天不喝水，几乎能在任何环境下生存。它进攻迅疾，由于毒牙像两根小刺般尖细，因此被咬到的人很难觉察，但会在两到四个小时内死亡，死因无一例外都是脑出血。

拉姆找来一个空雪茄盒，在盒身刺了几十个透气孔，然后连带叶子一起把蛇放入盒内，用蓬松的厚毛巾包好。这样就算在行李箱里，小蛇也有足够的空气存活。

星期五上午，拉姆托运了行李箱，坐上回程的飞机。下飞机取到行李后，他去卫生间把雪茄盒拿出来，放进随身携带的背包里。海关官员检查了他的行李箱，但只瞥了一眼他的背包，便放行了。

回到宿舍，拉姆用一块玻璃片小心地插到雪茄盒盖下，打开盒子。透过玻璃，他看到里面的小蛇用黑眼睛愤怒地瞪着他。他戴上厚厚的工作手套，把蛇从盒子里移到带螺旋盖的咖啡杯里，小蛇咬了一口他的手套，但他并不在意，因为不到半天，小蛇的毒液又能再生。拉姆拧紧螺旋盖，把杯子放进午餐盒里。

比利有个习惯，一到工地，就脱下专门穿来上班的夹克，随手挂在树枝上。拉姆观察过，比利吃完午餐，就会去夹克右边口袋拿烟管和烟袋，抽完烟，又把烟管放回原处，然后催大家起身做工，这套动作从来没有变过。

拉姆的计划很简单，就是上午趁人不注意，把蛇倒进比利夹克的右口袋里。等比利被蛇咬了，拉姆便会赶紧冲上去，将蛇扯开，蛇在咬人之后毒液就耗尽了，拉姆会把蛇踩上几脚，然后扔进河里，让证据汇入大海……

上午，拉姆借口去取背包里的新锤子，按计划迅速行事，然后若无其事地回来工作。午餐时，拉姆选了个靠近夹克的位置坐下，心口怦怦直跳。当比利伸手进口袋时，拉姆屏住呼吸，转头去看。比利摸索了几秒钟，取出烟管和烟袋，发现拉姆正直勾勾地盯着自己看。

"看什么？"比利咄咄逼人地问。

"没看什么。"拉姆回答。他难以置信地想着，哪里出错了？他偷扫一眼夹克，发现衬里最下面的褶边那里，有个东西在蠕动。

拉姆震惊地闭上眼睛。一个洞，一个小洞，把他的计划全打乱了。整个下午，他忧心忡忡。

回去时，比利和往常一样坐在卡车前座，因为天热，他没有穿上夹克，而是将它折放到一边。

拉姆从别的工人那里得知，比利有老婆和两个孩子。整个周末，他都焦虑极了，不想比利的妻子和孩子无辜地死去。

星期一，比利一家四口在厨房吃早餐，比利让女儿去门厅壁橱那里把挂着的工作夹克取来。几分钟后，女儿捏着夹克衣领出来了，将它递给父亲。

比利头也不抬地说："把它挂到门后。"女儿顺从地把夹克挂起

来，但钩子比较滑，不一会儿，衣服掉落到地板上，一个细黑的东西从衣褶里爬出来，沙沙作响地滑行到角落里。

女儿惊恐地问："爸爸，你夹克里的东西是什么？"

比利的老婆在炉灶边转过头，说："天哪，是条蛇！"

比利说："别傻了，女人婆。你不知道爱尔兰没有蛇吗？"

比利的儿子是全家读书最多、懂得最多的人，他肯定地说："是蛇蜥，上学期生物课老师带来给我们看过。它不会咬人，是无害生物。"

比利说："把它杀了，丢到垃圾桶。"

儿子脱下一只拖鞋，像拿着苍蝇拍一样，光着脚慢慢地朝角落走去。这时比利突然改变主意，让老婆找个带盖的杯子来。

"爸爸，你要干吗？"儿子问。比利脸上浮现出愉快的笑容，说："我上班的地方有个黑人，他来自有很多蛇的国家，我想跟他开个小玩笑。把隔热手套拿来。"

"不用戴手套，"儿子说，"它不会咬人。"

"我才不想碰这个脏东西。"比利说。他左手持杯，戴手套的右手慢慢地垂落，说时迟，那时快，他

突然将小东西赶进杯里。

比利把带盖杯放进肩包，来到工地，发现拉姆一直在盯着自己看。比利暗笑，他肯定不知道自己带了个什么宝贝来。上午才过了一半，大家都知道了比利的秘密玩笑，既然蛇蜥无毒无害，那这的确是个好玩的恶作剧，只有拉姆一人被蒙在鼓里。

午餐休息，拉姆打开夹在双膝之间的午餐盒，猛然看见一条蛇盘蜷在三明治和苹果之间，头朝后正准备攻击，他惊叫一声，使劲把盒子扔出去，里面的东西全飞了出来，落到草丛间。

大伙儿无可救药地大笑，比利笑得最厉害。拉姆弹跳起来，惊慌四望，大喊：“那是蛇，毒蛇！你们都离开这里，它是致命的！”

笑声更响了，大家没想到拉姆的反应这么大。比利笑出了眼泪：“你这个无知的黑人。你不知道吗？爱尔兰没有蛇，一条也没有。”

比利笑得全身发颤，他双手撑着身子，后仰到草丛间，根本没有注意到，两根细刺插入了他右手腕的静脉中。

下午3点半，比利从忙碌中直起身子，擦擦汗，舔舔手腕上隆起的一个小包，接着又忙起来。五分钟后，他又直起身子，对旁边的人说：“我感觉不舒服，要休息一下。”他双手抱头，坐在树荫里。4点15分，他一阵抽搐，侧身倒向一边，死了。

鉴于死者身体健康，死得蹊跷，地方病理学家进行了尸检，得出的结论是：死者因为恶作剧笑到差点中风，随后在烈日下从事重体力活，引发脑部一根大血管破裂，也就是脑出血，从而造成意外死亡。

拉姆独自来到工地，站在周围长满杂草的空地，用印度语呼唤：“小毒蛇，听得到吗？我把你从印度的群山带到这里，你已经完成使命，该死了。要是一切按我的计划发展，我早已把你杀了。不过你也活不了多久了，因为爱尔兰没有蛇，没有雌蛇和你交配，你将孤独地死去。”

拉姆不知道，就算那条锯鳞蛇听到他的呼唤，现在也忙得顾不上他了。因为它是一条怀孕了的雌蛇，眼下正在某个温暖的小洞里，竖着尾巴，以古老的节奏抽动身子，把一条又一条小生命，带到爱尔兰的土地上。

（编译者：欧阳耀地）

（发稿编辑：王　琦）

（题图、插图：佐　夫）

愚人食盐

从前，印度有这么一个人，生性愚钝，游手好闲。有一天，愚人闲逛到朋友家，正赶上午饭，于是他坐下就吃。刚吃了一口，愚人就嚷嚷道："这菜怎么做的呀，寡淡无味，真难吃。"朋友赶紧往菜里放了一勺盐，搅拌均匀。愚人又尝了一口说："好多了！原来美味是在盐里啊。"

晚上回到家，母亲已经做好了晚饭，可愚人一口都不吃，而是大声问母亲："咱家有盐吗？快拿来。"母亲不知何故，赶紧拿出盐来给他，他便有滋有味地一口一口吃起盐来。

母亲看傻了，就问："儿子啊，你怎么光吃盐不吃菜呢？盐不能空口

吃啊！"愚人美滋滋地说："难道你不知道天下的美味都在盐里吗？我是在吃美味啊！"说话间，母亲拿出来的盐就被他吃光了。

结果可想而知，不多一会儿，愚人口渴难耐，七窍生烟，连味觉都丧失了。

俗话说："好厨师一把盐。"盐的确是制作美味必不可少的佳品。但需要谨记的是，适当，才是美味；不当，会败坏美味。天下事亦是如此，凡事有度才随心所愿，无度必事与愿违。

（作者：赵盛基；推荐者：潘光贤）

精明与精细

20世纪50年代末，苏联想要发射载人航天飞船，开始在全国范围内选拔首位宇航员。最终，加加林从3400多名35岁以下的空军飞行员中脱颖而出，成为20名入选者中的一员。

为了成为那最终的一名宇航员，其他入选者都积极表现，与航天飞船的主设计师、考核官罗廖夫处好关系，加加林却没有，可以说他的表现不是很突出，也没有给罗廖夫留下什么印象。

经过严格的训练和筛选，成绩出来后，加加林连前五都没有进，但最终宣布的人选却是他，这让大家很费

界。

面对其他人的疑问，罗廖夫播放了最近一周大家进入座舱的录像。大家做的都是规定动作，没有什么特别的啊！

这时，罗廖夫说："大家可以看看加加林的脚。"

原来，只有加加林穿着袜子。进入座舱前，确实没有规定脱鞋，毕竟不是真实的座舱，大家都是穿着鞋进去的，只有加加林习惯性地脱下鞋。罗廖夫："载人去外太空是第一次，什么事都不能马虎。谁也不知道鞋上会不会带上小东西，这是细节，也是决定成败的关键。你们很精明，但不够精细，让人不放心。"

做人少一些精明也就少一些套路，多一些精细也就多一些务实，才把事做好。

（作者：任万杰；推荐者：梨 香）

·沧海拾贝 人生百味·

汤圆里的人生

小镇的街头有个卖汤圆的露水小摊，就一副担子，一头做汤圆，一头煮汤圆。卖汤圆的是位老婆婆，摊子虽然小，生意却还算不错。

我发现，小摊上卖的汤圆吃起来口感不错，就特意留下来看了看。锅里的水开了，老婆婆把刚刚做好的汤圆轻轻地放了进去，用筷子从锅底轻轻搅拌一下，盖上锅盖接着煮。

"这样就不会粘锅了。"老婆婆对我说。

不一会儿，锅里的水再一次烧开了，只见老婆婆舀了一点凉水浇下去，锅里的水就不再沸腾了。一连浇了三次凉水，锅里的汤圆一个个漂了起来，舀到碗里就可以吃了。

我感到好奇："为什么要浇上凉水呢？"

老婆婆说："为了把沸腾的开水压下去。汤圆一直在沸水中煮的话，容易破皮露馅或是夹生；锅开了加点凉水，一连三次，煮出来的汤圆才光滑润口不夹生，这叫滚三滚。"

吃着香甜润口的汤圆，想着老婆婆说的滚三滚，我忽然有了感悟。其实，人生不也是这样的吗？当你志得意满、踌躇满志的时候，最容易迷失自我。这个时候，最需要别人的提醒，给你泼泼凉水，踩踩刹车，会让你头脑清醒，不至于跌得头破血流、惨不忍睹。

（作者：赵元波；推荐者：田晓丽）

（本栏插图：陆小弟）

学写作文，从读故事开始

帮扶

□ 高春阳

我以前在东北经营过一家石材厂。一年下来，我看着账本傻眼了，挣点钱也就够个吃喝。这时，村主任来找我，打着哈哈说："高总生意兴隆啊。"然后他话锋一转："我今天啊，是找高总化缘来啦。您知道，国家要让农民富起来，正大力开展帮扶。"

我紧张起来，自己都要喝汤了，这是来要肉的。

村主任笑道："村里成立了合作社，计划养猪。资金来源呢，村民自筹了一部分，村集体出了一部分，可是远远不够。高总能不能给村里做点贡献？毕竟厂子地皮是村里的，明年到期后，我还得帮您运作。"

我冒汗了，打马虎眼说："可我也不会养猪呢。"村主任乐出声说："术业有专攻，您是城里人，办厂我比不上您，养猪您比不上我。"我说："那当然。"

村主任认真起来，说："这样，您出点银子抓100头猪崽捐给村里，合作社养猪，虽然您没有股份，但您的帮扶事迹，我会大力宣传，致富不忘村民，必须大力弘扬！"

我转转眼珠，明白这顶帽子必须得戴，赶紧假装啥也没想，麻溜答应了。村主任拍拍我的肩膀，像首长拍小鬼。

我刚收到一笔货款，给了厂长让他去抓100头猪崽送去村里。村主任在村口大摆欢迎阵，锣鼓喧天炮齐鸣，记者来了一大堆。我的名字一夜间在村里家喻户晓。

过了一个月，村主任找我："高总，猪饲料不够了，您看？"

"……您说个数！"

过了仨月，村主任找我："高总，猪圈需要扩建，您看？"

"……您说个数！"

过了半年，村主任找我："高总，猪场需要搬迁，您看？"

"……您说个数！"

过了一年，村主任找我："高总，生猪滞销，您看？"

我屁股弹起来："这是数字能解决的吗？"

村主任愁眉苦脸，说："一年前生猪价格杠杠的，我才决定开办养殖场。哪承想今年价格跌了！卖呢，赚不到钱；不卖呢，还得往里搭钱。高总，猪场您收了吧。"

什么？我弹起来的屁股又跌回座椅。

村主任唾沫星子纷飞，说："合作社项目如果失败，上上下下都没法交代。猪场大小是个企业，从管理层到下面员工，都靠它养家糊口，这摊子还得您收。石头是死的，猪是活的，人的想法也是活的呀，您想，这一年基本上都是您在出钱，票子已经花了，您不收，那是捐赠；您收了，捐赠变投资。傻呀您不收？再说了，俺们不懂经营，您是企业家，万一明年挣钱了呢？这也是村集体对您的信任，别人想收购，我还不愿意给呢。咋也不能亏了咱高总，好人不该总吃亏！"

我沐浴在唾沫中，拍拍脑瓜一想在理，谁知道哪块云彩下雨。其实，这一年石材厂干够了，算算账没啥意思。我跟厂长一商量，还不如先停掉石材厂，试试养猪场。猪肉市场价格近期像过山车，应该还有机会。最终，我不得不……也不是不得不，反正是笑纳了。

接手养猪场之后，我好多天找不到村主任，一打听，原来人被纪委双规了。听说老百姓一直在告他，今年扫黑除恶，他被当苍蝇一样拍掉了。

我专心经营养猪场，半年后，扭亏为盈。我跟厂长在养猪场办公室里，看着窗外猪圈，浮想联翩。厂长幽幽道："东方不亮西方亮，石材厂最终开成养猪场，不容易啊！"我想挤出个笑容，不料，却挤出一脸哭相。

(推荐者：鱼刺儿)

(发稿编辑：田　芳)

(题图：陶　健)

逃婚

□ 查老三

十六岁那年，父亲因病去世，作为家中长女，我只好辍学，帮母亲扛起养家的担子。两年后的一天上午，二叔来我家，对母亲说："娟已经不小了，把她介绍给韩德才做媳妇吧？"

二叔人长得丑，脾气还特别暴躁，所以一直没娶上媳妇，自从我父亲去世后，他便经常来纠缠我母亲，我对他既恨又怕。二叔说的韩德才，是个四十岁的中年汉子，因承包参园子，成了村里的有钱户。韩德才和我母亲同龄，二叔让我嫁给他，这不是糟贱我吗？

我气愤至极，对二叔说："你看韩德才好，你跟他过吧！"

二叔可能没想到我敢这么怼他，气得把手中的茶杯往地上一摔，骂道："死丫头片子，反了你啦！竟敢和我这么说话！你爹不在了，这个家就该由我说了算！我现在就找韩德才说亲去，你敢不嫁，看你怎么收拾你！"说完，他摔门而去。

见我被气哭了，母亲赶忙安慰我说："娟，莫怪你二叔，他也是为你好嘞！韩德才脑瓜精明，为人厚道，除了年龄大点，论人品论长相，哪都配得上你，我还怕他不要你呢！"

我被气乐了，突然觉得母亲竟然和二叔一样可恨，肯定都是看中韩德才有钱了。心烦意乱之下，我出门去打猪草，无意中看到韩铁在打谷场上晒参仔儿。

韩铁是韩德才的独生子，和我青梅竹马，一起长大。若不是因辍学，我今年也和他一起考大学了。我突然冒出个主意，在经过他跟前时，压低声音说："二叔要我给你爹当媳妇，你若不想我做你的小妈，就帮我想个办法。晚上我在村头大杨树下等你。"说完，我红着脸匆匆走开了。

吃过晚饭后，我踏着朦胧的月色来到大杨树前，见树下黑影里隐隐约约站着一个人，以为韩铁早来了，强压心跳，跑上前一把抓住那人的胳膊，急切地问："韩铁，帮我想出办法了吗？"

"娟，我不是铁子，我是你德才叔！"

天呐！怎么会这样？我转身想跑，却被韩德才一把拉住。他显然也有点紧张，说话声音有点颤："娟，别跑，是铁子让我来等你的！他让我给你带来一封信。"说着，他打开手电筒，从兜里掏出一封信递给我。

不用说，肯定是韩铁也想让我嫁给他爹，不然不可能安排韩德才来和我见面！这一刻，我恨透了韩铁，考上大学人马上就变了！我从韩德才手里一把夺过信，三下两下撕成碎片，往他脸上一扔，转身便跑。

在这种黑灯瞎火的夜晚，若在平时，打死我也不敢走夜路。但由于愤怒，我完全忘记了害怕，心想：既然连最亲的人都把我往绝路上逼，我还怎么在这个家待下去？我像疯了似的，一口气跑了二十多里的山路，来到镇上的火车站，爬上一列拉煤的火车，坐了整整一宿，来到省城。

溜出车站后，我这才想起，身上连一块钱都没有。当我看到路旁有家店，门口竖着一块招工的牌子时，便走了进去。

负责接待的是位三十多岁的大姐。她问了我一些情况后，听说我连身份证都没带，不但没说啥，还一副很满意的样子，安排我洗漱吃饭，等待老板的面试。

老板是位二十七八岁的壮小伙，脸上有条刀疤。他盯着我看了足足有十几秒钟，对大姐说："这丫头挺耐看的，把她留下吧！"

第二天，刀疤脸来店里面试找工作的人，完事后把我叫进他的屋里，说他看上我了，想跟我搞对象。

我吓坏了，赶紧说自己还小，还不想搞对象。刀疤脸盯着我看了好一会儿，然后猛地将手里的烟头往地上一扔，说："我这人就是对喜欢的女人下不去手，不然老子现在就把你办了！"说完，他摔门而

去。

我很害怕，打算悄悄离开。大姐看出了我的意图，警告我说："最好别偷跑。老板是黑道上的大哥，小弟遍布整个省城。你偷偷逃跑，被抓回来可就惨了，会被他赏给小弟们当玩物的！"我吓坏了，不得不打消了逃跑的念头。

大姐还悄悄对我说："你知道老板为什么只招用假身份证和没有身份证的人吗？因为这些人多数都是犯了事的在逃人员，这种人就算死在外面，家里也没人找。老板以招工的名义，把这些人卖到偏远地区的非法小煤窑，被人看管起来，下井挖煤。"我终于明白了，怪不得好多人都找不到工作，这里却很少招到人，原来是这样呀！我只好

乖乖地留在店里帮忙，暂时不敢想逃跑的事儿了。

这天，我因为身体不舒服，躺在床上休息。快中午时，大姐进来对我说："刚才有一老一少两个男人拿着你的照片，问我见没见过。他们不会是你的家人吧？我不知道你是因为啥偷跑出来的，所以骗他们说没见过你；可又怕万一你想见他们，到时再联系不上，就把咱这的电话告诉了他们，让他们每天给我打个电话，说只要见到你就告诉他们。"

当大姐说完二人的长相，我顿时大吃一惊：这不是韩德才父子吗？看来他们是不把我娶进韩家绝不罢休呀！我一狠心，在刀疤脸再来找我时，就把离家出走的原因讲给他听，并提出如果他能把这父子俩弄到一个永远回不来的地方，我就答应和他处对象。

刀疤脸说："老子就是干这行的，放心吧，我保证他们永远都回不来啦！"

当韩家父子再次打来电话时，大姐说她见到我了。韩家父子匆匆赶来，刀疤脸骗他们喝了下了迷药的水，等人昏迷后卖去了一个偏远

的小煤窑。这些我是事后听刀疤脸说的。

后来，刀疤脸在黑吃黑的械斗中，重伤成了植物人。我偷偷跑出来后，思来想去，觉得还是回家最安全。

当我回到家后，看到仅仅几十天没见面的母亲，竟然瘦得不成样子了。我心疼地抱住母亲，放声大哭起来。母亲一边给我擦眼泪，一边问我这些日子去哪儿了。

我撒谎说出去找活干了，因为太想家，就回来了。母亲听后数落我说："为什么不看看韩铁写的信就离家出走？"说着，她从柜子里拿出一张粘着信纸的报纸，说这是韩德才打着手电捡起来，回家一点点粘贴在报纸上的。我接过看起来——

娟子：

今天听了你的话，我非常震惊，回家便问我爹。爹这才告诉我了一个秘密——他和你娘从小青梅竹马，只因你娘的父母嫌弃我爹家庭出身不好，硬是拆散了他们。我娘病逝后，我爹心里装着你娘，所以一直没有再婚。你二叔也喜欢你娘，怕竞争不过我爹，才想让你嫁给我爹，这样他不光有机会得到你娘，还可以顺便得到我爹娶你的彩

· 敞开心扉 诉说真情 ·

礼。我爹看透了他的心思，把来提亲的他赶了出去。

娟子，只要你能大胆说服你娘，让她放下顾虑，勇敢地和我爹在一起，你二叔的如意算盘就会落空。

这些话，我怕当着你的面张不开口说，只好写成信，让我爹交给你。如果你赞成我的想法，那就带我爹去你家见你娘。这就是我帮你想出的主意，希望你能和我一样支持他们在一起！

韩　铁
1995 年 8 月 18 日

看完信，我不解地问母亲，为什么明明知道韩德才喜欢她，还同意二叔把我介绍给韩德才？母亲说她已经是肝癌晚期，只是瞒着所有人。为了我以后带着弟弟妹妹们有个可靠的依靠，她才同意的。母亲说到这时，已是泪流满面，她擦了把眼泪，又接着说："你这一离家出走不打紧，韩家爷俩担心你在外面被欺负，第二天就出去找你了，直到现在都没回来……"

我顿感晴天霹雳，因为自作聪明，我竟然闯下了塌天大祸！想到这儿，我一刻也不愿耽误，毅然决然地向公安局走去……

（发稿编辑：田　芳）

（题图、插图：陶　健）

鱼阵
来临

□ 叶林生

春生家里苦，他从小是靠爹捕鱼养大的。他爹水虎是个渔把式，能听懂河水涨落的声音，能看准鱼的来去踪影，而最拿手的捕鱼活儿，是扳罾。

那扳罾，是一张四角撑开的拦河大网，大网凭借钢绳的连接，紧绷在八根厚实的毛竹片上。在竹片交叉的十字架上，扣着粗大的缆绳，缆绳又连着一个有十字扳手的轱辘，固定在一棵粗长的杉木上。十字扳手的轱辘就是控制大网起落的绞关，利用这个绞关，可以把这几百斤重的大网，随时起沉于河水中。这扳罾，其实也挣不了大钱，可春生娘走之前那些年的医药费，还有供春生读书的学费，都是水虎靠着扳罾，一网一网捞出来的。没想到

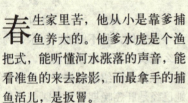

后来这一年，扳罾出大事了。

在离春生家扳罾两里不到的河下游，邻村的黑子家也架着一张扳罾。开春后一连几个月，下雨不多，河水清淡，黑子一天忙碌下来收获不多，常常只有几斤小杂鱼。他心眼儿窄，总以为是水虎抢了他家的鱼路，竟失手伤了水虎的腰。好在黑子的妻子通情达理，逼着黑子上门赔了不是，还给水虎请了专治腰伤的医生。可这口气，却搁在了春生的心里。

六月里，天气闷热，水虎感冒上了火。那天，放了暑假的春生陪着爹到河边去，准备挖些能清火的芦根。刚蹲下，他就发现眼前有些

反常：河水变得浑浊，芦丛间各种各样的小虫明显增多，都在躁动不安地翻爬着，就连一簇簇水草也在摇摆不定。

这情形，是大汛的前兆。

春生记得有一年大汛，就在这河段上碰到过大鱼阵，爹的扳罾一夜之间，扳了上千斤的活鱼。不过那时候他小，爹不让他碰绞关轳辘。这回春生对爹说："我现在是大人了，到时候让我守轳辘扳绞关吧。"

水虎没说话，只是看了儿子一眼。从那一刻起，五十岁的他变得像个年轻人，病火似乎奇迹般消退了。父子俩昼夜不歇，忙着把大网修补得严严实实，把扳罾加固得稳稳笃笃。然后，水虎就一根接一根地吸烟，雕像般蹲在河边看天象，看水情，眼里闪动着河水一般的粼粼光芒。

再说不远处的黑子家，这一阵也在忙碌着。黑子借了钱没舍得修房子，先腾出来置办了一扇新网。显然，这回他是要孤注一掷了。

不久，连日暴雨，汛期到了，洪水一波一波涌了下来。这天夜晚，雨渐渐小了些，风也平静了许多，河流却愈加湍急，一切都预示着好像有什么要到来。三更天的时候，春生看见爹忽然一个激灵扔掉烟袋，转身朝岸上重重地对他打着手势，要他将网收出水底，卡住扳手，让网架空在河面上。

爹这是怎么了？春生很诧异，却见爹面对河水焚香燃烛，默默祷告着什么，烛光映照下的神情里，现着从未有过的凝重和肃穆。

天快亮的时候，突然一阵狂风刮起，接着就有一种呼啸声从远处传来，声音像是闷雷在水底里滚动，震得河堤和扳罾的轳辘都微微颤抖起来。

紧接着春生就发现，上游不远处的河面上翻起一个个浪花，浪花间有好大一片灰白相间的光斑，在忽隐忽现地移动，是鱼阵！

妈呀，这一大阵鱼，扳上来说不定有几千斤！春生心里狂跳，本能地抓起了轳辘扳手。

"住手！"春生爹惊慌地吼了一声，扑上前来挡住了轳辘扳手。

"爹，你糊涂了？这是鱼阵到啦，快下网啊！"春生急得跟爹抢夺轳辘扳手，水虎却发力一甩，将儿子搡出老远。

"不想要网了？这么大的鱼阵，能经得住？"水虎松回轳辘扳手，神色凝重地说，这是长江里来的大鱼阵，鱼类也有组织，凡是大的鱼

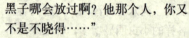

阵出行，它们都会有头阵、二阵和尾阵，每个阵相隔着半里路左右。头阵是最大的阵，会有几十、上百斤重的铜头、黄鲇这些鱼王开路，来势强悍，十分凶猛。除非你的网特别牢固，否则如果扳得不好的话，可能会鱼逃网毁。因此一定要沉住气，先让过头阵。水虎接着说，后面的二阵和三阵虽然会少些，也足够赚一大把了。不过，他那语气既像是安慰儿子，又像是喃喃自语……

春生点点头，朝下游看了一眼，忽然猛地一拍巴掌："爹，这一下，黑子可要遭报应了，有好看的了！"

水虎问："你说啥？"

"这头一个大鱼阵，千载难逢，黑子哪会放过啊？他那个人，你又不是不晓得……"

听儿子这一说，水虎懂了。前年冬天，寒风刺骨，村头的小河面上结了一层薄冰。村里的一个小工头忽然来了兴致，让人在小河上搭架了一根碗口粗的毛竹竿，在对岸放下两张百元大钞，夸口说，谁能从这毛竹竿上走到对岸，两百块钱就归谁。

那河道足有十米宽，毛竹竿上又硬又滑，而底下是结了冰的河面，一失足掉下去，人不被卡死在冰窟窿里，命也要被冻掉半条。

众人围在一旁面面相觑，谁也不愿拿这个钱，都说命要紧；只有黑子二话没说就上了。

也是运气好，黑子居然在那根竹竿上侥幸走到了对岸。他拿起那两百块钱，当天就上街给妻子买了件皮衣。

后来大伙说，黑子这人，求财冒险可以拿命赌。

春生指着不远处说："你看，黑子的扳罾亮着灯！"

黑子也不知从哪学来的神操作，他在那连接轱辘的杉木杆上挂着一盏夜

明灯。扳网悬空的时候，灯灭着；扳网沉在河里的时候，灯就亮起。而此刻，那盏灯在烟雨中正闪出一团淡淡的白光。

"哼，他鬼精呢，晓得我不会拦头阵。"水虎望着那灯，狠吸了一口烟，"可他家那扳罾我还没数？根本经不起……"

片刻间，头阵已到眼前，一大片灰白相间的波涛翻滚而来，水浪跟着摇晃和起伏，整个河面像是开了锅似的涌动。鱼鳞的白光间，满眼的鱼浮动跳跃着，发出惊心动魄的"咕嘟咕嘟"的声音。空气里，弥漫着浓烈而诱人的鲜鱼腥气。

轱辘旁的水虎张大嘴巴，目光如火，喉结滚动。显然，他也从未见过这么多鱼到面前。

春生注视着鱼阵，又注视着爹，刹那间竟感到心惊胆战起来。

猛地，水虎像被钉子锥扎了一记，他转头又朝黑子家的扳罾望了一眼，激灵着跳起身来，上前抓起扳罾的轱辘，松开扳手。轱辘在水虎粗壮的手臂里飞转，大网四角随着粗大的钢绳渐渐落下……

"爹，你疯啦？"春生正诧异地问着，就听"轰隆"一声巨响，鱼阵咆哮着激起了一丈多高的浪花，震得脚下发颤，几乎就在同时，

"叭嚓、叭嚓"几声，对岸的钢绳撑架断裂，眼前飞转失控的扳罾轱辘，以强大的惯性将水虎腾空弹出，他的身体像破布一样甩进了河中。紧接着，随着鱼阵的呼啸声，大网和扳罾被连根拔起，随着激流席卷而去……

几个时辰后，春生才在下游几里外的一处苇滩边找到了爹。爹还活着，但已遍体鳞伤。

春生心疼地哭着问："爹，你不是说这头阵鱼……"

水虎吃力地睁开眼看着儿子，声音极其微弱："我是想，我的网砸下去，能把这头阵破了……"说着他叹了一口气："唉，这鱼阵，实在太大了……"

"破鱼阵？爹，你咋改变主意了呢？这不是帮了黑子吗？"

水虎咧咧嘴："我不能眼睁睁看着呀……这鱼阵我要是不破了，他的家就得破……"最后的几句话，声音很低，只有嘴唇在颤动，但春生却听懂了爹的意思：人之初，性本善，这是天性。

这时，远处赶来了好多人，领头的是黑子。黑子上前抱起水虎哭了，春生也哭了。

（发稿编辑：朱　虹）

（题图、插图：豆　薇）

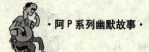

阿P"改命"

□ 刘振涛

阿P和女朋友小兰处了两年，到了谈婚论嫁的当口，未来老丈人却说，他在网上找人算过，他俩八字不合，要给十八万元彩礼才能化解！

阿P这个气呀，啥八字不合？就是想要钱！阿P想找老头理论，却被小兰拦住了，说老头的确在网上找人算过命，还花了好几百。阿P泄气了，没想到未来老丈人这么迷信，可阿P哪来十八万？就算有，那也是打算买房子的钱呀。

小兰犯愁地说："我爹的固执你也知道，一根筋，他认准的事九头牛都拉不回来，唉……"

阿P气呼呼地想，网上的东西居然也信？江湖骗子！突然，阿P眼睛一亮，解铃还须系铃人，在哪跌倒就把坑给填平！

于是，阿P把计划一说，小兰犹豫着问："能行吗？"见阿P自信满满的样子，她还是同意了。等阿P那边一切就绪后，小兰回到家跟老头软磨硬泡："爸，就算去医院看病也不能一下子就确诊吧？还是多看几家才放心。网上骗子太多了，我记得南街有家算命馆……"听小兰这么说，老头立马就出门了，小兰赶紧给阿P发信息。

老头刚过街，发现一个老道坐在路边，旁边还竖着"算命"的幡，老头立马走不动道了。他哪里知道这是阿P假扮的？阿P可是在网上买了全套"道士"装备呢。此时阿P早把三块口香糖塞进嘴里，戴着口罩墨镜，挤出沙哑的声音："天有不测风云，人有旦夕祸福，有意测否？"

老头凑过来蹲下，试探着问："道长是高人吧？您要能算出我姓什么，我就在您这算上一卦，如何？"

阿P忍住笑，捋着胡须说："善人自街道过来，共走了27步，百家姓第27乃严姓，善人可姓严？"

老头一愣，有些惊喜地点头说："确是，那道长可知我要测算何事？"

阿P甩了甩拂尘："可否借手一观？"

老头赶紧伸出手，阿P边看边说："善人有一儿一女，男孩五岁那年……已经不在了，女孩待嫁，正要婚配，善人可是为女儿测姻缘？"

老头这下睁大了眼睛，太准了，是高人！老头忙不迭点头，问道："道长收费吗？不知……"

阿P告诉他，算得不准不要钱，算得准看着给。这下老头放心了，把小兰和阿P的生辰八字写下来，恭敬地递给阿P。

阿P看着八字掐指测算，最后一拍大腿惊叫："良缘啊！善人，贫道分文不取，遇到如此般配姻缘，可喜可贺呀！"

老头也高兴了，忽然想到网上算命，犹豫着说了要收十八万元彩礼才能化解的事。阿P见正题来了，忙摆手："万万不可。你家女娃五行多金，再收取金银失了平衡；男方命里多水，金能生水，水养金，两人互补长短，此乃天作之合，莫要收取金银，否则后果不堪设想啊。善人，言尽于此，请回吧。"

老头站起身，竟然掏出500块钱塞到阿P怀里，再三说着感谢的话，急匆匆地回家了。

阿P心花怒放，把衣服一脱塞进包里，到停车场把包往后备厢一塞，也开车回家了。

到家后，阿P哈哈笑着对小兰说："成了！你爹等会儿肯定叫咱们过去。"果然，没多久，老头真来电话了，让他俩过去一趟。

小兰乐坏了，提醒阿P，他爸喜欢喝两口，让阿P带瓶酒去。阿P却豪气万丈，一瓶哪够？要送就送一箱，而且要好酒才行，茅台！

小兰也同意，但她马上要出差了，嘱咐阿P说点好话，便拿上包去单位了。

而阿P去了专卖店，一箱酒一万多块，阿P割肉般疼，但好钢就得用在刀刃上，他把酒搬上车，就去了小兰家。

到了楼下，阿P留个心眼，先空手上去，如果判断没错，再下来拿酒，若是事情不在预料之中，这酒得退！打好算盘，阿P上楼了。老头开门后，态度热情极了，压根也没再提礼金的事儿。

阿P也喜出望外，一口一个"爸"叫着，不停地给丈人戴高帽，把端菜出来的小兰妈吓了一跳，两人啥时候这么热乎过？但她也很开心，这才像一家子嘛。她让阿P上桌，阿P这才想起酒来："爸，我陪您喝一杯。我车里还有给您买的茅台呢，我下去拿。"

老头一挥手："不用了，车钥匙给我，你妈刚才让我买酱油，我顺道拿上来吧，你帮你妈忙活一

下。"小兰妈抱怨着："死老头，就不爱进厨房，又躲了。"

阿P一看，在丈母娘面前表现的时机到了，二话不说，把车钥匙递给丈人，撸起袖子到厨房帮忙。

正剥着葱，阿P突然一激灵，道袍！道袍跟酒一起放在后备厢呢，而且装道袍的包没拉拉链！

阿P吓得魂不附体，跑到阳台俯身一看，楼下老头已经把酒搬出来了，也看到他拎出包，拿出道袍迎风抖开……阿P顿时一阵眩晕，要是老头发现道士是他假扮的，可就前功尽弃了，咋办？

阿P按住心口，大脑飞速运转，他是假道士，算命也是假的，既然从一开始就是假的，何不……阿P有了主意，老头抱着酒走三层楼梯，咋也得两分钟，于是他赶紧给哥们小六打电话，要小六配合他唱出双簧。

挂了电话，阿P立刻把小六的号码备注改为"110"，用免提拨通了小六的电话，此时门外传来脚步声，阿P瞄了瞄门锁，转动了，他忙对着手机大声说："警察同志，我要举报，有个假道士行骗……有啥证据？道袍还在我车里呢，等会儿我给您送去派出所……"

进门的老头显然听见了，他放

下东西，蹑手蹑脚地凑到阿P旁边听着，这时，电话那头的小六回答道："别急，我们警察不会冤枉一个好人，也绝不放走一个坏人，你慢慢说，我要做笔录，你把经过详细说一下。"

阿P说："我开车路过南街口时，见一个拎着大包的人在打车，我挺好奇，就捎他一段路，谁知他下车后却把包落我车里了。我拿着包下车找他，居然没影了。他不心虚，咋跑得这么快？我打开他的包一看，是道袍啥的，那人恐怕是行骗的！后来我回想，他招手拦的都是私家车，却不拦出租车，您不觉得蹊跷吗？现在诈骗花样繁多，我怕他是故意把包落在我车里的……"

背后的老头已然听明白了，上前抢过阿P的手机，提高嗓门："警察同志，误会了，那个道士是我好友，我姑爷不认识他，这是个误会，对不起，给您添麻烦了。"说完，他也不管阿P同不同意，把电话挂了。

阿P狂喜——成了！

没等阿P开口，老头转身训斥道："那道长可是位高人，万万不可得罪，坐你车那是你的福分，知道为啥我不要那十八万吗？是那高人给算出来的，五行八卦你懂吗？浅薄！你不感谢人家，还说人家是骗子，无知！"

阿P连连点头，承认错误，老头的态度这才缓和些。两人喝起了酒，老头忽然问："姑爷啊，你说，路上那么多车，那道士咋就偏偏上了你的车呢？"

阿P心里"咯噔"一下，就在他绞尽脑汁组织语言时，老头乐了："这是天意！是缘分！有些东西，你不信不行啊。"

阿P松了口气，这老头一惊一乍的，太吓人了，他不停地劝酒，很快把老头灌了个八分醉，然后卷起道袍溜之大吉。

虽说没把老丈人的迷信思想根治，但来日方长。礼金的事搞定了，我阿P的智商算是足斤足两了，换了别人非得栽个大跟头不可。想到这儿，阿P得意地吹起了口哨。

（发稿编辑：王 琦）

（题图、插图：顾子易）

2023年6月（上）动感地带答案

神探夏洛克：应该是海鲜里有毒，因为冰淇淋吃多了会麻痹部分味蕾，对苦味不敏感。

疯狂Q A：只要教小狗转过身子用后脚抓骨头就行了。

彩票改号后
奖金该咋分

□ 汪小弟

王某是一家公司的职员，他有个同事叫李某，两人相处后因脾气相投，所以就成了无话不说的好友。因两人都单身，每逢休息日他们就一起出去逛街吃饭，遇上小长假还一起出去游玩。

王某喜欢买彩票，每次逛街都要沿街找彩票店买两注彩票。李某见了，就问他如果真中了大奖会怎么花。

王某说，真中大奖先买房买车，然后谈个女朋友结婚。

李某笑着说："如果不中奖，你就不谈女朋友结婚了？"

王某说："没房没车谁跟咱啊。"

由于王某一直住在公司宿舍，而李某是当地人，经常回家住，所以王某常让李某在回家路上替他买彩票。

这天下班，王某跟往常一样，把写好一组"双色球"号码的纸条和两元钱给了李某，让李某把这期彩票代买了。

李某接过纸条，跟往常一样顺路来到那家彩票店，发现店里买彩票的人很多。等候时，李某看了一眼纸条上的数字，不知为啥，李某觉得这组数字不可能中奖，再想想王某之前选的号码从未中过奖，于是他就琢磨着更改了其中一个红号。

当晚彩票开奖，李某替王某改号后代买的彩票竟中了二等奖，奖金有三十多万！

李某当即打电话给王某报喜，说替他买的彩票中了二等奖。

王某听了说："你看错了吧？中了五个红号，是四等奖。"

李某得意地说："买彩票前我替你改了一个红号，六个红号全中了，是二等奖！"

王某听了，大喜："真的？那我得好好感谢你。"

第二天，李某把彩票交给王某，并说："你准备怎么感谢我呀？"

王某笑着说："兑了奖，奖你一万块。"

李某不满地说："说啥呢，我不改那个号，你也就中个四等奖，才二百块钱，现在你中了三十多万，用一万块就想打发我呀？"

王某有点不高兴地问："那你想要多少？"

李某说，王某最少要分自己十万块钱，理由是没有自己的改号，就中不了这个二等奖，怎么可能会得这三十多万？

王某听了坚决不同意，说："虽

说你改了一个号，但彩票是我出钱让你代买的，给你一万块钱当作感谢费不少了！"

一时间，两人争吵不休，各说各的理，但谁也说服不了谁，最终两人闹上法庭请求判决。

那么，这笔奖金到底该怎么分呢？

律师点评：

这个故事涉及了一个法律问题，即代理产生的法律后果。

根据法律规定，原则上代理人的代理行为由被代理人承担。无权代理行为未经被代理人追认，由代理人承担，经过追认的由被代理人承担。

本故事中，王某委托李某买彩票，是一种委托代理关系。而李某在代理过程中有改号操作行为，最终是获得王某认可的，故他们之间的委托代理关系是合法有效的。那么，购买的彩票无论什么结果，当由被代理人王某享有和承担。至于李某的改号促使王某获得大奖，双方在委托代理之前没有具体约定，李某主张享有获奖比例没有法律依据。

（发稿编辑：朱　虹）

（题图：张恩卫）

一块一分为二的玉佩，蕴藏着三百多年前的宝藏秘密，掀起了明争暗夺的腥风血雨，更牵动着剪不断理还乱的家族恩怨。

破玉重圆

□吴宏庆

1. 教授来访

李显明开了一家文化传播公司，主要经营布展、文化交流等业务。这天，市文旅局的人找到他，说市里准备请一个美国教授来给大学生讲课，让他负责对接。

生意上门，李显明自然不敢怠慢，晚上设了宴，大家一起讨论具体的接待事宜。一聊起来才知道，原来这美国教授叫尼克斯·李，是民俗专家，他的原籍就在本市，不久前应省城大学之邀来做文化交流，其间主动跟市领导联系，说愿意回乡免费给大学生讲一堂民俗课，市领导愉快地答应了。几天后，他就会抵达本市。

正说着，李显明的手机响了，他拿起来看了一眼，是个陌生电话，顺手就摁了接听键。

那边是个中年女人的声音，哽咽着说："你爸死了。"

什么？李显明一时神智恍惚，爸爸？我有爸爸？随即回过神来，他当然是有爸爸的，不过，在他十二岁那年，爸爸因为外遇跟妈妈离了婚，此后，就再也没管过他了。前年，妈妈因病去世，他的脑子里就再没有父母的印象了，这个电话一下子将他拉回现实，他爸爸死了！

李显明问："你是谁？"

那边迟疑了一下，说："我是你阿姨程红。"

程红？就是那个拆散了自己家的女人，那个妈妈口中的狐狸精吧？他没再说什么，挂了电话，继续跟别人喝酒聊天。

第二天中午，李显明才回到了老家。父亲李东已经下葬了，按理来说，得他这个长子到场才能下葬的，不过叔叔李西说入土为安，不用那么讲究，于是，就让程红的儿子，也就是他同父异母的弟弟李小宝披麻戴孝摔了瓦盆。

李显明也很久没见到叔叔李西了，只见他满头白发，看样子是有急事，匆匆跟李显明说了几句后就走了。这个家还是那么破落，程红两眼呆滞地坐在门槛上，不知道在想什么，一旁的傻弟弟李小宝看着他只是傻笑。

李显明没有理会他们，在村民的带领下找到了父亲的坟。看着这座新坟，儿时父亲辱骂、殴打他们母子的画面一一浮现在眼前，他一时间百感交集，随后磕了三个头，算是了结了今生的父子之情。

李显明回到村口正要上车离开，程红忽然跑过来，说："你爸留在柴房里的那些东西，你看看还有用吗？没用我就扔了。"李显明想了想，还是跟着程红回去了。

柴房里有个落满灰尘的木箱子，打开来，里面尽是一些散发着霉味的老旧陈物，他捏着鼻子把上面的旧衣服抖落出来，看到箱子底下有块玉佩，严格来说，它只能算半块，原先应该是椭圆形的，从正当中断开了。玉佩的正面是截鲤鱼尾巴，反面是半块云纹，不过这云纹不似普通云纹那般简单明了，而是曲折回环，看着很复杂。他太熟悉这个东西了，小时候他还挂在脖子上戴过一段时间，后来有个算命先生说戴半块玉不吉利，他也就没戴了。

时隔多年，李显明仔细端详，感觉这玉应该是古玉，玉质也很细腻，不过只剩半块，应该值不了几个钱。这时，视线一暗，他抬头看去，原来是李小宝进来了，李小宝一脸痴笑地看着他，好像下意识里知道，对面这人跟自己有血缘关系。李显明轻轻一笑，顺手就将玉佩扔给了他，随后就走了。

上了车，看着缓缓消失在身后的老家，李显明不由得长舒了一口气，从此以后，自己就跟这个小村庄、跟程红母子俩毫不相干了。

几天后，尼克斯·李教授来了。他大概六七十岁，长得高高瘦瘦的，身子有些佝偻，不过眼睛很有神，一看便知很有学问。为了制作他的宣传海报，李显明早就上网查过他的履历。他确实是本市人，早年历经波折，身世坎坷，不过到了美国后，就像小宇宙爆发了，获得了很多的荣誉和称号。

课安排在大学的大礼堂里，当天，数百个位子坐得满满当当的。尼克斯·李一开口，那地道的本地话顿时惹来众人的欢呼声。有这样的效果，这次活动无疑就算成功了，不过，李显明坐在下面听着教授讲课，突然有种奇怪的感觉，他好像听过此人说话。

李教授今天讲的课题是本市民俗研究，听得出来，他不是临阵磨枪，刻意取宠于本地人，而是真懂，本地种种陈年往事信手拈来，又通过区域文化、历史背景等进行深度阐述，实在让人大开眼界。两个小时的课不知不觉中过去了，在众人此起彼伏的鼓掌声中，李教授结束了讲课。

到了傍晚，休息过后的李教授参加了李显明为他举办的酒宴。

2. 宝藏传说

酒席之上，李教授兴致很高，气氛很快就烘托上来了。有人问，李教授老家是在本市哪个区哪个村的，李教授似乎不愿提起，哈哈一笑，继续说起本地的一些历史旧闻，最后，又说了这样一个故事。

三百多年前，有一对姓李的双生兄弟，暂且称他们为李大、李二吧。因为父母死得早，兄弟俩相依为命，长大后，为了生计又不得不分开各奔前程。李大从了军，在血海尸山中活了下来，还当了军官。那年，官府让他去剿匪，他抓到匪首后才发现那是他的弟弟李二。

放了，国法不容；杀了，又不忍心。最后，李大认为，弟弟有今天全是因为自己这个长兄管教无方，于是他让弟弟假扮自己，以自己的身份活下去，而自己则扮成弟弟去死。

李大死后，李二就用了他的身份，一路屡立战功，最后当了大将军。这时，李大的儿子已经长大，意外发现他竟不是自己的父亲，于是去告了御状，皇帝大怒，处死了李二。李二的儿子得知后，怀恨在心，一心要杀死李大的儿子，为父报仇。最终二人斗得家破人亡，惨不忍睹。

皇帝听说此事后，就把两人叫来调解，说自己已在某处埋下宝藏，又当场劈断一块玉佩，一人给了半块，并说只要他们能放下成见，将这玉佩合在一起，就能依靠上面的云纹找到那笔惊天财富。只可惜，二人仇恨太深，虽然迫于皇帝威严不得不握手言和，但之后还是老死不相往来，那块玉佩也就没有合并过，宝藏自然也成了谜。

听到这里，李显明脑子里突然"嗡"的一声响，他想起来这个李教授是谁。十二岁那年，有一天他戴着那半块玉佩走在路上，有个算命先生走过来，神神叨叨地说："这玉佩只有半块，残的，戴了不是死爸就是死妈。"

没错，那算命先生就是眼前这个老头，也不知他怎么就摇身一变成美国教授了！李显明差点拍案而起，但想了想，还是克制了情绪，假装好奇地问："李教授，这玉佩的故事是真还是假？"

"对对对，真的还是假的？"大家的兴趣也被点燃了，纷纷问道。

李教授嘿嘿一笑，说："民间传说嘛，空穴不来风，你愿意相信它是真的，它就是真的，你愿意相信它是假的，它就是假的。"

老江湖、老滑头、老骗子！李显明恨得牙痒痒，突然想起当年这老头吓唬自己后，家里经常来古董贩子，点明要买玉佩，但都被父亲一口拒绝了。后来，家里还闹了小偷，东西被翻得一塌糊涂，但没少什么东西。现在想来，应该都是这老家伙在捣鬼。

不过，老骗子为什么那么想要那半块玉佩呢？玉虽然是古玉，但残了就不值钱了，相信身为古董贩子的他不可能看不出来。唯一能解

释的就是，老骗子除了知道这个故事是真的，手里还握有另外半块玉佩。因为自己那半块玉佩一直放在老家，所以，老骗子应该还没有找到那所谓的宝藏。这样一想，老骗子这次主动回到本市的目的也就一目了然了。

想到这儿，李显明故作惊讶地说："我们身为本地人，竟然都没听说过这故事。李教授能否让我们见见那玉佩长什么样，我们回家也好到处翻一翻，说不定就找到另一半了。"

李教授点点头，随后打开手机相册，翻到了半块玉佩的相片。相片是黑白的，很明显是翻拍自老照片。这半块玉佩正面是一个鱼头，反面是半块极为复杂的云纹，不用细看，李显明就知道这与自家那半块玉佩是一个整体。

李教授又说："不瞒大家，这半块玉佩是我家祖传的，另外半块我在二三十年前曾亲眼见过，只可惜机缘错失，使得至今玉不能全，深感遗憾。如果大家有它的线索，请一定通知我，我会支付合适的报酬。"

酒宴结束后，李显明心中越想越气恼，老骗子当年为了得到那半块玉佩，连小孩子都骗，现在更是

成精了，谁知道他会生出什么鬼主意。

第二天一早，李显明再次开车回到老家村子里。程红和李小宝正在吃饭，见他来了都很惊讶。李显明发现，那半块玉佩已经挂在了李小宝的脖子上，就上前一把将它扯下来，又塞在他的手里，郑重地说："好好藏着，别让人看到了。"

3. 真假教授

没多久，一篇网络文章突然在本市爆火，文章的题目叫《真神棍还是假教授》。作者的笔墨大多放在这个叫尼克斯·李的教授的前半生，以大量的旧闻逸事将一个古董贩子的真实嘴脸刻画得入木三分；同时，还透露了那半块玉佩的故事，更是暗示他身上藏有另外半块。

文章当然是李显明写的，他走访了市里好些老人，提到尼克斯·李教授没人知道，但提到古董贩子李大嘴，大家都记忆犹新。李大嘴不是指他的嘴大，而是指他会忽悠，坑蒙拐骗全凭一张嘴，关于他的故事实在太多了。同时，李显明又通过国外的朋友，查到了他那一长串吓人的头衔基本都是买来的。

整篇文章有理有据，无可辩驳，李显明原本以为李大嘴会因为难堪

而灰溜溜地跑路，但他竟然没有。他有外国护照，而且也没有犯法，想留下来还真没办法赶他走。

这天，李显明正在出差，程红突然打来电话，他犹豫了一下，没接。他实在不想跟她和那个傻弟弟有任何来往了。之后，程红又打了好几个电话来，但他都没接。

三天后，李显明正在开车回家的路上，手机突然响了，是个陌生的座机号，他接了。电话那头是个很沉稳的声音："李显明先生吧？我是市刑警队的刘朗，你继母程红被人绑架了。"

"嘎吱"一声，李显明紧急刹车，愣在了那里。

刘朗警官说，三天前，有人亲眼看到三个人开着一辆面包车，将路上的一个妇女劫上了车。警方接到报案后展开调查，查到被劫的妇女名叫程红，当天她拿着手机里半块玉佩的相片去了好几家文玩店，说要变卖了去看病，但老板们看过后，都说虽然是古玉，但残了，卖不上好价钱。之后，警方查到程红确实生病了，儿子李小宝又是傻子，再查，就查到了李显明这儿。

李显明突然想到之前那几个来自程红手机的电话，难道那是绑匪打来的？他猛地一激灵，说："警官，我知道绑匪是谁。"

李显明来到刑警队，将玉佩的故事原原本本地跟刘朗说了出来，最后说肯定是继母想卖玉佩时被李大嘴得知了，于是动了手。但刘朗不太相信，即使宝藏故事是真的，李大嘴只需从她手里光明正大地买走就是了，根本没必要铤而走险。

李显明当着刘朗的面拨通了程红的手机，铃声响了几次后，突然被挂断了。电话没接通，就无法确定程红的位置，现在看来，也只能去找李大嘴聊聊了。

李大嘴住在本市最好的酒店里，李显明和刘朗过去时，他的秘书拦住了他们，说李教授正在会客，让他们稍等一下。十几分钟后，一个本地知名的民营企业家从会客厅走出来。见他出来了，秘书才放二人进去。

会客厅里，李大嘴正欣赏着桌上的一箱茅台，看那包装已经是陈酒了。他漫不经心地请他们坐下，随口说道："你们应该是为了一个女人的失踪而来的吧？"

二人一愣，随即明白，这件事已经发生三天了，而且网上那篇文章太有名了，他能料到警方会过来并不稀奇。刘朗点头说："李教授有什么指点？"

"指点谈不上，就是说一下道理。"李大嘴指了指那箱茅台，"我只是跟那个老板聊了二十分钟，他就欢天喜地地把这个送给了我。你们说，那玉佩能值多少钱，就算背后真有宝藏，这么多年过去了，也不一定能找得到，我至于为它冒险吗？"

刘朗暗自点头，李大嘴确实没必要，所有骗子都是为了利益，但如果付出的要比收获的多，那就没人愿意去干了，更别说这种活成精的老江湖了。

李显明实在看不惯老骗子那装神弄鬼的模样，冷笑说："李大嘴，你真不认识我了？"

李大嘴看了看他，淡淡地说：

"你是李东家的小子嘛，当年，你脖子上挂着那半块玉佩，还是我提醒你不要戴的。"

不以为耻，反以为荣啊！李显明的火腾的一下就上头了，他一把揪住了李大嘴的衣领，怒道："你这老骗子！"

刘朗赶紧上前拉架。李大嘴云淡风轻地整了整衣衫，慢条斯理地说："严格来说，你应该叫我二大爷的。"

4. 真真假假

李大嘴讲的故事大部分是真的，三百多年前的那对兄弟，其实就是李大嘴和李显明的祖上。兄弟俩的儿子互相斗了几十年，双方家庭都苦不堪言。后来皇帝得知这事，深感惋惜，不忍见亲情泯灭，于是命人埋了笔钱财，然后将路线图隐藏在玉佩背面的云纹里，又当着他们二人的面将玉佩斩成两截，两家各持一半，只要玉佩合二为一，便能轻松找到藏宝的地方。

只可惜，两人

谁也不愿向对方低头，那笔钱财自然也就没能取出。之后，时局变化，那两块残缺的玉佩也就随着两家的长房一脉传了下来。时间一长，传来传去，也就成了个故事。

李显明虽是李二这一脉的长房长子，但小时候父亲没跟他说过这事，后来稍大一点，父母又离婚了。而李大嘴是李大这一脉的长房长子，他从父亲手中接过那半块玉佩时，听说了这个故事。那时候他做古董生意，知道这类故事大多并非空穴来风，于是就想找到另外半块玉佩。

也是凑巧，有一天李大嘴扮成算命先生走街串巷收古董时，正好遇到了当时只有十二岁的李显明。李显明脖子上挂的那半块玉佩让他眼前一亮，因为害怕这小子弄丢了，于是先用话语唬住了他，又跟踪到了他的住址，一番调查，查到了李东、李西两兄弟正是李二的后人，与他同辈，而李显明则应该叫他二大爷。只可惜后来他用了很多手段，都没能从李东手里拿到那半块玉佩，再后来，他有了去美国定居的机会，就把这事暂时放下了。如今二三十年过去了，他最终还是没能释怀，于是回来了。

"所以，我真是你二大爷。"李大嘴对李显明说。

李显明"哼"了一声，说："真真假假，时真时假，骗子常用的花招。"

一旁的刘朗很好奇，问："你这么想得到那半块玉，难道是想去开启宝藏？"

李大嘴摇头说："关于什么宝藏，我的看法是没有的，且不说皇帝有没有这么仁慈，就算有，三百年沧海桑田，物是人非，上哪里去找？我之所以想找到它，是因为玉佩原本就是一个整体啊，就像我们两家姓李的，本就是一家啊。它对别人来说，可能只是残玉，但对李家人来说，意义非凡啊。"

这回不仅是李显明，就连刘朗也不露痕迹地撇了撇嘴，显然是不相信他这番说辞。

眼下，程红被绑架已经超过了七十二个小时，绑匪一直没有打电话来提勒索条件。就在警方一筹莫展时，有个文玩店的老板打来电话，说有人到他这儿来卖分成两半的玉佩。老板见过网上那篇文章，知道玉佩的故事，觉得图形很像，但雕工却是新的。他觉得这事不对，就来报警了。

这老板是个人精，在观看玉佩时，特意让身后的监控拍了个清楚。

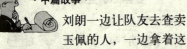

刘朗一边让队友去查卖玉佩的人，一边拿着这段监控录像去了李大嘴那里，让他鉴定真伪。

李大嘴看了监控后，立即断言是赝品。假玉佩通体碧绿，玉质不错，雕工逼真，甚至还做了旧，不过背面的云纹错了，而且是件新品。

这样看来，卖玉佩的人应该是听说半块玉佩的故事后，自己雕了个赝品，来文玩店试探的，真正的目的应该还是想卖给李大嘴。不过，李显明听说了这事后，立即感到有些不对劲，自己那半块玉佩都待在

箱子里二三十年了，伪造的人是怎么知道它的模样的？

这么一说，刘朗也有些奇怪，疑惑地问："难道做赝品的人是绑匪，已经得到了那半块玉佩？"

可程红被绑架才七十二个小时，那样一块玉雕，怎么可能在这么短的时间里做出来？况且，还有一个更大的问题，绑匪就算得到了自家的那半块玉佩，又怎么知道李大嘴那半块玉佩长什么样？要知道，赝品的背面云纹虽然错了，但如果没见过真品，是绝对不可能雕成这样的。

李大嘴摩挲着假玉佩，忽然莫名其妙地笑了起来，自言自语地说了声："有意思。"

5.疯狂绑架

当天夜里，李显明开车回家。车子开到小区附近时，堵车了。他等了一会儿，有些不耐烦了，就下车去看个究竟。原来是前面有人在打架。

李显明摇摇头，无奈地准备上车，突然身子一个激灵，前面有个人的身影好像在哪见过。他好奇地走上前，这才发现有三个汉子手持棍棒，正在追打一个年轻人。那年轻人身形笨拙，但皮糙肉厚很是抗

打。

李显明愣了几秒，这不是他那个傻弟弟李小宝吗？他赶紧冲上前喝道："你们是什么人？想干吗？"

那三个人很嚣张，其中一个光头二话不说，在他身后举着棍棒抡过来。他还没反应过来，只听"咣"的一声，棒子折了，回头一看，李小宝捂着额头痛得直跳脚。他这才回过神来，是傻弟弟李小宝替他挨了那一棒，要不然，那一棒砸到他后脑勺，不死也得重伤。

这时，围观的群众和那些早就等得不耐烦的司机们纷纷出来喝止，人一多，那三个人顿时蔫了，钻上旁边的一辆面包车跑了。

李小宝的额头破了，血顺着脸一直流到了嘴角，虽然痛得龇牙咧嘴，可看到李显明后，却像个孩子似的笑了起来。

两人随即去派出所录了口供。录完出来，李显明看着额头上顶着一个大包的李小宝，又好气又好笑，也不知道这傻弟弟怎么会跟人产生这么大的冲突。他手一招，让弟弟上了车。李小宝上了车后，李显明忽然又后悔了，自己不该跟他走得太近，要不然肯定多个累赘。当初父亲根本没管过自己，那自己也没必要去管这个傻弟弟吧。

李显明心里一阵烦躁，把车停在路边，抽了根烟。李小宝下车去撒尿，趁着他撒尿的工夫，李显明突然发动车子，一瞬间就将他甩得远远的了。

也就在这个时候，刘朗突然打电话来了："你弟弟今天不是无缘无故地被殴打，而是有人想绑架他，那几个人之前绑架了你继母。你现在马上找到他，带他到队里来。"

李显明一愣，突然回过神来，原地转了个弯，往回开去。等他回到刚才停车的地方，李小宝已经不见了。这时，不远处来了辆面包车，车大灯照得他睁不开眼，从车上跳下来三个人将他按住，跟着一把小刀顶在了他的胸口："别动，跟我们走。"

李显明一惊："好好，我不动，你们别乱来。我弟弟是不是也被你们抓了？"

没人回答他，一个黑头套罩在了他的头上，上了车后，他的两只手也被反捆了。

李显明立即明白，这是那伙殴打李小宝的人，按刘朗的说法，正是他们绑架了程红，今天又想绑架李小宝。不过傻弟弟力气太大了，这才有了三个人围殴他并堵路的事发生。没想到，他们又来绑架自己

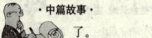

了。

车里无人说话，但李显明能感觉到车子在往郊区方向开，车速很快，而且一直没减速。

大概过了一个多小时，车子停下，李显明被押下车，有人推着他往前走。很快，他听到了开门的声音，感觉自己被推进了一个房间里，随后被推到一把椅子上坐下。没人说话，但他能感觉到，对面坐着一个人。

有人开口了："那半块玉佩藏在哪儿？"

声音很飘忽，透着一种不真实感。李显明很清楚，这是经过处理后的声音。果然，他们是冲着那半块玉佩来的。也就是说，他们并没有从程红手中得到自家那半块玉。

李显明定了定神，说："你得到半块也没用，因为还有半块你根本就得不到。""这一点用不着你操心。"对方说，"你只要告诉我，你那半块玉在哪儿？"

李显明在脑子里飞速盘算着，除了李大嘴之外，谁会知道那半块玉佩在自己家中呢？突然，他失声叫道："叔叔，你是叔叔！"除了李大嘴，也就只有叔叔李西知道那半块玉佩在他家了。

半晌，他头上的黑布罩被揭开了，一阵晃眼的光晕之后，他看到了眼前那个人，正是他的叔叔——李西。

6. 亲情崩盘

李西因为从小不学好，二十岁就犯事进了监狱，放出来后，又组织了一帮歹人为所欲为，气得父母跟他断绝了关系。李东也嫌他坏了家人的名声，很早就与他断了来往。李显明虽然叫他叔叔，但对他没任何亲情。

李显明吃惊地说："叔叔，你、你这是干什么？"

李西叹了口气，说：

"我也不想的,可是我手头紧,你也别难为我,告诉我那半块玉佩在哪吧!"

李显明摇头道:"就算你得到了一整块玉又有什么用?你知道那宝藏故事是真是假?就算是真的,三百多年过去了,你到哪儿去找藏宝地?""我不管,就算是卖古董,也得凑个整的才值钱。"李西焦躁地在房间里来回走着。

看到他的样子,李显明突然间明白,三百年前的皇帝为什么会将玉佩一分为二了。当时以孝治国,李家人相互厮杀搏命,完全没有血脉亲情观念,连高高在上的皇帝都看不下去了。可如今,这样的场景又回来了,只不过这一次,还有谁能出手挽救这场悲剧?

李显明长叹一声,但随之而来的又是一阵困惑。李西知道他家有半块玉佩不稀奇,但那玉佩在箱子里放了二三十年,他为什么直到现在才这么疯狂地想要得到它?仔细一思索,他有些不敢相信地问:"叔叔,另外半块玉佩在你手中?"

李西从口袋里掏出一物,李显明一看,顿时瞠目结舌,正是鱼头那半块,看材质和背后的云纹,绝对是真品。但这半块玉佩不是应该在李大嘴身上嘛,怎么会在他手中?

李显明忍不住问道:"这东西你是从哪得来的?"

李西烦躁地挥挥手说:"这你别管!快把那半块玉佩拿出来,让我凑个整,我不难为你。"

"你绑错人了,那半块玉佩在那傻小子手中。"李显明之所以敢这么说,是因为他觉得,这个时候刘朗应该已经找到李小宝,说实话并不会给他带来危险。

话音刚落,李显明感觉脸一痛,被李西狠狠地甩了一个耳光。李西狂怒道:"你是不是以为我傻?我记得很清楚,那半块玉佩从小就戴在你脖子上,你能舍得把它送给一个傻子?"以李西的亲情观念肯定不会相信这事,他大概觉得,就算李显明不懂那半块玉佩的价值,但好歹也是块古玉,怎么会舍得送给根本没有感情的傻弟弟?

"不管你信不信,这是真的。"李显明冷冷地说。他心里还有一个疑惑,李大嘴出国二三十年了,也就是说,李西得到他的半块玉佩至少有二三十年了。而那时候自己还小,李西可以很轻松地就得到自己的那半块玉佩,但为什么没有呢?

唯一的可能是,李西虽然意外得到了原属于李大嘴的那半块玉

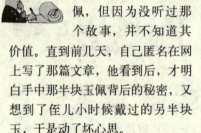

佩，但因为没听过那个故事，并不知道其价值。直到前几天，自己匿名在网上写了那篇文章，他看到后，才明白手中那半块玉佩背后的秘密，又想到了侄儿小时候戴过的另半块玉，于是动了坏心思。

然而这么多年过去了，李西并不能确定玉佩到底在李显明手里，还是在程红手里，于是绑架了程红。程红虽然知道玉佩在李小宝手中，但她不可能出卖儿子，所以死也没开口。于是，李西又想绑架李小宝，哪知道傻小子力大无穷，没能成功。这时的李西，就像拉磨的驴一样，被头顶的胡萝卜诱得欲罢不能，于是，又绑架了李显明。

这么一想，李显明反倒冷静了下来。他定了定神，问："程红呢？你把她怎么样了？"李西让人把程红带了过来，看得出来她被折磨过，缩着身子战战兢兢的。李显明叫了她的名字，她才似乎回过神来，像个受惊的孩子一样扑在他怀里大声哭着。李显明僵直了身子，半晌才拍了拍她消瘦的肩膀。

父亲跟她结婚生子后，嫌儿子李小宝是傻子，对他们母子根本不管不顾。说到底，程红也是个苦命的女人。

7. 柳暗花明

那天，李显明把傻弟弟脖子上的玉佩摘下后，就已告诉程红，那半块玉佩很值钱，要藏好。只是程红为了治病，不得不动了卖它的念头。当然，她还是留了个心眼，只是用手机把玉佩从各个角度拍了下来，然后拿着手机去文玩店问，结果，回来的路上就被李西绑架了。

李西面带嘲讽地看着他们，说："你们不是一直不和吗？看来，是我让你们变得这么和谐了，你们应该要感谢我吧？玉在哪里？我没有耐心了。"

这时，一个光头突然出现在门口，手里拿着一个东西结结巴巴地说："老大，这是不是那半块玉？"李西愣了愣，一把抢过他手里的那物件，正是半块玉佩，随后从口袋里掏出另半块玉佩，一拼，二者严丝合缝，合二为一。

李西急忙问道："它哪来的？"

"飞、飞来的。"光头说自己刚才出门撒尿，突然飞来一个东西砸到他的脑袋，他低头一看，是半块玉佩，那模样、图形跟李西向他们交代过的一模一样。他出门看了看，没看到人，就拿着过来了。

李西眼珠一转，说："你留在这里看着他们，我有点急事。"说完，他急匆匆地出了门。

光头摸了摸脑袋，显得很困惑，突然，外面冲进来一个人，像是橄榄球队员冲撞一般，一下子撞在他腰上，将他撞得横飞出数米远，倒地后挣扎了几下就不见动弹了。那人冲到李显明和程红身边，呵呵一笑。李显明和程红惊喜不已，不约而同地说："小宝，你怎么来了？"

李小宝不会回答，只是呵呵傻笑。此时，刘朗带着一队警察押着李西和另两个绑匪走了进来，他蹲下身探了探光头的鼻息，松了口气，随后让人抬上担架。

原来，刘朗调查程红被绑架一案后，出于职业本能，对李显明也进行了暗中调查。正因如此，他才知道李显明因为保护李小宝进了派出所录口供。他调取了斗殴现场的监控，发现与程红被绑时目击者所提供的光头、面包车、三个人、路边抢人等细节是相同的，于是就查了那光头，得知他一直在给本市一个黑社会团伙头目李西做事。

同时，卖假玉佩的人真的找到了李大嘴。那是个玉匠，称李西让他看过鱼头那半块玉佩，并回忆了鱼尾那半块玉佩的图形，让他复制一块。他做出来后，李西却不愿付钱，说感觉不对，正好他看到了网

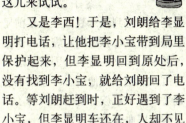

上那篇文章，就到李大嘴这儿来试试。

又是李西！于是，刘朗给李显明打电话，让他把李小宝带到局里保护起来，但李显明回到原处后，没有找到李小宝，就给刘朗回了电话。等刘朗赶到时，正好遇到了李小宝，但李显明车还在，人却不见了，刘朗明白他很可能也被绑架了。

这段路刚好是监控盲区，刘朗正为难时，李小宝拼命做着手势，示意他们跟自己走。也是死马当活马医，刘朗只好跟着他，也不知道怎么回事，居然真找到了绑匪的老窝。"都说智障的人总有某一方面是杰出的，不过我想，或许之前某个机缘巧合之下，他曾去过李西的地盘。"刘朗也难以置信地说。

审讯室里，李西交代了自己那半块玉佩的来历。那是二十多年前，他看到一个古董贩子手里经常把玩着半块玉佩，以为是件宝贝，于是有天夜里就敲了那古董贩子一记闷棍，结果发现那玉佩自己家里也有半块，兄长李东都丢给儿子玩了，肯定是不值钱的，也就泄了气。直到前些天他看到网上李显明写的那篇文章，赶紧翻箱倒柜找到了原属于李大嘴的那半块，为了得到李显明的那半块，就谋划了后来的那些

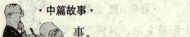

事。

案子是破了，但李显明却感到很悲哀，三百年前兄弟相残，现在叔叔又对嫂子和侄儿下黑手，李家的遗传基因就是这么冷血无情吗？但他转念一想，不管姓啥，哪个家族都有个别人为了利益而忘记血脉亲情。

不过，有件事他还没弄明白，李大嘴为什么会说出那个故事？为什么没说自己的玉佩已经丢了二三十年？难道是……

宾馆里，李大嘴正在收拾东西。李显明毫不客气地走进来，说："你

这个老狐狸，这趟回来是报当年闷棍之仇的吧？"

李大嘴不自然地笑了笑，说："我这一辈子都在占人便宜，只有那一次被人占了便宜，偏偏又找不到是什么人下的手。这口气不出，我死不瞑目。"见李显明面露诧异，他淡然地解释道："我已身患绝症，活不久了，想来，这也是我一辈子算计别人，老天给我的惩罚吧。"

李大嘴把警方交还的半块玉佩放在桌上，李显明也把自己那半块玉佩放在桌上，二者严丝合缝，如同一体。翻到背后，云纹合起来竟是两个字："恒谷。"左边的云纹中间有一个点较粗，单看不知何意，拼在一起就能一目了然，这是地名为"恒谷"的地图，那个粗点显然就是埋宝藏的地方。

两人相视一笑，三百多年前的"恒谷"，就是现在的市中心，即便有再大的宝藏也不复存在了。李大嘴把玉佩放在李显明手中，感叹道："不管如何，故事是真的，玉也是真的。收着吧，跟你弟弟重新开始一段我们李氏家族的故事。"

李显明愣住了，好像有很多话要说，但又不知该说什么……

（发稿编辑：朱　虹）

（题图、插图：杨宏富）

故事会微信号：story63，欢迎添加故事会微信，参与互动！

·神探夏洛克·

消失的肇事车

夏洛克在晨报上读到一则新闻：昨夜，城外公路上有一名行人被汽车撞死，警察接到报警后立即向肇事车的逃逸方向追赶，按照时速推算，最多半小时就可以追上那辆肇事车。可奇怪的是，警车以最大时速开了几十公里，居然没有在前方看到任何一辆车。

夏洛克思索一番后，立马给负责的警官打去电话，指导他们寻找逃逸车辆。请问，这是怎么回事呢？

超级视觉

图片上方黑白的棋盘格子，只需加上一些小点点，看起来就会大不相同，你明白为什么吗？

思维风暴

下周我要去办几件事：买书，参观展览，去银行交房费，看病。书店周二休息，银行周六日关门，展览馆二、三、五展出，医院周二、五、六开门。我哪天出门能在一天内办完所有事情？

想知道答案吗？

1. 您可直接扫描下面二维码。

2. 购买 2023 年 7 月上《故事会》。

动感地带，与您不见不散！上期答案见本期 P63。

本期话题：哪些食物最能代表你的乡愁？

头茬香椿

春节我因故没有回家看望父母，过完年就一直想找机会回家，可今年的清明节偏偏在周中，给我回家出了道难题。妻子劝我五一假期再回去，可我归心似箭，实在等不了了，就和妻子一起请假回了家。

老家院子里种了一棵香椿树，老远闻到香椿散发的香气，我就有种踏实的感觉。回到家，母亲问我想吃什么，我说："当然是香椿炒鸡蛋了，头茬香椿最嫩最好吃，过了季想吃也吃不到了。"母亲却有些为难："昨天我和你爸刚摘了头茬香椿，都给你寄去了，估摸你回去就收到了。"我一听，傻眼了。一旁的妻子忽然明白我为什么非要赶着这几天回家了。

（孙　明）

一盒桂花糕

阿玲从小就爱吃妈做的桂花糕。结婚后，她跟丈夫去了远方打工，时不时让妈寄些桂花糕过来，每次都吃得很尽兴。

这天，阿玲收到桂花糕，没吃几口就不吃了。丈夫问她："怎么了，没有胃口？"

阿玲摇摇头，用手指在糕里拨弄几下，竟然夹出两根花白的头发。丈夫忙说："妈不过是一时不小心……"

阿玲眼圈红了："每次吃桂花糕，我都会想到那个神采飞扬的妈妈，记忆中的她总是一头靓丽的秀发。原来妈也开始衰老了，没我在她身边，连个打下手的人都没有……"　（鹰翔狼啸）

甜甜的糯米酒

从记事起，我就知道我妈特会做糯米酒，甜滋滋的，好喝又养人。每次我爸喝糯米酒时，我总会讨要几口尝尝，有一次偷喝多了，还醉倒在地上。

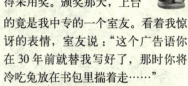

后来我在大城市落了脚，喝过茅台、五粮液，也品尝过各色洋酒，但我最爱的还是我妈做的糯米酒。可让我痛心无比的是，我妈因病早早离开了我。

我妈去世后的第一个清明，我回乡扫墓，哭着说道："妈，儿子想您，儿子再也喝不到您做的糯米酒了！"上完坟，我回到老房子，邻居吴姨端着一个坛子走过来说："这是你妈在世的时候教我做的糯米酒，她说你爸不会做，怕她走了以后你就喝不到了。快尝尝味道怎么样！"

我打开坛子闻了闻，一股熟悉的味道又将我的眼泪呛了出来。

(夏红军)

冷吃兔

30年前，我从自贡考上省城的一所中专。我每次去学校前，母亲都给我做自贡冷吃兔，因为这菜不但能存放几天，还挺解馋的，更节省了我的开支。

我将冷吃兔分享给室友们，他们都被麻辣鲜香的美味所征服，纷纷称赞不已。等我下了晚自习回来，发现一大袋冷吃兔都被吃光了，室友们说被馋得直流口水，没办法抵挡它的诱惑。此后母亲再给我寄冷吃兔来，我就放在书包里，随身携带了。

不久前，自贡冷吃兔征集广告语，"能揣着走的自贡味道"获得采用奖。颁奖那天，上台的竟是我中专的一个室友。看着我惊讶的表情，室友说："这个广告语你在30年前就替我写好了，那时你将冷吃兔放在书包里揣着走……"

(舒仕明)

九大碗

桌上的菜热气腾腾，大家默默无语。川菜馆老板老杨拿出两瓶酒："兄弟姐妹们，今天是腊月二十九中午12点，吃一顿团年饭，喝家乡酒五粮春，吃家乡传统菜九大碗。第一大碗捆间粑儿，第二大碗夹沙，第三大碗烧贝，第四大碗糯米饭……"桌上的人只看不动筷，一个个泪水盈眶。

我抹抹泪水端杯站起："来来来，一起干了第一杯酒，一切思乡在酒中。"说着，我脑海中浮现出一个场景：寒风里，白发母亲和女儿站在山坡上盼我回家……吃完饭，我赶到丽江客运站碰碰运气，看能不能买到一张返乡车票。

除夕夜鞭炮声阵阵，我终于走进家门，女儿朝我跑来："哎呀，爸爸回来了！奶奶今天第四次热蒸九大碗了，就等你回家吃团年饭呢。"

(张清明)

(本栏插图：孙小片)

真假宝剑

□上海市青浦区凤溪中学 陆李伟

玖爷是道上出了名的狠角色。他上了年纪，爱上了古董，总是第一时间以高价买下自己中意的古董，事后抱着古董，往门口一坐，拿布边擦边欣赏。没错，就是显摆。

他虽有响亮的名声，却也有死敌，那就是亲哥，家里排行老七，人称吴老七。吴老七打小就爱挑玖爷的刺，眼下都上岁数了还刁难他。这不，又闹出事啦！

最近，玖爷花了大价钱，从外地买来一把剑。他又像往常一样把宝剑擦得锃亮，引来不少路人上前围观。剑长二尺一寸，剑身由稀有的玄铁打造，寒光闪闪锋利无比；剑柄刻有金色神龙图样，显得十分威武；剑鞘采用上等的钢，镶上了金边，与剑十分契合，可谓是巧夺天工、千年难遇的宝剑。玖爷将剑架在堂中不同于其他古董的位置，显然，他爱这把宝剑胜过了一切！

城里一传十，十传百，大伙都在说宝剑的事。

这事自然也传入了吴老七的耳朵里。他从管家口中得知了剑的模样，先是一愣，接着便神秘一笑，连夜掘地三尺从地下挖出一把宝

84

剑，搁在堂中，在街上扯开嗓子大声喊："那吴玖的剑是假的！真的埋在我家！"

这下，整个镇都炸开了锅，"真假宝剑"的消息开始疯传。大伙纷纷拥进吴老七府里凑热闹，甚至还有人爬到屋顶上看戏。

忽然，府里安静了，原来，玖爷也来了，大伙都注视着他。只见他左手拿剑，右手紧紧攥着拳头，快步冲向吴老七，一把抓住吴老七的衣领，怒发冲冠，瞪大了眼，咆哮道："吴老七，你故意找碴是不是啊？好！我告诉你，我玖爷也不是吃素的！今天我就让你出一回丑！"说罢他便仔细地观察起吴老七的剑来。

这完全不可能！从剑刃到剑柄，没有一处不一样，就如孪生兄弟一般。玖爷大惊失色，出了一身冷汗，语气比刚才明显弱了："吴老七，不管你是从哪里得到的这剑，它才是假的！"最后两字说得极为大声。

吴老七听了，只是从容地抿了一口茶，默不作声。

这时，迎面走来一位衣着光鲜、读书人模样的中年人。

此人也非等闲之辈，他就是城中大名鼎鼎的鉴定师傅孙义。他眼光精准，鉴别手法高超，他说是真的，没人敢说假。

眼下，孙义的出现让人群中有了些骚动。只见孙义开始仔细地观察起两把剑来，绝不漏掉任何一处细节。良久，他发话了："我孙某用性命担保，这两把剑都是真的！"人群一片哗然。只听孙义接着说："这两把剑正是三国时期刘备刘玄德使用的双股剑！"

吴老七和玖爷听完，都瞪大了双眼，一脸的不可思议。双股剑作为鸳鸯剑，的确有两把。"既然是兄弟，又各自持有一把双股剑，何必互相刁难呢？本是同根生，相煎何太急啊！"

说完，孙义便扬长而去。

此后，玖爷与吴老七互相道了歉，相处得十分融洽。后来兄弟俩还搬到了一起居住，将双股剑永远地挂在了堂中，并以曹植的《七步诗》为家训。

风波平息后，孙义隐退了，自此，没有人知道，堂中的双股剑是赝品。

（"我的青春我的梦"第三届中小学生故事会征文获奖作品选登）

（指导老师：安黎黎）

（发稿编辑：朱 虹）

（题图：孙小片）

偷孝布是云台山周边的喜丧旧俗，都快淹没到历史的长河中了。可在一场喜丧葬礼上，有人又拾起了这个老礼，怎么回事呢？请看——

偷孝布

□ 张敬中

赵铁良今年四十多岁，家住运河丽景小区，这是一个城中村居民的安置小区。为方便儿子上学，赵铁良将这处房子卖了出去，打算另买学区房。可就在准备搬迁的前几天，和赵铁良住在一起的奶奶突然去世了。

赵铁良在很小的时候，父母就因车祸双双丧生，是奶奶在全村人的帮助下将他养大，祖孙俩相依为命几十年，因此奶奶的丧事由他一手料理。为了布置丧礼，赵铁良请来了自己的大舅哥关笑友。关笑友住在邻村，是方圆三里五村有名的执事客，事事能为主家考虑周全。因此赵铁良请他在丧礼上执事，关笑友一口答应了。

这天，关笑友到赵铁良家商量丧礼的事宜，进门就把赵铁良拉到一边说："妹夫，跟你商量个事儿。你房子的买主是我朋友的孩子，本来买房是准备当婚房的，人家现在托我给你捎话，看能不能把房子退了？人家愿意给你出违约金。"

赵铁良心想，真是怕啥来啥，可是转念一想，这也是人之常情，任谁在刚办过丧事的房子里结婚，都会觉得晦气。想到这儿，他只好答应了，还通情达理地说："既然你出面说了，我也不能要啥违约金……"

关笑友给赵铁良伸出了大拇

指，又大包大揽地说："放心，你卖房子的事我会管下去，保准能给你卖出个好价钱。"赵铁良听了这话，也没当回事，打算办好奶奶的丧事，再腾出时间去处理房子的事儿。

举办丧礼这天，一开始一切顺利。就见关笑友身着一套灰色中式服装，脚踩一双黑面白底布鞋，衣服第二个扣子上还系着一条红布。赵铁良知道，衣服上系红布条，是农村办喜丧的特殊标志。奶奶活到了98岁，所以这是一场不折不扣的喜丧。

关笑友一脸肃穆，端端正正地站在遗像一侧，见到前来吊唁的亲友，用洪钟一样的声音唱喊"一鞠躬——再鞠躬——三鞠躬——又鞠躬——礼毕——孝子孝妇谢客"，之后递给吊唁者一块孝布。

可就在准备下葬的当天上午，出了岔子。一位七十多岁的老太太吊唁后，接过关笑友递过来的孝布，并不马上离开，而是磨磨蹭蹭地走到放孝布的桌子旁边，趁关笑友不备，伸手又拿起几块孝布，偷偷塞进了衣兜。

关笑友转身恰巧看到这一幕，他一把拉住老太太嚷嚷道："三婶，你这是干啥？"

老太太是本村的三婶，被逮了个现行，却面不红耳不赤，反而振振有词地诘问关笑友："你当了多年的执事客，不知道这是干啥？"

看三婶理直气壮，倒把关笑友说愣了。

听到吵闹之声，赵铁良也走了出来，和气地问三婶偷拿孝布的原因。

大庭广众之下，三婶亮开大嗓门说得头头是道。云台山周边风俗，办喜丧有偷孝布一说。喜丧上偷来的孝布，缝在儿童的衣服上，可保佑孩童健康地茁壮成长。而丧家孝布被偷，也寓意时来运转。三婶的孙子不明原因厌食消瘦，看了不少医生吃了不少药，就是不见好转。恰巧赵铁良为奶奶办喜丧，三婶就病笃乱投医，想着旧习俗里有这么个说法，就来偷孝布了，梦想沾了老寿星的吉祥长寿之气，孙子就会祛病消灾。

三婶一指关笑友说："你当了多年的执事客，不懂这是办喜丧一礼，坏了我的事，也坏了铁良的事……"三婶说得有理有据，还不依不饶，倒打一耙责备关笑友失礼，赵铁良不由得有点手足无措。

还是关笑友见的场面多，一面

给三婶认错，一面出主意说："三婶，我见识少，您别生气。真不行，咱就把偷孝布再来一遍，只当是让后辈人知礼、学礼。"

赵铁良觉得关笑友出的主意不伦不类，可三婶却丝毫不介意的样子，竟然拍手表示同意。她让赵铁良背过身去，又拿了几块孝布塞进衣兜后对围观的众人说："偷孝布，得背着主家，不然那不叫偷，偷来的孝布才能给孩子带来福气。"

三婶这一闹，赵铁良奶奶的丧礼就少了许多肃穆沉重之气。丧事办完后，赵铁良发现有好事者将三婶偷孝布的视频发布到了网上，围观的人还挺多。赵铁良担心三婶会因此不高兴，来找自己的麻烦，就想着给关笑友打个电话。不料关笑友的电话却先打了过来，听得赵铁良说自己在家，关笑友就挂断了电话。

赵铁良正纳闷之际，关笑友已经带着两个人出现在赵家门口。关笑友如主人一般，一边带两位客人参观了房子的格局，一边介绍说就是这套房子住过98岁的老寿星，还刚刚办过喜丧，喜丧过程中发生了偷孝布的故事。

见两位客人听得津津有味，关笑友含笑强调，懂老礼的都知道，这套房子就是"福寿屋"，是敬老养老的福窝福地。这两天前来打听的人很多，都是打算买下来孝敬老人的。

赵铁良这才知道，关笑友领来的两位是购房客。眼见两个人都想让对方退出，还一个劲往上抬价，赵铁良就劝两位购房客先回去，与自家老人商量后再作打算。他说孝顺二字，孝是在心底的自然流露；顺是行动，要表孝心须先征得老人同意。

两位购房客都给赵铁良伸出了大拇指，又连连拱手后，方才离开。

看到自家房子被人抢着购买，还竞相抬价，赵铁良喜不自禁。他高兴地对关笑友说："没有想到，三婶偷孝布的这一套老礼，给咱卖房子帮了这么大的忙。就是不知道视频发到了网上，三婶会不会找咱麻烦？"

不料关笑友指了指自己，答非所问地说："真懂咱云台山周边婚丧风俗的是我！为排练三婶'偷孝布'，我可是下了大功夫……"

想想丧礼现场三婶那夸张的表演，赵铁良恍然大悟。

（发稿编辑：田 芳）

（题图：孙小片）

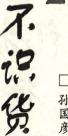

不识货

□ 孙国彦

老李下班回家，刚进屋就闻到一股异香从厨房飘出来，走进厨房一看，原来是媳妇正在煮茶叶蛋。老李瞪大眼睛看着锅内已经煮透的茶叶，紧张地问媳妇："你在哪儿拿的茶叶？"

媳妇说："就是你中午带回来的那包年货里的呀！连个包装都没有，我寻思肯定不是啥好茶叶，就给用上了。"

老李只觉得脑袋"嗡"的一声，心疼得差点哭出来，气急败坏道："你……你个败家娘们！你知不知道，这茶叶8000块钱一斤！"

媳妇闻听惊叫一声，半天才缓过劲来，捶胸顿足地数落起老李来："都怪你个死鬼话太金贵，你咋不早说呢？哎呀，这可咋办呀！"

老李摇摇头，长叹了一声。今年年货，副科发到这个标准，已经严重超标了。为了避风头，领导特意让换了包装，还强调了好几遍，不能对外乱讲。

这时，老李忽然又想起什么，急火火地问："我用纯净水瓶装的那三瓶酒呢？"

媳妇一愣，怯怯地说："刚才我娘家几个侄子来看我，你放的好酒我没敢动，就让他们把那几瓶喝了。"

老李只觉得眼前一黑，一时说不出话来。媳妇看他没发火，悄悄松了口气，说："那酒应该不贵吧，他们也都说不好喝呢！"

老李无语地看着媳妇，半天才咬着牙挤出一句话："不贵，一瓶也就2000多块。"

媳妇惊得嘴巴都合不上了。

这时，老李手机响了，是单位办公室主任打来的。老李接通电话，只听主任说："那个……不好意思啊老李，都怪手下人不识货，把你的年货给错了。你那份是科长的，麻烦你明天拿回来调一下。"

（发稿编辑：赵嫒佳）

礼物
须配套

□ 赵功强

阿军和小丹刚开始谈恋爱，就迎来了情人节。这天，阿军订了一大束玫瑰，给小丹送了过去。

小丹第一次收到男朋友送的鲜花，她十分高兴，但随后有了幸福的烦恼：她租的小屋里没有花瓶。她在屋里翻来找去，最后只找到一个大号饮料瓶，可以充当花瓶。可当她把玫瑰花插进去后，左看右看觉得实在难看，只好连夜又去超市买了一个漂亮的花瓶，回来一换，果然好看多了。

没过多久，520网络情人节到了，这回阿军给小丹带来了一只宠物猫。小丹很喜欢小猫，平常路过猫咖店，一定会进去逛逛，一待就是半天。她早就想买一只宠物猫了，奈何囊中羞涩，就只能望猫兴叹了。眼下阿军买了猫送给她，小丹既兴奋，又感动。可等阿军一走，小丹又犯愁了。宠物猫没猫粮不行，自己每月收入紧巴

巴的，只够日常开销。没办法，小丹只好省下一笔买衣服的开支，打算用来买猫粮。

周末约会时，小丹调侃阿军："每次你送礼，我还得买配套的东西。"阿军挠挠头，有点不好意思。小丹想了想，神秘地说："下个月就是你生日了，我也送你一份礼。"

到了阿军生日这天，小丹打扮得漂漂亮亮的，来到阿军家。不一会儿，门铃响了，小丹神秘地笑笑说，她送的礼物到了。打开门，一个快递小哥递过来一个小巧的包裹。

阿军好奇地打开一看，里面居然是一个精美的汽车钥匙扣！

小丹笑嘻嘻地说："礼物我送你了，配套的东西你也自己去买吧！"

（发稿编辑：朱 虹）

故事发生在几十年前。刘老九是个要酒不要命的酒鬼，老婆以死相逼，他才勉强答应跟酒绝缘。

最近，村里有个老人快要死了，按照习俗，丧家要请人帮着料理丧事：装棺时，要由此人往棺材里喷酒，再和丧家一起哭丧。以往干这活的是村里的李大成，这几天李大成正好要出趟远门，刘老九就央求他把这差事让给自己。

李大成笑道："你是冲着丧家事后送的两瓶酒来的吧？"刘老九摇头说："你又不是不知道，我老婆绝不会让我碰那两瓶酒的。"

李大成疑惑道："有酒不能喝，看着不是更来气吗？"疑惑归疑惑，他还是把刘老九推荐给了东家，也就是那老人的儿子。

等这家老人死了这天，刘老九和大家一起把老人装进棺材里。接下来就要往棺材里喷酒了，刘老九手持酒瓶，让东家出去等着，等叫时再进来。东家便出了门，和孝子们跪在堂前。

过了会儿，刘老九忽然打开门，招手让东家进来，红着脸说："大侄子，你这酒太香了，我每喝一口，大半都进了喉咙，只有一丁点留在口里。你看看，这才喷了一半啊！"

"那怎么办啊？""再来一瓶呗！"

东家只好再拿一酒瓶给他，又去外面等着。好半天过去了，里面没有一点声音，东家进去一看，惊呆了：刘老九手里攥着空瓶子，已经醉倒在棺材前了。

看着刘老九醉眼蒙眬的样子，东家不由得干着急，他这样还怎么哭丧啊！就在这时，刘老九"哇"的一声大哭起来，拍打着棺材板号道："老兄呀！才这么点酒怎么够呀，你快醒醒，再死一次吧……"

（发稿编辑：赵嫒佳）

再来一瓶

□路中大

练车"艳遇"

□ 楚 囝

阿正是个大学生，身材高大魁梧，但长相一般。这天，他来到驾校练车，发现练车的人挺多，便排队等了起来。

很快，来了个年轻漂亮的女学员，刚好排在他身后。女学员热情地跟阿正打了个招呼，并自我介绍说她叫莉莉，是艺术学院的大学生。阿正来了兴趣，立刻同莉莉聊了起来。

俩人聊了几句后，莉莉微笑着问阿正："同学，你看我能不能跟你换一下位置，排在你前面？"阿正连忙点头说："没问题啊，等下轮到我了，你就先上车！"

阿正练完车回到宿舍后，心里美滋滋的，还跟室友吹嘘自己今天的练车艳遇。室友问他有没有加上莉莉的微信，阿正回答好饭不怕晚，下次肯定加上。

接下来的几天，只要没课，阿正便跑到驾校，目的当然是想继续上次的艳遇，可直到一周过去了，才等到了前来练车的莉莉。

这回，阿正主动上前跟莉莉打了招呼，说他今天来得早，很快就能上车了，可以把自己的位置让给她。没想到莉莉观察了一下其他学员后，冷冷地说，她今天不换位置了。阿正顿时感觉自己热脸贴到了冷屁股上，心里有点失落。他想跟莉莉要微信，可莉莉显然不愿跟自己多搭话。

阿正越想越不舒服，忍不住问莉莉："为啥上次你主动跟我换位置，今天却不换了？"

莉莉瞥了阿正一眼，低声说："因为上次排你前面的，是个和我身材差不多的女生，而今天排你前面的跟你一样，是个高高壮壮的男生，我上车后还得调驾驶座椅的高低远近，太麻烦了！"

（发稿编辑：朱 虹）

表白

□ 胶年儿

大康喜欢上历史系的女生小爽。小爽的追求者众多，却没有一个入她的眼。

这天，大康在寝室里感叹道："有那么多人向小爽表白，她怎么一个都看不上啊？"

室友阿旭回答道："人家可是历史系的学霸，不喜欢那些俗套的追求和表白，能追得上她的人可得既有学问，又别具一格！"

第二天，大康黑着眼圈，一早就叫醒了阿旭："明天是周末，你帮我在你那个老乡群里发条信息，说我明天晚上要在操场上向小爽表白，请大家到操场加油助威。表白成功，一人一瓶饮料！"

阿旭连忙摆手："小爽是我老乡，她也在那个群里啊，这不是没有惊喜了吗？"

大康歪嘴一笑："我就是想让她知道，我要当众向她表白！"

阿旭听完一头雾水，但疑惑归疑惑，他还是帮大康准备了一切。

周末这天晚上，大康让阿旭提前在操场上摆了心形蜡烛，一大群人围成一圈，等待着男女主角出场，气氛非常热烈。

可眼看着时间都过了，阿旭依然没看见大康，便给他打去电话："你上哪儿去了？我跟你说，助威的朋友们都到了，小爽却到现在也没来。我看她是不会来了……"

谁知电话那头的大康兴奋不已："我已经表白成功了，一会儿我给助威的朋友们买饮料！"

阿旭难以置信："成功了？你在哪儿呢？"

大康神秘一笑："你们往楼顶上看！"

众人抬头，只见楼顶上，大康拿着一束花，正搂着小爽。大康指着下面众人和那一圈蜡烛，对小爽笑着说道："看，烽火戏诸侯！"

（发稿编辑：赵嫒佳）

赌一把

□ 张连春

小李在一家五星级酒店做服务生。这天晚上，一胖一瘦俩土豪在小李负责的包厢里拼酒。小李候在一旁，做好随时为客人服务的准备。

俩土豪各自喝了一瓶高档酒后，胖土豪向小李招招手，小李赶忙走过去，很有礼貌地俯身问道："先生，请问您还有什么需要？"

胖土豪打着酒嗝，伸出俩手指："再来两瓶。"

小李答应后，连忙出去取了两瓶，兴冲冲地朝包厢奔去。

不料途中，小李脚下一个趔趄，手中的一瓶酒没拿稳，掉到了地上，酒瓶摔了个粉碎。小李顿时傻眼了，这酒的价位他是知道的，差不多顶他大半个月的工资呢。

小李是个头脑机灵的年轻人，很快他就有了一个大胆的想法。刚好另一个包厢里有个同款的空酒瓶，他以最快的速度往空酒瓶里灌了一瓶矿泉水。他之所以敢如此大胆地赌一把，是因为他做服务生以来，还从未见过这酒喝一瓶还不醉的人呢。

进包厢后，小李瞄了眼俩土豪，当他确定胖土豪醉得更厉害后，就把那瓶灌水的酒放到胖土豪面前，而把完好的那瓶放在了瘦土豪面前。俩土豪又继续喝了起来。

没过多久，瘦土豪终于喝趴下了，而胖土豪则踉踉跄跄地向小李走来。

小李顿时胆战心惊，正不知所措，胖土豪竟哆嗦着掏出钱包，拿出两张百元票子，塞到小李手里，然后扶着他低声说："谢谢你兄弟……刚才帮了我……"

小李一头雾水，只听胖土豪继续说道："我……我和他有约在先，谁先喝趴下谁买单……你就等着他醒来买单……"

（发稿编辑：朱 虹）

夜半枪响

□ 范祺敬

杰克搬到迈阿密市没多久，因为身上的钱不多，他只好在郊区租了一套房子。听说这里治安不好，尤其是晚上总能听到枪声。警方由于人手不足，无法长期在这里巡逻，只能建议居民晚上不要外出。

一天晚上，杰克在家里，突然听到附近传来一声枪响，紧接着又是一阵密集的枪声。杰克猛地一激灵，连忙跑到阳台上察看情况，可外面黑漆漆一片，什么也看不到。

第二天，杰克出门遇到了邻居波比，聊到了昨晚的枪声，杰克心有余悸地说："这地方太危险了！也许我该为自己的安全考虑，换个地方住了。"波比安慰他："只要关好门窗，不出门乱跑，就不会有事。我在这里住了半年多，不也好好的？"

杰克听从了波比的建议。可当枪声再次响起时，他受不了了，惊恐地打电话报了警。几个警察过来调查，却一无所获。一来二去，杰克终于崩溃了，他不顾波比的劝阻，连夜搬离了这里。

半年后，杰克因事要去郊区一趟，偶遇了当初的邻居波比。波比邀请杰克晚上到家做客，杰克本来不想答应，但波比担保说绝对不会有危险，杰克这才勉强同意。

两人边吃晚餐边聊天，杰克还是有点惊恐，说道："这里晚上该不会还有人开枪吧？我真的有点害怕。"

波比哈哈大笑，说道："你想知道为什么晚上会有枪声吗？我告诉你吧，其实那些都是我和其他租客开的！我们这么做，就是要让租金控制在一个比较合理的价格区间。"

杰克目瞪口呆，波比又继续说道："有一件事你恐怕还不知道吧，在你走后，我们这里的租金又跌了不少呢！"

（发稿编辑：王 琦）

拧坏水龙头

□卡 卡

小胖在饭店吃完饭，到卫生间准备洗手。他掰了一下水龙头，只听"咔"的一声，水龙头居然断了！

水柱瞬间喷了出来，小胖急忙抓起断掉的水龙头想拼回原处，可这哪管用，他反而被滋了一个透心凉。小胖惊叫着从洗手间跑了出来，服务员和客人看到他都吃了一惊，这小饭店改成大澡堂了？大伙儿好奇地围了过来，可还没靠近卫生间呢，哗哗的水流就把人群给吓退了。

大堂经理眼疾手快，赶紧关上了卫生间的门，然后跑到后厨关掉水阀总闸，才没让饭店变成一片汪洋。

这时，小胖趁乱偷偷摸到大门边，想要脚底抹油溜之大吉，却听到大堂经理的声音从后厨传来："别让那个人跑了！"

几个服务员闻声而动，立刻把小胖围了起来。小胖一下变成了那瓮中的鳖，寻思这回倒霉了，饭店被搞得一塌糊涂，经理肯定要让自己赔偿全部损失！这得少吃多少顿饭才能补回来啊！

小胖惴惴不安地等待着，终于，大堂经理从后厨出来了，他张望了一下，发现了被服务员们"控制"住的小胖，几步上前，一把就攥住了小胖的手。小胖这下万念俱灰，心想这经理抓自己抓得这么紧，肯定是情况很严重，一定不能把自己放跑了！完了完了！

谁知，经理激动地摇晃着小胖的手说："这位先生，太谢谢你了！要不是你把水龙头弄坏了，我们还不会发现水表有问题。刚才我都把水阀拧死了，水表居然还在走字，真不知道以前多花了我们多少水费！你真是帮了我们的大忙啊，今天这顿饭必须免单！"

（发稿编辑：彭元凯）

（本栏插图：小黑孩 顾子易）

夏季增刊 故事会® 2023

CONTENTS —STORIES— SEMIMONTHLY

绝对笑话………………………………………	2
大城小事	
标前考察…………………………顾敬堂	6
主角…………………………………贺小波	12
想当警察的少年…………………杜　辉	17
奶奶的长指甲……………………谢庆浩	21
无法抹去的污点…………………孙华友	24
二歪叔买酒………………………范大宇	28
领导的爱好………………………吴　嫡	32
三炷高香…………………………滕建军	35
东方夜谈	
鬼手医……………………………魏　炜	8
轮回买卖…………………………张明理	84
脱口秀………………………………………	15
茶舍听书	
以恶制恶…………………………吴宏庆	39
老牛识路…………………………崔建华	44
情节聚焦	
这是谁的袜子……………………许家裕	43
危险的邻居………………………一味凉	54
多旺的表演………………………张敬中	62
3分钟典藏故事……………………………	48
外国文学故事鉴赏	
炉火之祸………………………………………	50
从前那些事	
碰巧了……………………………汪培君	55
情感故事	
叫声妈妈泪直流…………………徐永忠	59
夫妻绝技…………………………杨汉光	65
中篇故事	
暗战………………………………杨　哲	68
阿P系列幽默故事	
阿P的NPC生活……………………灵　墨	81
幽默世界	
《奇招》等9则……………………赵功强等	88

2023增刊·夏

社　长·主　编　夏一鸣
副社长　张　凯
副主编　朱虹　吕佳
本期责任编辑　田　芳
电子邮箱　greygrass527@126.com
发稿编辑
朱虹　王琦　赵媛佳　彭元凯
美术编辑　王怡斐　郭瑾玮
红版编辑部电话　021-5320 4059
绿版编辑部电话　021-5320 4048
地址 上海市闵行区号景路159弄A座3楼
邮编　201101
主管、主办　上海文艺出版社总社
出版单位　《故事会》编辑部
发行范围　公开

· 出版发行部 ·
发行业务　021-5320 4165
发行经理　钮颖
媒介合作　021-5320 4090
广告业务　021-5320 4161
新媒体广告　021-5320 4191

· 融媒体中心 ·
《故事会》微博　@故事会
《故事会》微信　story63
故事中国网　www.storychina.cn
《故事会》网店
shop36332989.taobao.com

故事会公众号　　故事会小程序

国外发行　中国图书贸易总公司
印刷　上海四维数字图文有限公司
发行：中国邮政集团公司报刊发行局总发行
国内代号　4-225　　定价　8.00元

东方笑场

@ 红蓝 CP 小王出差回来，发现之前买的新鞋缩水了，根本穿不上。他找到商家说："这鞋我买时穿着挺合脚的，没舍得穿，怎么出差回来就发现鞋子缩水、穿不上了呢？"

商家说："这怎么可能？"

小王气呼呼地说："怎么不可能？我和哥们一起在你们家买的鞋，我的这双缩水穿不上了，他的那双竟然大了，都不合脚。你说你是不是奸商？"

商家说："兄弟，我真不是奸商，恐怕这里面有奸情！"

（本栏插图：小黑孩）

@ 笑熬糨糊 有一个势利眼儿，每次出门遇见有钱有势之人的车马都必定避让。同行的人问他缘故，他答："这是我的亲戚。"

有一次，两人遇到了一个乞丐，

同伴也效仿他，赶紧避让。势利眼儿很奇怪，问道："你怎么有这样的亲戚啊？"同伴答："因为凡是好的亲戚，都被你认去了！"

@ 九宫格吃火锅 一个大学男生对舍友说："头一次要跟女神过七夕，我好紧张啊。"

舍友答道："可不是嘛，过头七是紧张啊……"

@ 一飞冲天 临睡前，老婆突然问老公："如果我得了绝症，你会给我治吗？"老公睡得迷迷糊糊的，说："别瞎说！倾家荡产也得治！"老婆问："如果是你得了呢？"老公说："那就不治了。"老婆问："为什么？"

老公答："挣钱不容易，剩下你一个人，要为你考虑考虑。"老婆听完，把老公的病历卡塞到枕头下，安心地睡了。

雷人囧事

@樱桃小肉丸 老婆出差，打电话问老公晚饭吃了什么。

老公说："三酱馒头五味汤。"老婆疑惑地问："这是啥？"

老公答道："给馒头抹上酸、甜、辣三种不同的调味酱，就是三酱馒头；把方便面的油包、粉包、酱包、醋包、蔬菜包倒进开水里，就是五味汤。"

@小情歌 老刘向儿子求助，说电脑出了问题。儿子在外地，用电脑的远程协助解决了问题，顺便在聊天软件上和父亲聊了几句，说自己想买台平板电脑。

此时远程协助还没有断开，儿子能看到父亲的电脑桌面，只见老刘先打了一行字："要多少钱啊？"然后，他又逐字删掉，改发了一句"自动回复"："你好，我现在有事不在，一会儿再和你联系。"

@郑宗不正宗 小张身高一米九五，找工作很不顺利，很多公司都嫌他太高了。

这天，小张到一家公司面试，被顺利录取了。小张激动极

了，出门后才发现背包落在面试现场忘了拿。

他回去拿背包，只听面试官对旁边的副总说："好不容易找到一个人，能给一米九的老总打伞了。"

@苏格兰没有底 大张刚从监狱放出来，看到路边有个算命先生，就问："喂，算命的，帮我看看，接下来我该去哪里比较好？"

算命先生故作高深地说："嗯……你从哪里来就到哪里去……"

大张听了，很生气："老子刚从监狱放出来，你就让老子回去？看我不揍死你！"说着，他把算命先生揍了一顿，刚想溜，被路过的巡逻警察拦住了。

天下趣闻

@ 马里奥的奥利奥 鲤鱼和鲫鱼举行结婚典礼。主持婚礼的鱼说："新郎、新娘，和在座的来宾说一说你们的恋爱经过吧？"

鲫鱼害羞地说："我们是网恋。"

鲤鱼接着说："对，我们是被同一张网捕到的……"

@ 吃饱了减肥 老师在课堂上讲词汇的重要性，他说："一个词你用十遍，这个词就属于你一辈子。"

这时，教室后排的一个女孩闭着眼睛，低声而有节奏地念起了一个男孩的名字："弗雷德，弗雷德……"

@ 凹凸曼 一个中国人和一个德国人聊起红酒。德国人说："我们不买法国红酒，第一是因为贵，第二是因为看不懂说明。"

中国人说："巧了，我们有些人只买法国红酒，第一是因为贵，第二是因为看不懂说明。"

@ 对牛弹琴 大强对一个外国朋友说："筷子是最优秀的餐具，可以解决除喝汤外的所有需求。"

外国朋友思考了一下，惊喜地说："如果筷子是空心的，喝汤也没问题了！"

@ 流浪地球 周末早上，小敏正躺着玩手机，忽然看到老妈在家庭微信群里发了个红包。小敏赶紧去点，竟然领到了 20 元钱！她正惊喜时，不料老妈又发了一句话："领到红包的人去买早餐。"

@ 蜡笔小心 丽丽年轻漂亮，在医院住院部做护士。这天，住院部住进一个小伙子。丽丽按要求拿了一张表格让他填写。等小伙子填写完，丽丽拿起表格，随口问了一句："还有什么漏填的吗？"

小伙子想了想说："有，我是单身汉。"

@ 未眠 一天晚上，老公喝醉酒回到家，老婆想给他个教训，于是故意抹上口红，在他的衣服上亲了几口。

第二天，老公酒醒了，老婆拿着他的衣服，假装生气道："你昨晚在外面干吗啦？你看看这口红印！"老公一看，大笑道："老婆别逗了，除了你，谁还有这么大的嘴！"

诙谐家庭

@ 胖胖糖 丈夫被半岁的女儿抓得满脸是伤，妻子一直催他去医院。

丈夫说："用不着去医院，我不在乎这点伤。"

妻子却说："但我在乎我的名誉，所以你最好去医院处理一下，免得人家冤枉我抓伤了你。"

@ 娜娜 夫妻俩一起逛街，看到路边有摆摊卖生活用品的。老婆拿起一块搓衣板看了一下，老板见了，习惯性地招呼她说："喜欢可以试一下！"

老婆转头对老公说："老公，来跪一下，看看合不合适！"

@ 晓仙 小李 28 岁了，还没有女朋友。这天，他妈妈拿出一张纸，郑重其事地对小李说："儿子，这是你跟我签的合同。"

小李疑惑道："什么合同？"

妈妈指了指那张纸，说："你承诺过 28 岁以前结婚，30 岁以前让我抱孙子，否则你得还我供你上学的所有学费。"

小李惊讶道："妈呀，我什么时候签过这么弱智的合同？"

妈妈淡定道："你 5 岁那年。"

本栏欢迎来稿，读者、作者可将有新鲜感、有精彩细节的笑话佳作投寄给我们。来稿一经采用，最高稿费为一则 100 元。本期责任编辑电子信箱：greygrass527@126.com。

标前考察

□ 顾敬堂

　　潘航经营房地产公司有些年头了，他为人持重，不肯剑走偏锋，在生意场上就显得守成有余，进取不足。

　　最近，市经济开发区打算对临河一块闲置土地进行开发，打造养老生态园。开发区管委会对外宣布，会对投标公司十年前开发的楼盘进行评估检测，作为是否能入围的标准。潘航对自己公司的施工质量非常有信心，因此决定倾尽全力拿下这个项目。

　　在公司会议上，作为"老臣"的公关部臧经理率先发言："我们公司这些年发展缓慢，很大原因就是忽略了上层路线。活儿干得再漂亮，人家不用，你全都等于零。听说开发区管委会的新主任叫张忠凯，他初来乍到，和别的开发商没有交集。潘总，希望这次您能同意

我主动出击，去和领导拉拉关系。"

　　潘航缓缓说道："我同意你去和张忠凯主任接触一下，但只能向他介绍我们公司的情况，不许搞什么暗箱操作。"

　　臧经理无奈，只好带着资料去管委会预约和张忠凯主任见面的时间，结果却被告知：招标会之前，张主任不与任何开发商见面。

　　臧经理垂头丧气地回到公司，向潘总汇报了情况。潘航安慰他："张主任不提前和开发商见面，释放出的信号就是公平公正，这样咱们的机会岂不是更大嘛！"

　　臧经理苦笑着刚想说话，潘航

桌上的座机忽然响了，前台打来电话，说有位自称张忠凯主任亲侄子的人要见潘总。

来人是个风度翩翩的小伙子，他不卑不亢地向潘航问了好，自我介绍道："我叫刘佳明，是张忠凯主任的亲侄子，受叔叔委托，来谈谈投标的事情。"潘航愣了一下，热情地和对方握手，然后示意臧经理先出去，独自和刘佳明密谈起来。

等刘佳明走后，臧经理迫不及待地走进来，询问道："怎么样？"

潘航淡淡地说："他说张忠凯主任今晚8点半会在青云山庄单独约见我，让我准备好资料。"

臧经理兴奋地拍着大腿："有戏呀，我马上让财务准备现金，您看多少钱合适？"

潘航瞪了他一眼："准备个屁，我压根没打算去。安心等着吧，后天我们正常投标。"

臧经理恨恨地拍了一下桌子："又胆小又固执，跟你做事真憋屈！"潘航也不生气，笑呵呵地看着臧经理拂袖而去。

转眼到了竞标的日子，潘航一行来到开发区，进入会议大厅。张忠凯主任坐在主席台正中，身后则站着他的侄子刘佳明，臧经理一看，顿时心凉了半截儿。

人到齐后，张主任开口道："首先，请前晚到过青云山庄的开发商退场。"台下顿时沸腾起来，有开发商失态地叫嚷起来："为什么？不是你侄子让我们去的吗？"

张主任摆摆手示意大家安静，指着刘佳明说道："这位是区纪委的刘佳明同志，据我所知，他当时要求各位带着资料到青云山庄。很遗憾，去的人带的都是现金。"

"你这是钓鱼执法！"有位开发商激动地喊道。

张主任不紧不慢道："我们只是做标前考察罢了，并没有执法，否则我完全可以收下你们的钱，再交到纪委。"

最后，潘航的公司顺利中标。臧经理兴奋地对潘航说道："我真诚地向您道歉，没想到我们真的会中标！"

潘航波澜不惊地说："人呀，见到利益就容易失去理智，张主任这次考察明明留下了破绽，可惜那些人都没看到。"

"破绽？"臧经理不解。

潘航笑道："一个姓张，一个姓刘，你见过这样的亲叔侄吗？"

（发稿编辑：赵嫒佳）

（题图：陆小弟）

临州东门外，住着一位姓肖的郎中，擅行针。据说他的行针之技，已到了出神入化的境地，人送外号"鬼手医"。

这天快晌午时，一辆马车疾驰而至，在肖郎中家门外戛然停住。从车上跳下一个男子，边往肖家跑，边大声喊道："鬼手医，快来救救我爹呀！"

肖郎中听到喊叫声，奔出门来，问道："你爹咋啦？"那男子说："一口痰没咳出来，卡得喘不上气了。"肖郎中手一扬，几枚银针疾飞而出，直奔老人的几处穴道。但是，马车上的老人却毫无反应。

肖郎中心中诧异，上前凑近一看，却见老人身子发凉，呼吸全无，分明已经死了。他当即说道："人已死，你还送到我这里来干吗？"那男子一听就急了："刚送来时我爹还活着呢，是你给治死了！

你这害人的庸医！你说，怎么办吧？"肖郎中气道："你送个死人过来，还问我怎么办？爱怎么办怎么办！"

两人争执不下，拉拉扯扯就到了县衙。

县官听他们说完，沉吟片刻，问肖郎中："你说他爹送来的时候，已经死了，你为什么还要行针？"肖郎中说："我听他说得着急，还

鬼手医

□ 魏 炜

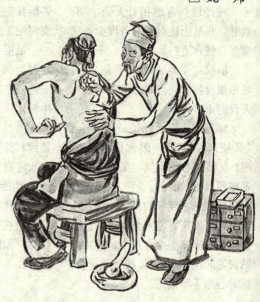

没细看，就先行了针。"

县官怒道："连看都不看，你就敢行针，未免也太草菅人命了。先打入大牢，本官治你个草菅人命之罪！"

就这样，肖郎中被打入了大牢。他一时想不开，待狱卒送饭后，藏下了一双筷子。到夜深人静时，他就把筷子扎入自己的死穴。很快，他倒在大牢的一角，恍惚间，就见黑白无常来到大牢里，用铁链子锁了他，飘飘忽忽地走了。

没多久，他们就来到了阎罗殿。阎罗王正坐在案后，龇牙咧嘴地瞪着他，问："你在人间是郎中？"肖郎中道："正是。"阎罗王顿时高兴起来："你快给我治治头疼！"

肖郎中从匣中取出银针，看准了阎罗王头上几处要穴，正准备手料针落，脑中一闪，忽然想到给死人行针一事，顿时住了手。他走到阎罗王面前，先给对方号了脉，不禁眉头一皱，再凝神往阎罗王脸上看去，只见对方面色潮红，热气阵阵。肖郎中问道："阎君可还感觉到哪里不舒服吗？"

阎罗王摇了摇头，说他这几天只觉得头痛欲裂，并没感觉到别处不舒服。肖郎中道："你一定还有那里不舒服，被头痛压住了。"他

又号了号脉，心里已有了九成把握，对阎罗王说："我想看看阎君的嗓子。"

阎罗王仰起脸，张开嘴，肖郎中凝神看去，发现阎罗王的咽喉处有些红肿，还有个小小的白点在闪动。他让黑无常去取来两根筷子，夹住了那个白点往外一拉，再举到烛光前一照，原来是一根鱼刺。他这才给阎罗王行了针，说道："阎君被鱼刺扎了咽喉，咽喉红肿，连带头脑发热，才会头痛欲裂。眼下鱼刺已被拔出，两三日即可消肿。待热度退下，头就不会再痛了。我先给阎君止疼。"

阎罗王不觉伸出大拇指，赞道："你医术高超，不枉'鬼手医'之名啊。我刚看了你的生死簿，你阳寿未尽，为何要寻短见？"肖郎中愧然道："我太过轻狂，着了坏人的道，气愤不过，但求一死。"接着，他把事情的来龙去脉讲了一遍。

阎罗王气得暴跳如雷："这个叫于大江的家伙太可恶，竟想用他亲爹的尸身骗钱，害人不浅！"他又翻看生死簿，发现于大江他爹阳寿已尽，黑白无常已将他的魂魄索来，押到盐山劳作去了。阎罗王眼珠一转，忽然有了主意，抬头问肖郎中："借你三天阳寿给于大江他

爹，还你清白，你可愿意？"

肖郎中忙说道："愿意！别说是三天，就是三个月、三年，都愿意！"阎罗王扭头对黑白无常命令道："把他送回去吧。"于是，黑白无常就架起他，回到了阳间。

待肖郎中醒转过来，发现自己仍身处大牢之中，筷子还握在手里。阎罗殿中的情形，也历历在目。虽然肖郎中不知道借给于大江他爹三日阳寿又能怎样，但阎罗王说有办法，那就等等看吧。

天刚亮，就听衙门前的喊冤鼓疾响起来，县官忙着升堂，命差役把喊冤之人带上来。很快，一个老头就被带到了堂上。他跪倒在地，给县官行礼，然后哭着说道："请大老爷给小民做主啊。"县官问道："你是何人？因何事告状？"

那老头说他是于大江的爹，告的正是自己的儿子于大江。昨天早上，他突发病症，假死过去。于大江不光不想给他治病，救他性命，反倒想借他的死来骗取钱财，竟把他拉到了肖郎中家。肖郎中给他行针治病，闹出了风波。于大江没讹到钱财，就把肖郎中扯到县衙，送进了大牢。老头今日醒了，便想请县官主持公道。

县官气得一拍桌子："这个浑球儿，险些害了个好郎中！"他马上传令差役，把肖郎中放了，再于大江抓来。差役们来到大牢，把肖郎中放了。此时肖郎中还没醒过味来，如做梦一般。几个差役又风风火火地赶到于大江家，于大江正谋划着怎么再借他爹的死弄几个钱花呢，差役们如狼似虎地扑过来，拿铁链子拴他。于大江大声问道："我犯了啥事儿，你们竟要拿我？"差役道："你爹告你不孝！"

于大江乐了："我爹昨天就死了。他去告我？鬼都不信！"他跑到灵棚去看，却见灵床上空空荡荡，他爹的尸身早已不见了。差役们不容他再说啥，捆了他就走。

一到大堂上，于大江就看到他爹跪在地上，肖郎中站在一旁，县官正怒气冲冲地瞪着他。甭说了，他爹活了，肖郎中治死人的话不攻自破。县官怒道："你爹假死，你非但不想着给他治病，还想着用他的尸身找肖郎中讹钱，没错吧？"

于大江忙辩白："我带我爹去找肖郎中看病，就是想让肖郎中救他呀。肖郎中给他行了针，我不见他醒来，这才扯着肖郎中来大堂上的。"

老头过来就给了他一个大嘴

巴:"肖郎中不肯赔钱,你才扯着他到大堂上来的。我在车上听得清清楚楚!你谋划的这些事,都跟你媳妇说过了,用不用再把你媳妇带到大堂上来?"于大江可没想到他说的话都被他爹偷听了去,一时不敢再说啥。

县官冷笑一声:"哼,大胆刁民,不孝、贪婪、陷害好人。不给惩戒,如何警醒世人?"他丢下水火令签:"打他三十大板!"差役们把于大江拖下去,打了三十大板,直打得于大江鬼哭狼嚎。

肖郎中也跪倒在地:"大老爷,小民草率行针,给了奸佞之徒可乘之机,也请大老爷惩罚。"

县官微微一笑:"你不是已经被惩罚过了吗?"肖郎中一惊。

县官说道:"昨日把你关进大牢,想必把你吓得不轻,就算是惩罚了吧。你若不吸取教训,只怕再进来,就出不去了。"肖郎中只觉吓出了一身冷汗。

就这样,肖郎中回到了家。每到夜里,黑白无常都会把他请到阎罗殿去,给阎罗王诊病、行针。三日后,阎罗王病症已好,黑白无常就没再来请过他。而于大江他爹又死了。这回,于大江带着他爹来找肖郎中看病,肖郎中先仔细看诊,说确实已死,不必再看了。于大江只好把老爹的尸身拉回去,停了五日,仍不见醒来,只得下葬。

打那以后,肖郎中再给人看病,望闻问切,十分仔细,从不懈怠。他的名声传得更远更广了,人们仍旧叫他"鬼手医"。他常常自嘲地想,鬼就鬼吧,也没什么不好的……

(发稿编辑:朱 虹)

(题图、插图:陆小弟)

主角

□ 贺小波

张军是纪委党风室最近从基层遴选上来的一名公务员。这天是他报到上班的第三天，刚进单位，张军便被主任叫了过去。

主任开门见山地问："张军，你最近吃没吃过烤地瓜？"

张军一愣，信口回道："吃过。"

"倒是诚实！"主任言罢，拿起手机点了一下，"看看，这个人是不是你？"那是个抖音视频，只见张军站在一个烤地瓜的小贩身边，两人交谈了一会儿，张军忽然从小贩手中的袋子里拿起两个烤地瓜就跑，小贩则提着袋子跟在他屁股后追。

张军一看，冷汗直冒："主任，

事情不是您想的那样……"

"啥样？不管啥原因，你都让人家落下了口实！"主任脸色很难看，恨铁不成钢地说，"咱这儿可是党风室，要是纪检干部都像你这样，咋去监督别人？"

"主任，我……"张军欲言又止，脸涨红到了耳根。

主任叹口气说："这个抖音号关注度不高，我也是无意中发现的。不过不能等形成舆情才去堵漏洞。这样吧，给你一星期时间，尽快找到这位拍客，让他删除视频……至于怎么处理你，得看影响大小了。"

张军回到办公室，搜出那段视频细看起来。其实，单从视频里看不出发生了什么事，只是配的文字太扎眼：一名党员干部和"免费"烤地瓜背后的"纠葛"。两个引号特意加了黑，大概是为了吸引眼球而故弄玄虚。

张军认真翻了翻抖音号，不是自己熟悉的人。到底是谁在"陷害"自己？张军决定找当事人郭得宝问一问情况。

然而郭得宝就像从人间蒸发了一样，忽然就没了踪影。张军不由得怀疑起来，难道郭得宝与这个拍客有关系？张军打算直接开车去桃花山村寻找答案。

桃花山村，对张军来说最熟悉不过了——地处县城东面，村里山多地少，交通闭塞，是出了名的贫困村。

五年前，张军被单位派到该村参与扶贫工作，扶贫对象是个名叫郭得宝的六十岁老头。郭得宝右腿有残疾，干不了重活，家里有两个孩子，都在上学，生活重担全压在郭得宝的媳妇身上。张军先是找到乡里为郭得宝申请了低保，后又帮他购置了电瓶车和烤炉，让他一年四季在县城卖烤地瓜。慢慢地，郭得宝的日子好起来，两年后摘掉了贫困户的帽子，一家人对张军感激不尽，还给单位送了锦旗。

两天前，张军逛街时恰巧遇上郭得宝，郭得宝装了一大袋烤地瓜送他，两人推搡了半天，最后张军好不容易才从袋子里拿了两个小的，转身就跑，这便是视频里的画面。最可恨的是，抖音视频拍摄得不完整，让无意中看到的主任产生了张军占老百姓便宜的误会。

张军轻车熟路，很快就来到了郭得宝家门口，看到的却是门锁院空。一打听，他才知道郭得宝全家人都去县城租房住了。

张军傻眼了：那天见面时只想着躲那袋烤地瓜了，咋就没要个新手机号存起来呢？这如今去哪里找人去？

没找到郭得宝，而那个抖音号自从发了那个视频后也无更新，留言也未见回复。眼看一星期的期限就要到了，再找不到始作俑者，自己就得背上处分，张军顿生一种欲哭无泪感！

这天是主任限期的最后一天，张军下班后又去街上找人。刚来到"出事"地点，张军不由得瞪圆了眼睛：那个卖烤地瓜的老头不正是郭得宝吗？

郭得宝也瞅见了张军，老远就招呼："小老弟，快来，我正愁着

找不着你呢！"

张军哭丧着脸说："郭哥，我也在四处找你呢。"说罢，他从兜里掏出20块钱递给郭得宝："上次的地瓜钱。"

"不是说了吗？那是给你尝鲜的，不要钱。"郭得宝把张军的手挡回去。

"可是……"张军手里捏着20块钱，却不知从何说起。

郭得宝未看出张军的尴尬，自顾自地说："我女儿大学毕业了，前些日子又考上了教师编，分到县城第一实验小学当老师……上次想告诉你这个消息，你急匆匆走了。"

谁让你太"热情"了呢！张军心里抱怨着，嘴上却说："这可是大好事。郭哥，你是苦尽甘来呀！"

"这个'甘'也是你的功劳，当初要不是你帮我脱贫，我能有今天？"郭得宝笑得满脸堆起了褶子，继续说道，"最近，我女儿打算用抖音拍一个叫什么'贫困户脱变记'的生活纪录片，记录一下我家的脱贫历程。听她说上次就把我和你拍进去了，不过效果一般，没有达到预期的目的。"

张军吃惊道："那个抖音视频是你女儿拍的？"

"对呀，你也看了？那天她正巧放学来找我，在一旁听见了我和你的谈话，知道你就是我家的恩人，随手拍下来发到网上，想宣扬宣扬你。结果她说故事缺乏连续性，反响不大，所以她准备重拍，想请你再次当回主角。"说到这儿，郭得宝叹了声，"你帮了我家这么大的忙，我却无以为报，所以我特别支持女儿的想法！"

原来是这样，张军的心情放松下来，忍不住问了一句："都这么多天了，为啥才拍了一集？"

"别提了，前几天我媳妇脑血管堵塞，住了几天院，哪有心思拍抖音？再说，那天你走得急，也没留个手机号，缺了你这个主角，这抖音拍得还有啥意义呢……"

正说着，一个漂亮女孩笑逐颜开地跑了过来："爸，主角这么快就联系到了呀？"她冲张军羞赧一笑："张哥，我爸都告诉你了吧，你得帮我完成这个计划呀！""差辈了，咋叫我哥呢！"张军脸上也露出了舒心的笑容。他心想，主任如果看了后续的视频，定不会再"为难"自己了。不过这件事也提醒了他：在公职人员的背后，有一双双眼睛时刻在监督啊！

（发稿编辑：赵嫒佳）

（题图：陆小弟）

去旅游吧

着脸说："我老婆跟别人跑了，你陪我喝点酒。"我动了恻隐之心，好酒好菜伺候着他。第八天早上，他说去接老婆。原来他老婆带着孩子旅游去了，他没地方吃饭，跑我家来"旅游"了。

◆ 我和闺密出去旅游，累了在树下休息。突然几滴鸟屎滴到脸上，还没等我反应过来，闺密就拿手帮我抹匀，边抹边说："你的防晒霜没抹匀呢。"

◆ 国庆节，朋友来我家住，他苦

◆ 哥嫂商量国庆节去旅游，小侄子想去海边玩，我劝他："现在去海边又不能下海游泳，不如去四川成都旅游，吃火锅、看美女……"小侄子冲我翻了个白眼，不屑地说："跟你有什么关系？又不带你去旅游。"

（推荐者：青 青）

糗事一箩筐

◆ 我突发奇想问老公："亲爱的，你觉得我是猫一样的女人呢，还是狗一样的女人呢？"老公看了我一眼，不假思索地说："猪一样的。"

◆ 我在小学毕业时买了一本毕业册，因为上面说 1 月 20 日到 2 月 18 日之间出生的人都是水

缸座，后来在很长一段时间内，我都跟人说自己是水缸座！

◆ 一个妹子打电话和人吵架："你说说我干吗要给你机会？照片是做的，学历是假的，又满口谎话，你到底什么是真的啊？就连胖，都只是虚胖……"

（推荐者：如 意）

校园里故事多

◆ 为了准备考试，我用铅笔把公式写在桌上，可是刚写完就被老师给擦了。我只好再写一遍，可是过了一天又被老师擦掉了。如此重复了几个来回后，我已经能把公式背下来了！

◆ 生物课上，生物老师指着挂在黑板上的一幅鲸鱼骨骼图问学生："大家说这是什么？"坐在最后一排的大梁高声回答："鱼刺！"

◆ 虎子在课堂上睡觉，等醒来时发现全班正在数："45！""46！""49！"虎子也激动地附和了一句："100！"全场鸦雀无声，后来虎子才知道，语文老师让大家猜他的年龄。

◆ 一个同学考了58分，就找老师求情，各种软磨硬泡。最后，老师说："看在你这么有诚意的分儿上，我给你加1分吧。"

◆ 有一天，我因为身体不舒服上课迟到了。老师问我为啥迟到，正当我要回答时，老师说："你解释就是掩饰。"此时我无言以对，想不到她又补充一句："你不吭声就是默认。"

（推荐者：金火木）

笑不活的真相

◆ 世界上有两种东西会趴玻璃，一个是壁虎，一个是班主任。

◆ 孔子：三十而立，四十不惑，五十而知天命，六十而耳顺！我：三十站立，四十迷惑，五十已认命，六十已耳聋！结论：相似度99%！

◆ 以前化成灰都认识的人，现在化个妆就不认识了。

◆《宝莲灯》里的沉香真的好白痴，想打败二郎神，何必千辛万苦去学艺呢？他在正月里剪个头发不就完了吗？

◆ 群星这个人真厉害，英文歌唱得这么赞，中文歌也不赖，而且既能唱女声又能唱男声。

◆ 别人是初恋般的幸福，我们是妖怪般的杀戮。

（推荐者：柳　白）
（本栏插图：陆小弟）

想当警察的少年

□ 杜辉

周峰是一名民警。这天凌晨，在他的辖区内，发生了一起盗窃案，作案者敲碎车窗玻璃，盗走了放在车里的财物。

周峰赶过去时，现场已经围了不少人，他查看了一下情况，不由微微皱起了眉头。虽然在被盗车辆的斜上方有一处摄像头，但这个探头正好照不到被盗车辆所在的位置，看来盗窃者很有经验，作案时有意避开了探头。

这么一来就有点麻烦了，这里地处城中村，人员流动很大，现场又没有目击者，想找出嫌疑人，无异于大海捞针。周峰环顾左右，当他的目光落到某个地方时，嘴角突然露出了一丝微笑。

就在这时候，他身边突然响起一个声音："警察叔叔，我有个办法！"说话的是一个十七八岁的男孩，穿着一身高中校服，举止中却透出与年纪不相称的成熟。

周峰打量着这个男孩，有些不太相信地问道："你有什么办法？"

男孩指了指被盗车辆旁边停着的一辆车，胸有成竹地说："这辆车处在探头下面，车身是反光的，可以像镜子一样，照出盗窃者的影像，您查看一下监控，就能揪出他的尾巴了。"

周峰有点吃惊，他刚才也发现了这个办法，但男孩只是个高中生啊，竟然也有这么敏锐的观察力！周峰拍了拍男孩的肩膀，用欣赏的语气说："好小子，有两下子，叫什么名字？"

男孩激动得脸都涨红了，磕磕巴巴地说："我叫秦琦，今年上高二，我最大的梦想就是当一名警察！"

周峰赞叹道："人小志向大啊，说不定以后还能当我的领导呢！"

秦琦有些着急地说："叔叔，我不是跟您开玩笑的，我明年会报考警校！"

周峰说："叔叔当然相信你，你是个好苗子。不过想当上一名警察，面对的考验远比你想象的多，你慢慢就会体会到……"

周峰顺利地破获了这桩案子，也和怀揣警察梦的少年秦琦就此结识。城中村鱼龙混杂，治安案件时有发生，秦琦自愿充当周峰的眼线，给他提供了不少线索。

这天晚上10点钟，周峰正在值班，突然接到秦琦打来的电话："周叔叔，我在晚自习放学回家的路上，看到有人翻墙入室行窃，你们快点过来啊！"

周峰赶紧带着手下赶过去，远远看见两个人正形成对峙的局面，一个是身材瘦小的秦琦，一个是背着背包的壮汉。很显然，歹徒得手后准备逃之夭夭，被秦琦拦了下来。

周峰让两名手下堵住必经之路，他顺着墙根一步步逼近，只听那歹徒恶狠狠地对秦琦说："识趣的赶快滚开，要不然别怪老子不客气！"

别看秦琦年纪小、身板瘦，但挺着胸脯站在那儿，还真有种人民卫士的风范。他中气十足地说道："我已经报警了，警察马上就到，我劝你还是缴械投降，不要做无谓的反抗！"

听秦琦这么一说，歹徒有点慌了，硬的不行只好来软的，他从背包里取出一台笔记本电脑递过去："小兄弟，我看你的书包和鞋都破了，估计家里也挺穷的，不如放我一马，这个就当买路钱，你拿去打游戏……"

秦琦像是受到了莫大的侮辱，狠狠地"呸"了一声说："你把小爷当成什么人了？我再穷也不会贪别人的钱，你就算把所有东西都留下，我今天也不能放你过去！"

这下歹徒真急眼了，"唰"地掏出一把寒光闪闪的匕首，咬牙切齿地说："真以为老子怕你啊？既然你不想要这条小命了，老子这就成全你！"

秦琦吓得倒退几步，脸色都变了，但他犹豫了一下，捡起一根木棍当武器，摆出一副以命相搏的架势。剑拔弩张的气氛之下，他冷不丁冒出一句："你知道我明年高考，准备报考什么专业吗？"

一句话把歹徒问蒙了，他直愣愣地看着秦琦。秦琦掷地有声地说："我要报考警校，将来当一名警察，专门对付你这种不法分子。如果就这么被你唬住，我还配得上这种梦想吗？废话少说，来吧！"

周峰在心里为秦琦叫了一声"好"，又生怕秦琦有什么闪失，他一个纵身鱼跃，从背后扑倒歹徒，耳边传来秦琦的喝彩声："帅啊！"

周峰给歹徒戴上手铐，亲热地揉了揉秦琦的头发。秦琦擦着额上的冷汗，语气中也不由透出几分得意："周叔叔，我的表现怎么样？"

"很棒！"周峰跷起大拇指说道，"你遇事会动脑子，敢于面对危险，还能抗拒诱惑，已经初步具备了一名优秀警察的潜质！"

秦琦高兴地说："这么说，我什么都不缺了？"

周峰摇摇头说："还有一种素质，是警察必须具备的，也是最难过的一关……"

秦琦迫不及待地问："是什么？"

周峰说："很多东西，需要自己慢慢去悟，听别人说是没用的。"

让周峰没想到的是，过了没多久，秦琦就不得不直面这个问题了。在一次打击赌博违法的行动中，警方捣毁了一处赌博窝点，抓获了一批涉赌人员。当周峰看到其中一个中年赌徒时，心里不由"咯噔"了一下，他长得跟一个人太像了！

周峰表情严峻地问他姓名，那个赌徒耷拉着脑袋，报出了自己的名字："秦东升……"

随后，周峰在学校门口等秦琦放学。秦琦看到他，快步走过来，有些兴奋地说："周叔叔，你是来找我的吗？"

周峰点点头，表情有些凝重，问道："秦东升是你什么人？"

秦琦愣了一下，似乎明白了什么："是我爸犯事了吗？"

周峰说："他参与聚众赌博，被警方依法拘留……"

秦琦闭了一下眼，语气中充满无奈："我就知道，迟早会有这一天的……"

周峰沉声说道："你既然早就知道他参赌，为什么不向警方举报？"

秦琦默然无语，似乎不知该说什么好。周峰叹了口气，说："作为儿子，你不想举报自己的父亲，我是可以理解的。但如果想当一名警察，就必须摒弃这样的念头，因为你代表的不是个人，而是法律！"

秦琦欲言又止，周峰继续说道："我那天说的最难的一关，指的就是这个。作为一名人民警察，在你的天平上，不能有私情，只能有公义。在这一点上，你没能通过考验。我建议你重新考虑自己的决定！"

秦琦有点急了："我不去举报我爸，就是为了可以实现当警察的梦想！"

周峰不解地问："你这话是什

么意思？"

秦琦说："只要能让他彻底戒掉赌瘾，我宁愿他接受坐牢的惩罚。就因为这个赌字，我的家都散了，我妈跟他离了，他输红了眼还会拿我出气！"秦琦越说越伤心，他挽起袖子，提起裤腿，身上竟然伤痕累累。

周峰看得既心疼又愤怒，大声说道："他这是犯罪，你为什么不报警？"

秦琦的情绪也失控了，冲着他大吼一声："为什么？很简单，就因为他犯罪的后果，需要我去承担！"

周峰顿时愣住了，他似乎意识到了什么，呆呆地看着满脸悲愤的少年，一句话也说不出来了。

秦琦的声音低沉无力，似乎字字都在诉说肺腑之痛："考警校当警察，都是需要政审的，直系亲属有犯罪记录，很难通过审核……现在你明白我为什么不去举报我爸了吧？"

秦琦的话让周峰心中充斥着一种苦涩的味道，他发现自己陷入了一种巨大的悖论之中，一时半会儿怎么也走不出来……

（发稿编辑：朱 虹）

（题图、插图：陶 健）

奶奶的长指甲

□ 谢庆浩

张成是镇中心小学的资深老师。这学期，学校安排他带一个刚参加工作的年轻女教师黄小凤。

黄小凤人很腼腆，话不多，但很上进，浑身上下透着股不服输的劲儿。她也没辜负张成的倾囊相授，进步很快。

周五下午的第一节是张成的课，预备铃响了，他拿起书本正准备去教室上课，黄小凤突然叫住了他，怯生生说："张老师，我能不能跟您调节课？"

张成一愣，好端端的为什么要调课？黄小凤小声说："我想回家一趟，我奶奶的指甲长了，我要回家帮奶奶剪指甲……"

黄小凤不是本地人，家在偏远的江宁乡，她回家要先到县城，再转车回去，单程差不多要花四个小时。现在学校实行课后延时服务，放学时已经6点，黄小凤当天回家肯定来不及。说到底，黄小凤想调课，无非是想早点回到家照顾奶奶，多有孝心的姑娘啊！

张成不由得心头一热，二话没说答应了调课。黄小凤开心地对他道了谢，张成点点头，又小声说："可别让领导发现了！"

黄小凤会意地点了点头。学校有规定，没到下班时间不能离校，这是工作纪律，擅自离岗是要挨批评的。

一晃两个星期过去了，又到周五，黄小凤再次找到张成，提出调课。张成笑着说："黄老师，你奶奶的指甲又长了？"

黄小凤捂嘴一笑，点了点头。张成再一次答应了黄小凤的请求。以后的日子里，只要黄小凤提出周五调课，张成无一例外都答应了她的要求。

一年后的一个周末，张成到县城去参加一个教学培训，意外邂逅了多年不见的老同学孙国梁。培训只在周六、周日两个白天进行，周六晚上不用上课，张成寻思着买点礼物带回去给老婆孩子，于是和孙国梁一起外出逛商场。

两人正在商场里逛着，一对年轻男女手挽着手迎面走过来。张成不经意看了一眼，顿时愣住了，那个姑娘不是黄小凤吗？他赶紧又看了看，不是她是谁？可是，黄小凤昨天不是调课回家看奶奶了吗，怎么跑县城来了？

黄小凤也发现了张成，尴尬地放开年轻男子的手，走上前来，羞涩地叫了声"张老师"，随后又叫了声"孙老师"。张成纳闷了，黄小凤怎么也认识孙国梁？一问才知，原来孙国梁是黄小凤的初中老师，得，这真是无巧不成书了。

三人站着聊了几句，黄小凤便和年轻男子匆匆离开了。待黄小凤走远，孙国梁推了推眼镜，叹息一声道："黄小凤这丫头，能走到今天不容易呀，有了稳定的工作，听说还交了个城里的男朋友。这丫头自小父母双亡，读初一那年，跟她相依为命的奶奶又因病去世了，真正是举目无亲呀，但她能吃苦，又顽强，总算是熬出头了……"

什么？张成呆住了。黄小凤奶奶已经去世了？那她为什么还总是在周五找自己调课，说要回家陪伴奶奶、帮奶奶剪指甲？再想到黄小凤和年轻男子手拉手逛商场的模样，张成渐渐明白了过来，黄小凤欺骗了自己，她不过是找个借口，好早点进城跟男朋友约会罢了！

结束了培训，张成回到学校。很快又是周五，黄小凤再次来找张成调课，张成拒绝了。他说："黄老师，上个星期五下午，校长过来查岗，发现你不在学校，而本该是你上的课却是我在上，我也挨了批评。对不起，我不能再同你调课了，请你理解……"

听张成这样一说，黄小凤的脸一下子红了，连声向张成道歉。张成摆了摆手，拿起书本，径自上课去了。

周一早上，一个意外的消息传遍校园：黄小凤把她的奶奶接到了学校，同吃同住地进行照顾。张成糊涂了，不是说黄小凤的奶奶已经过世了吗？难道黄小凤没有撒谎，而是孙国梁搞错了？

两天后的下午，张成有事到教务处去了一趟，回来的路上，看到校园里那棵大榕树下的石凳上，坐着个白发苍苍的大娘，他猜想，这应该就是黄小凤的奶奶了。张成决心一探究竟，于是走上前去，同黄小凤奶奶聊起家常来。

听完张成的自我介绍后，黄小凤奶奶激动地说："张老师，我知道你！小凤回家和我说了好多回，说你是她的带教师父，人可好啦，一直对她照顾有加，真是太谢谢你了，张老师……"

闲聊一阵后，张成转入正题，小心翼翼将自己的疑惑提了出来。

老人沉默半响，轻轻叹了口气，说："小凤对外说我是她的奶奶，其实我并不是她的亲奶奶，她的亲奶奶早就去世了。"

老人告诉张成，她跟黄小凤同村，无儿无女，老伴也已过世，所以她独自一人生活。黄小凤自小父母双亡，跟着老迈的奶奶相依为命，

因为家中条件太差，小凤严重营养不良，瘦弱得就跟一根黄豆芽似的，让老人对黄小凤分外怜惜。黄小凤上学时会经过老人屋外，当时老人家里养了几只母鸡，下的蛋多，老人就每天一早煮好两个鸡蛋，等黄小凤上学经过的时候，塞给她吃。后来小凤的奶奶去世，她一个人在镇上读书，老人对她愈加心疼，家里的鸡蛋都舍不得吃，等到周末小凤回家了，煮了给她吃，多余的让她带回学校补充营养……

老人眼里泛着泪光，说："这丫头靠着政府的救助念完大学，出来有了工作。她念叨着，我当年一直给她鸡蛋，说我就是她的奶奶，要给我养老。上星期我突然发病，刚好小凤周末回到家里，要不是她联系了男朋友半夜开车送我到县城医院去，我这把老骨头也就活不到今天了。这个星期，小凤说不放心我一个人在老家，坚持要把我带来学校，真是拖累她啦……"

张成这才明白，自己误解黄小凤了。你抚我孤，我养你老，滴水之恩当涌泉相报，说到底，这是个多善良的好姑娘呀！

（发稿编辑：王 琦）
（题图：张恩卫）

无法抹去的污点

□ 孙华友

杨小猛是青峰县县委书记，他即将被调派到某市当市长。赴任这天，他的车子周围挤满了前来送行的人，跟他们一一握手道别后，杨小猛坐上车子离开了县委大院。车子开出没多远，司机突然喊道："杨市长，前面好像是苏县长！"杨小猛急忙抬眼望去，他看到

苏怀民的车就停在路边，苏怀民站在车旁冲这边招手示意。

六年前，青峰县发生重大腐败案，县委领导除了苏怀民外全都涉案。杨小猛就是在那种情况下被空降到这里担任县委书记的。而他与苏怀民的恩怨纠葛，也是从那一刻开始的。

刚上任时，杨小猛面对的局面极其复杂，工作几乎无法推进。这时的苏怀民已经被提拔成了县长，他积极配合杨小猛的工作，并时常为其出谋划策。这些宝贵的帮助，使得杨小猛迅速打开局面，各方面工作很快走上了正轨。

那时，杨小猛心里对苏怀民充满了敬重与感激。可好景不长，就在自己工作取得一些成绩时，苏怀民对待自己的态度突然变了。在一

些重大决策性问题上，他不但不配合，反而时常跟自己唱反调，搞得自己下不来台。渐渐地，他在心里开始憎恶苏怀民。

刚才苏怀民没出现在送行的人群中，让杨小猛心里有些不爽，现在他突然跑出来拦车，杨小猛不知他葫芦里卖的是什么药。杨小猛让司机停下车，然后下了车，面无表情地问苏怀民："苏县长，找我什么事？"

苏怀民面带微笑，说："杨书记，不，该喊你杨市长了。杨市长，今天我摆了一桌家宴为你饯行，可否赏个脸？"

"不行！"杨小猛想都没想，一口就回绝了。现在我是什么身份？即将上任的市长！这么敏感的身份，这么敏感的时间！

苏怀民似乎看透了杨小猛的心思，又说："看来杨市长多虑了。你想想看，我下个月就要退休了，要有攀附你的心思，早干吗去了？所以你就放心吧，不是鸿门宴。"

苏怀民的话起了激将的作用。"就是鸿门宴我也不怕！"杨小猛心里暗道，他转身冲自己的司机摆了摆手，司机识趣地把车开走了。杨小猛钻进了苏怀民的车，坐到了副驾驶座上。苏怀民见状，笑着点

点头，坐到了驾驶座上。

苏怀民边启动车子边说："今天你肯上我的车子，既出乎我的意料，又在我的意料之中。共事六年，看来我苏怀民在你那里还是有点面子的。"

杨小猛哼了一声没有说话，心里却气呼呼地想：你在我这里有面子，可我在你那里呢？共事六年，你又给过我多少面子？

见杨小猛不说话，苏怀民瞥了他一眼，嘿嘿笑道："刚刚是骗你的。今天没有什么饯行宴，我要带你去见一个人。"

"什么人？！"杨小猛一惊。

看到杨小猛的反应有些神经质，苏怀民又瞥了他一眼，说："今天车里没有什么县长、市长，只有苏怀民跟杨小猛！你以为会是什么人？你以为我连一点觉悟都没有，是不是？"

苏怀民一番话，把杨小猛说得哑口无言。两人一时无语，杨小猛把脸扭向车窗外，不知不觉中，他发现车子早已开出了县城，此时正行驶在一条乡间小道上。

苏怀民一打方向盘，车子拐上了一道土坝。没多久，苏怀民一脚刹车，车子停住了。他打开车门下了车，杨小猛忙跟了下去。

呈现在杨小猛眼前的是一座涵桥，涵桥的半边塌陷了下去，显然已经废弃很久了。杨小猛抬眼环顾四周，觉得周围的环境有些熟悉。突然，他脑子"嗡"的一声，往事一下涌进了脑海：多年前，杨小猛刚上任不久，他接到举报电话，说绿源镇镇长苏志勇无故刁难阻拦市政工程施工。撂下举报电话，杨小猛就带人赶到了现场。他在大学里学的就是桥梁工程专业，在认真勘查现场和听取施工方汇报后，他的结论是施工完全没问题。

当时，苏志勇正在外地出差，杨小猛当即给他打了电话。电话中，杨小猛训斥了苏志勇一顿，并没有给他解释的机会，当场宣布施工继续。杨小猛至今还清楚记得，苏志勇在电话里质问他，施工可以，可出了问题谁负责？当时自己的回答是："我负责！"

这时，一辆轿车停了下来，从车里钻出一个人来。此人年纪跟杨小猛差不多大，一看到苏怀民，就喊："爸，我来了！"

苏怀民指着来人对杨小猛说："来，给你介绍一下，这是我儿子苏志勇！"杨小猛顿时什么都明白了。

苏志勇望着杨小猛，咧开嘴笑道："虽然打过交道，但见面还是第一次。该喊你杨市长了吧？幸会幸会！"苏志勇的一番话，让杨小猛羞愧得一句话也说不出来。

这时，苏怀民在一旁说道："涵桥使用了没几天，突然就垮塌了。当时正好有一辆车子通过，一头栽了下去，当场造成一人重伤，多人轻伤的结果。"

"后来呢？"杨小猛颤声问道。

"我作为工程负责人，被开除了公职。出了事，总得有人负责。"苏志勇淡淡地说。

"这怎么可能？当时施工现场我看了，图纸我也看了，没有任何问题呀！"杨小猛绝望地说。

苏志勇说："很简单呀，施工方为了赶进度，也为了偷工减料隐瞒了涵桥地基下面是流沙层的事实。"

"可应该对事故负责的人是我，组织上处理你的时候，你为什么不据实上报呢？"杨小猛喃喃道。

苏志勇双手一摊，无奈地说"当时我也想呀，可我爸死活不让。他说非常时期，青峰县离了你不行，不过镇长当不成，我可以干厂长，现在我的厂子可红火了！"

这时，苏怀民在一旁又说："就青峰县当时的情况，老的都被抓了走去，新来的再出什么事，那全县老百姓会怎么想我们干部？权衡利弊后，我也只能舍车保帅。但是在接下来的工作中，我发现了你有好高骛远、刚愎自用的毛病。因此，我当起了你眼中的恶人，在工作中处处给你挑毛病、使绊子，就是怕以后这样的事再次发生啊！"

苏怀民这些话，让杨小猛无地自容：这六年来，青峰县经济从全市倒数第一跃至第一，全市没有发生一起官员腐败案件，自己也刚获得"全国百名优秀县委书记"称号。之前杨小猛觉得，这些都是自己能干的结果，现在回想起来，如果没有苏怀民的监督与帮助，自己啥都不是。想到这里，杨小猛红着眼对苏怀民说："我要向组织上汇报真

实情况，该我负的责任我一定要负，我不能让志勇替我背一辈子黑锅，那会是我一生中永远都抹不去的污点。"

苏怀民拍了拍杨小猛的肩膀，语重心长地说："我们不能因为一个涵桥毁了一个小小的镇长，再去毁掉一个前途无量的市长。其实，这事我本不想告诉你的，但我转念一想，倒是可以给你提个醒。你不要平添心理负担。"

杨小猛摇摇头，还是无法原谅自己。这时，一旁的苏志勇忍不住了，冲他喊道："你别傻了！实话跟你说吧，当时你虽下了复工令，但我还是工程负责人。被你训斥了一顿后，我怀恨在心，于是没有叫停工程，想看你的笑话。所以你明白了吧？该负责任的是我，你没必要为这事耿耿于怀！"

杨小猛心里很清楚，苏志勇极力把责任揽到自己头上，就是为了让他减少心里的负罪感。他冲父子俩深深地鞠了一躬，眼泪忍不住流了下来……

（发稿编辑：朱　虹）

（题图、插图：豆　薇）

二歪叔买酒

□ 范大宇

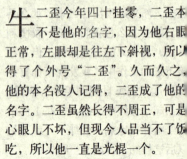

牛二歪今年四十挂零，二歪本不是他的名字，因为他右眼正常，左眼却是往左下斜视，所以得了个外号"二歪"。久而久之，他的本名没人记得，二歪成了他的名字。二歪虽然长得不周正，可是心眼儿不坏，但现今人品当不了饭吃，所以他一直是光棍一个。

二歪有个老哥叫牛大，这天正逢牛大五十大寿，二歪决定买瓶茅台酒当贺寿礼。为啥买这么贵的酒？因为半年前牛大被确诊为癌症晚期，医生说最多还有一年的寿命。牛大跟二歪感叹："唉，我这辈子也知足了，只是人们都说茅台酒怎么好喝，我却没尝过呀。"说者无意，听者有心，二歪听了，就决定买瓶茅台酒给老哥尝尝。

二歪进了超市，正要去烟酒柜台，突然，左眼扫到了一个熟悉的身影。谁？他侄子大壮的媳妇兰花。二歪觉得兰花太精明，处处算计，她和大壮结婚一年多来，与公公婆婆处得也一般。所以，见到她也在超市，二歪就一转身子，要往另一个柜台去。可是，就在转身的时候，他的左眼无意间一扫，咦，他看到兰花正撩起外套，将一瓶白瓷瓶的茅台酒藏进了怀里。天，这是偷窃呀！二歪张嘴要喊，可连忙又捂住了嘴，要是让兰花当众出丑，今后可怎么相处？

就在二歪琢磨怎么办才好的时候，兰花早已脚底抹油，溜出了超市。二歪傻站了一会儿，回过神来，走到烟酒柜台前看了看，一瓶茅台酒的价格是 2200 块钱。

开超市的玉芬看二歪来到烟酒柜台前，就说："二歪哥，要买酒喝呀？"

"随便看看！随便看看！"二歪边说边琢磨，一定是大壮让兰花买瓶茅台酒给老爹祝寿。大壮刚考上公务员，在乡政府上班，估计也没太多存款，兰花一定是舍不得花这么多钱买酒，就采取了偷的法子。

二歪出了超市就去了牛大家。牛大家里，桌子上已经摆满了鸡鸭鱼肉八大碗，一瓶茅台酒端端正正也摆在中间。牛大特别高兴，让儿子大壮打开了茅台酒，顿时，满屋飘着浓浓的酒香。

二歪端起酒杯，对牛大说道："弟弟祝老哥生日快乐！长命百岁！"牛大点点头，笑得合不拢嘴。二歪又说："这酒，本应该是我这当弟弟的买，可是我看到兰花买了，就……"

牛大说："是我给了兰花钱，让她去买的。这钱呀，活着时不花，

· 大千世界 众生百相 ·

死了想花也花不了啦！"

兰花听了二歪的话，一愣，问："二叔，您也去了超市？"

二歪说："是呀，我看到你拿了茅台，就没再买，省了我的钱。一会儿，我把这钱给老哥，也算我这当弟弟的给哥祝寿！"

兰花张嘴想说什么，又说不出来，脸上的表情十分尴尬。

突然，二歪头一转，问兰花："这茅台多少钱一瓶？"

"这……好像是两千多吧。"

二歪自言自语："真贵！听说这包装盒就值 50 块钱。"

"真的？"牛大媳妇接口道，"兰花，你把盒子放哪儿啦？"

这下子，兰花傻了。她脸涨得通红，结结巴巴地说："唉，我哪儿想得到这盒子也、也值钱呀？我，我随手就扔了。"

二歪听了一笑，说："巧了，我把这盒子给捡回来了！"

"啊？"兰花愣住了，她偷酒时，根本没拿包装盒，二歪又能从哪儿变出个盒子？二歪却笑眯眯地起身，从自己带的布包里拿出一个纸盒子，正是个茅台酒的包装盒。大家都拍手笑了，只有兰花脸色尴尬。

二歪喝了口酒，又慢慢地说：

"嘿，今天我还看到了一件稀奇事。"

大壮问："二叔，您说说，什么稀奇事？"

二歪扬扬下巴，说："我离开超市时，看到玉芬正在看监控……"

"啪"的一声，兰花手上的碗摔在了地上。她忙说自己手滑，掩饰过去，然后边收拾边问："那超市什么时候装的监控？"

二歪微微一笑，说："早就装了，只是一般人不知道罢了。"

兰花说："二叔，您老就会开玩笑。我常去超市，和玉芬婶子无话不说，她怎么没告诉我？"

"那是信不过你呗！"

兰花问："难道是针孔监控？"

二歪说："比那还先进，是人眼监控。"

"人眼监控？"牛大媳妇疑惑地问，"还有这个？"说罢，她似有所悟地盯着兰花。

兰花正不知怎么应付才好时，二歪却转移了话题，问大壮："你在单位干得还顺心吧？"

大壮点点头说："挺好的。就是现在对廉政要求特别严，一经发现、查实，立即处理。"

二歪听了，把酒杯"啪"地往桌子上一顿，起身就走，边走还边说："这酒不能喝了！"这话说得大家都是丈二和尚摸不着头脑。

兰花此时恨不得地上有条缝能钻进去。她知道，自己上午在超市偷茅台酒的经过，全被二歪叔看了。此时，她的脸红得像煮熟的大虾，知道这事是瞒不过去了，只好低着头全说了。等兰花把事情说清后，大壮和牛大夫妇都呆了。

二歪停住脚步，说："这事不管怎么说都是盗窃，更何况，会对大壮的工作产生不好的影响。"

大壮叹气跺脚，兰花抹着泪说："二歪叔，我，我是一时鬼迷心窍……现在我该怎么办啊？"

二歪说："要争取宽大处理，一是要去派出所自首，二是去超市取得玉芬的谅解。""行行行！"兰花一个劲儿地点头。

二歪一行人陪着兰花来到超市，玉芬听了兰花的"检讨"，感到莫名其妙，她说："我没有丢东西呀！二歪哥，你不是买了一瓶茅台酒吗？给了钱的呀。"

二歪得意地一笑，说："玉芬妹子，我虽然给了你钱，可拿的却是一个空盒子呀！"

兰花这才明白，二歪早已将这事先做了铺垫。

一家人陪兰花去派出所自首，

"想请你帮个忙，不知你肯不肯。"

"你说！"

玉芬脸红了一下，说："你也知道，我男人走了有五年了。我一个人带着孩子，还开超市，挺难的。我想来想去，觉得还是得往前走一步。"

"应该的！"牛大媳妇问，"你相中谁了？说出来，我给你提亲去！"

玉芬端起酒杯，把自己的脸遮住，像蚊子似的小声说："远在天边，近在眼前。"

大伙儿还没明白怎么回事，二歪已被他老哥结结实实地踹了一脚。二歪怔怔地说："怎么了？"

"人家玉芬相中你了！"

"啊？"

牛大问："玉芬，你想好了？"

玉芬羞涩地点点头，说："二歪哥虽然有点缺陷，可是他的心好，人正，是当下少有的好男人！跟他在一起，放心踏实！"

二歪把脑袋偏向窗户外。可大伙儿都知道，他的左眼正定定地看着玉芬呢。这个二歪！

（发稿编辑：王　琦）

（题图、插图：佐　夫）

警察对兰花说："这事，你态度好，你二叔也将超市的损失事先弥补了，没有造成实际损失；玉芬那儿呢，也谅解了你。所以，我们不追究你的法律责任了。不过，你也要吸取教训啊！"

一家人回到家，却发现玉芬竟等在门口。兰花吓得直打哆嗦，怕玉芬是来算后账的。二歪问："咦，玉芬妹子，你还有事儿？"

玉芬笑笑说："嗨，一瓶茅台酒，把大哥的生日也弄得不痛快。我呢，赶来给你们补一个生日宴，给我个面子吧？"

还是牛大看出了门道，忙说："请请请！"

晚宴上，酒过三巡，玉芬对牛大媳妇说："大嫂，我有一件事，张旺大学毕业后，在一家国企找到了工作，给领导当秘书。张旺平时喜欢买点彩票，这天上班时，他拿出彩票偷偷对着电脑兑奖，不料被领导看到了。张旺很尴尬，觉得自己上班"摸鱼"被领导发现，一定会挨批评的。

没想到，领导看了看他手里的彩票，却和蔼地笑了笑，说："小张啊，喜欢买彩票？"张旺不好意思地点点头。

"是想一夜暴富？"看张旺一脸窘迫的样子，领导和气地拍拍他的肩膀，"这有什么不好意思的？合理合法地追求财富，是每个人的权利。国家发行彩票，大家买彩票，这也是支持国家建设嘛！"

还是领导站得高看得远啊，张旺佩服得连连点头。领导又问他："平时研究彩票吗？"张旺点点头说："长时间买彩票的人，多少都会有自己的一套，只是准不准就很难说了，有的人喜欢守号，有的人喜欢换号，有的人喜欢连号，有的人喜欢复投……"

领导呵呵一笑："我和亲友们也都喜欢买彩票。只是我太忙了，没空研究彩票。这不是什么坏事，你要是中了奖，记得第一时间告诉我，也让我学两招。"

张旺被领导的态度弄得心里暖烘烘的。后来接触时间长了，他果然发现和领导关系亲近的人都喜欢买彩票，尤其是领导的司机李哥，

领导的爱好

□ 吴嫡

那彩票买得叫一个凶。张旺每期最多花十块钱买五注；而李哥一买就是几百上千块，有时还复投。

时间长了，关系近了，张旺忍不住劝李哥："彩票不是你买越多就能中越多的。"

李哥不以为然地说："彩票拼的就是个概率啊，买得越多，中奖概率就越大啊！你一期只买五注，能中奖就见鬼了。我问你，你中过大奖吗？"

张旺有些不好意思："最大的也就中过几千块而已。李哥，你呢？"李哥咧咧嘴说："我只中过一次五万块。"

张旺给李哥算了算账："那你中的奖金，都不够平时的投入呀，还是谨慎点好。"

李哥看左右无人，小声对张旺说："跟你说句心里话，咱领导特别喜欢彩票，凡是愿意买彩票、研究彩票的，他都特喜欢。我能当上司机，全靠有这个爱好。他喜欢谁，就会给谁多发奖金，我买彩票虽然花得多了点，但我奖金也高啊！"

张旺大吃一惊，想不到领导对彩票不仅仅是感兴趣，这简直就是痴迷啊！得到李哥指点迷津后，张旺不再担心上班时间看彩票被发现，甚至还主动跟领导探讨彩票的问题。果然，领导开心不已，把张旺也看作同道中人。

月底发奖金，张旺发现自己的奖金果然比平时要高。他犹豫了一下，决定把这部分奖金投入到彩票事业中去。道理很简单，他买的彩票越多，领导就越高兴，以后他升职加薪就越有希望。可彩票哪有那么好中的，尽管张旺加大了投入，也只是中了一些小奖。终于有一天，张旺中了个二等奖，扣税后到手三万多元。他乐坏了，赶紧找到领导分享自己的喜悦。

领导也替张旺开心，还接受了张旺的邀请，连带司机李哥一起，在外面饭店大吃了一顿。酒桌上，领导再次告诉张旺，以后中了奖，都要像这样第一时间告诉自己，大家一起开心。

打那以后，张旺经常和李哥一起切磋买彩票的经验，终于守得云开见月明。可惜云开月明的不是张旺，而是李哥。两人一起买的彩票，结果晚上开奖时，张旺发现李哥的一张彩票，中了头奖五百万！

张旺一边为自己遗憾，一边替李哥开心，他赶紧打电话给李哥，让他请客吃饭。李哥却显得颇为紧张，叮嘱他千万不要往外说，请客没问题。

张旺心想，人家有钱了不愿意露富也正常，于是答应守口如瓶。第二天见了面，李哥紧张地拉过张旺说："你没跟别人说我中奖的事吧？"张旺有点诧异，虽说财不外露是对的，但也没必要吓成这样吧，他赶紧点点头。

李哥大大松了口气，当即请张旺到大饭店撮了一顿，又再三叮嘱他不要告诉别人。

过了几天，公司里纷纷传言领导的儿媳妇买彩票中了五百万。张旺很纳闷，现在五百万有这么好中吗？怎么自己身边就有两人都中了？他跑去问李哥，有没有听说这个消息。李哥把他拉到一边，小声告诉他："兄弟，咱俩都是领导身边的人，这事就不瞒你了。其实，领导儿媳妇那张彩票，就是从我手里买过去的。"

张旺大吃一惊："这……你图啥啊？"

李哥低声说："你傻啊，中奖五百万，交税一百万，到手就四百万。领导可是拿四百五十万买我的彩票，我多挣五十万，还不用冒着被人认出来的风险去领奖，这样的好事你不干？"

张旺挠挠头问："那……那领导图啥呀？"

李哥神秘地笑了笑说："领导不缺钱，缺的是合法收入的机会。这一张彩票，领导亏了五十万，可剩下的三百五十万，就是他儿子家的合法收入了！"

张旺恍然大悟，难怪领导这么支持他们买彩票呢，看来这事没准都不是头一次了。李哥告诉他，之前，领导的女儿也"中"过五百万。至于那张彩票是从谁手里买的，那就不得而知了。反正领导的身边，最不缺的就是喜欢买彩票的人。

最后李哥叮嘱张旺："坚持买彩票，没准哪天就中了呢！你就是不中，领导会给你多发奖金，没准还会提拔你，也稳赚不亏啊！"张旺点点头，表示明白了。

过了些日子，领导被人匿名举报，接着被查出有大量来源不明的财产，其中包括两次"中"得的五百万大奖。

新领导上任后，自己带来了司机和秘书，李哥便辞职了。这个领导喜欢书画，身边人也都开始跟着研究起书画来了。张旺也辞职了，重新找了家公司上班。他仍然喜欢买彩票，但一期只买五注，十块钱。

（发稿编辑：朱　虹）

（题图：陶　健）

奠

三炷
高香

□ 滕建军

李老太是个乡下老太太，和老伴住在老屋里。他们养育了两儿一女，孩子们大学毕业后都留在了外地工作。最近传来消息，李老太居住的村子要整体拆迁，每家要分一大笔拆迁安置款。

也许是太过兴奋的缘故，听到这个消息的当天夜里，李老太的老伴突发脑溢血去世了。

李老太赶紧打电话通知孩子们回来奔丧。难过之余，李老太坐在炕头上犯起了愁：老伴不在了，剩下她一个孤老太太，往后要怎样生活？而且村子马上要拆迁了，自己以后住在哪儿？还有拆迁款怎么办？是分给孩子们还是自己拿在手里？

其实，李老太知道孩子们以前还是挺孝顺的，但俗话说财帛动人心，这些年她听过太多因为拆迁兄弟反目、父子成仇的事情，谁也不知道这种事会不会也发生在自己身上。越想这些，李老太心里越没底，现在老伴没了，连个商量的人都没有，她更不知如何是好了。

等到儿女们都回来，料理完后事，李老太将他们叫到跟前，吞吞吐吐地说："如今你爸不在了，我也需要人照顾，你们看……我以后住谁家合适……"

没等李老太把话说完，大儿子就抢着说道："妈，这事我已经考虑过了，我想让我爸来决定。"

李老太一听顿时蒙了："你爸不是已经去世了吗？你怎么还说让他决定？"

大儿子接着说："我已经买好了三炷高香，我把香点着后插到爸爸的灵位前，从左往右，第一支香代表我，第二支代表二弟，第三支代表小妹。这香烧起来有快有慢，等到最后看一看，哪支香烧得最慢，就是爸爸想让谁来照顾您。"

这事倒是头一次听说，李老太和二儿子一时有点蒙，不知道该说什么。而小女儿刚要发表意见，一开口就被大儿子打断了："古语说，有父从父，无父从兄。这事就这么定了，何况这样做结果全凭天意，对大家都公平。"说完，大儿子径直去灵堂点香，还说他要给父亲烧纸守灵，让李老太和弟弟妹妹们回屋休息。

这时二儿子想了想，说话了："烧纸守灵可以，但我们必须轮流来守。"小女儿一听立马赞成。经过商量，他们决定轮流在父亲的灵位前烧纸钱，每个人十分钟，先从大儿子开始。

李老太回东屋，关上了房门，她忽然感觉到有点不对劲儿，怎么

感觉大儿子好像早有准备呢！这时，李老太忽然看到年久失修的房门上有一道裂缝，透过裂缝正好能模模糊糊看到在正面门厅里给老伴布置的灵堂。她蹑手蹑脚地走过去，悄悄透过缝隙往外看，看到大儿子正在厅里守灵烧纸，而二儿子和小女儿则在西屋里候着。

她见大儿子烧了一会儿纸以后，抬头张望了一下，见两边的房门都关着，就悄没声地站了起来，走到香案前。接下来因为缝隙太小，李老太只能看见他伸长了脖子对着香案在干什么，其实她不用看，光听声音也知道，大儿子正对着其中一炷香吹气。

李老太顿时感到一阵酸楚，怪不得大儿子要提议这么干，原来他早就想到了怎样让自己的香烧得快一点。李老太失望地站起来，坐到了炕头上生闷气。眼看着墙上的挂钟过去了十分钟，就听见二儿子从西屋走出来，接替大儿子烧纸。

李老太觉得二儿子应该不会想到这招吧！谁知道偷偷一看，她发现二儿子竟和大儿子如出一辙，也是看到两边房门都关着以后，悄没声地站起来走到香案前，伸长了脖子对着高香吹气，听得李老太血压都升高了。看来二儿子提出来要轮

流烧纸，是早想到要这么干了。

又过了十分钟，小女儿出来换班。都说女儿是父母的小棉袄，平日里李老太也最疼这个小女儿。可令人大跌眼镜的是，小女儿竟然吹的声音最大，可见她吹得多么用力。

李老太顿时心灰意冷，这三个孩子是有多么不想跟自己生活在一起啊！

好不容易熬过了三十分钟，李老太铁青着脸从东屋出来，看了一眼香案上的三炷高香，果然不出所料，三炷高香不分胜负，均在伯仲之间。李老太冷笑一声，把兄妹三个叫到西屋，也不藏着掖着，直接

把村里要拆迁的消息告诉了他们，然后直截了当地说："我的意见是，以后谁来照顾我，这笔拆迁款就留给谁。"

三个孩子听完沉默不语，好像各怀心事。过了一会儿，大儿子先开口说道："我想再给爸爸烧点纸。"

李老太看了他一眼，硬邦邦地扔下一句话："你们自己看着办！"说完，她头也不回地回了东屋。

接下来的事情和李老太猜想的一样，兄妹三人继续轮流给父亲烧纸守灵。而在轮到他们的时候，仍旧继续向香案上的高香吹气，但李老太心里清楚，他们这次吹的位置肯定和第一次时不一样了。

半个小时以后，李老太又铁青着脸从屋里出来。果然和猜想的一样，这一轮依然是不分伯仲。李老太此时已经心如死灰，她将三个孩子叫到一起，说出了最终决定，谁家也不想去。

三个孩子一听顿时都愣住了，片刻以后反应过来，一齐问她为什么。

李老太苦笑着说："这三炷高香真是一盆冷水啊，把我浇明白了，亲情淡薄，

强求不来。听人家说，村里拆迁后，要建互助养老社区，我还是用好这笔拆迁款，来让自己安度晚年吧！"

听她这么一说，三个孩子顿时都不干了，非要李老太将话说明白，他们怎么就亲情淡薄了？

李老太冷笑一声："非要我把话说明白。那好，我问你们，你们在轮流烧纸的时候都干什么了？是不是往香案上吹气？在我说了拆迁款的事以后，你们是不是又吹了？而两次吹的是同一个位置吗？"

听李老太这么一说，三个孩子都不吱声了。李老太叹了口气，抬头看到了老伴的遗像，不觉悲从中来，默默地上前用袖子擦拭，心中五味杂陈。

这时，大儿子开口说话了："我之所以想出这个办法，是因为我知道不管您去谁家，另外两家肯定不会同意。我说用烧高香来决定，一切全凭天意，就是想让二弟小妹没办法反对。刚开始我想让他们的香烧得快一点，我的烧得最慢，您就可以到我家去了。可后来知道拆迁款的事以后，我就想让自己的高香烧快一点，这样您可以带着拆迁款住到二弟或者小妹家里了。我并

不觉着这么做就是亲情淡薄。"

他的话音刚落，二儿子就叫起来："难怪我第一次出来的时候看到大哥的香烧得这么慢，害我费了好大劲才把它吹下去。可后来知道拆迁款的事以后，我也觉得第一次作弊不妥，所以第二次我也只吹了我的香。"

小妹猛地一拍大腿："怪不得这三炷高香烧的速度差不多，原来咱仨想一块儿去了。"

原来，第一次他们都吹别人的香，想让自己的香烧得最慢，这样就能顺理成章接母亲去自己家了；第二次他们吹的都是自己的香，为的是不争拆迁款，互相谦让。听了他们的解释，李老太这才意识到错怪孩子们了！

误会解除以后，兄妹三人经过商量，决定把拆迁款就放在母亲这里，由她自由支配。而李老太轮流到他们三家居住，在每人家里各住一年。

听了孩子们的安排，李老太没有再说什么，她只是看了一眼老伴的遗像，心里默默地说："老头子，是我想多了，孩子们都很孝顺，你可以放心地走了！"

（发稿编辑：田　芳）

（题图、插图：豆　薇）

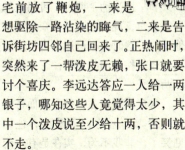

这天，李远达在老宅前放了鞭炮，一来是想驱除一路沾染的晦气，二来是告诉街坊四邻自己回来了。正热闹时，突然来了一帮泼皮无赖，张口就要讨个喜庆。李远达答应一人给一两银子，哪知这些人竟觉得太少，其中一个泼皮说至少给十两，否则就不走。

李远达的家丁恼了，上前就去推搡他。哪知那泼皮一瞅边上有个挑大粪的，一把抢过来倒在自己身上，然后躺在大门口嚷道："哎呀，李老板仗势欺人，这下没一百两银子起不来喽！"

正乱作一团时，知县孙大人带着手下捕快赶来了。孙大人一见李远达，就恭恭敬敬地施礼道："李先生，我公务繁忙，来晚一步，还请见谅。"

"孙大人，敢问，"李远达指着那个泼皮问，"这是什么人？"

孙大人问了身边的捕快小八。小八瞅了几眼，也不认识。他让李家下人挑来几桶水，冲淡那人身上的臭味，又把腰间的铁链子往对方脖子上一挂，要扯去刑房。

要说这帮混混还真是横，说他们是来讨个彩头的，哪知李家仗势欺人，求孙大人做主。真是恶人先

以恶制恶

□ 吴宏庆

乾隆年间，江州府有个叫李远达的人，少小离家去京城经商，数十年间挣下了偌大家产。年龄越大，越是有叶落归根的想法，于是他回到老家安度晚年。

告状！孙大人大怒，喝令捕快动手抓人，可捕快们面露难色，说对方人多势众，还劝他冷静。这时，李远达出来打了圆场，还是按先前的承诺，一人给了一两银子。

人群渐渐散去，孙大人面带愧色地对李远达说："李先生，让你见笑了，非我不为，实在是有心无力啊。"

李远达说："江州的泼皮无赖之所以这么多，跟他们与捕快互相勾结脱不了关系。不过，我倒是有个办法可以根治。"孙大人大喜，连声询问。

第二日，孙大人找来小八，询问那泼皮的情况。小八已打听清楚，告诉孙大人那家伙叫二狗，光棍一条，刚入这行。孙大人说："当年我流落京城时，是李先生资助了我，可以说没有他就没有我的今天。你知道该怎么办吧？"

小八嘿嘿一乐，说："大人放心，小的心里有数。"

其实，那些泼皮无赖之所以敢对老百姓耍横，那是因为背后有靠山，他们平时对捕快们百般孝敬，因此捕快们对他们是睁一只眼闭一只眼。

既然二狗背后没人，那小八也就不会客气了。回到刑房，小八扒掉了二狗的衣服，将他吊在空中，又抱来一捆细竹枝，抽出一根，呼哧呼哧地落在二狗的身上。

连着抽了一炷香的时间后，二狗哀号连连，不断求饶，说自己愿意给小八当牛做马。这其实也是小八的目的，要没有混混们的孝敬，凭他那点薪水怎么够养活全家？于是，小八替他在孙大人面前说了好话，就将他放了。二狗挨了顿毒打，却得了个靠山，也算因祸得福。

一眨眼半年过去了。这天夜里，二狗喝多了，哼着小曲跟跟跄跄地回家。迎面走来一个年轻人，下意识地瞥了他一眼。二狗不高兴了，嚷道："瞅啥呢，眼珠子不想要了？"

通常他这一喝，一般人要么连声道歉，要么赶紧溜走，哪知这年轻人却满脸鄙夷地嗤笑了一声。二狗觉得没面子，挥拳就打，很快打倒了对方，又从对方身上顺走了一把小金锁和一些银子。

第二天中午，二狗就接到小八让人给他传的话，要他立马去刑房。赶过去一问，这才知道昨天夜里李远达的儿子李离被人打了，可因为天太黑，他没看清对方长什么模样。孙大人很生气，限捕头七天破案。

小八说："你去帮我打听打听，

看是哪个家伙干的。破了这案，我就有希望当捕头，我好了，你也就好了。"

二狗突然想到昨天夜里自己打的那个年轻人，难道那就是李离？他不敢说什么，只能连连点头。

几天后，小八又火急火燎地来找二狗，说李远达家失窃了，小偷不仅偷走了不少金银珠宝，还把一本账本也偷走了。据说，那账本上记录了李远达和很多官员不可明言的交易。为了查案，孙大人已经将李家的下人都抓来审问了，而各捕快也都在动用自己的关系查这事。这回二狗轻松了很多，因为这不是他干的。

小八走后，有个自称周扬的外地人来找二狗。周扬说自己是来江州做生意的，因为听说了二狗的大名，想请他去家里喝顿酒。这种事不奇怪，做正经生意的都怕跟混混起冲突，喝个酒就算是拜了码头了。二狗愉快地答应了。不过周扬又说，自己住的地方比较偏，不大好找，特意要来笔墨，留了个地址。

到了约定时间，二狗拿着地址找去。这地方确实很偏，他在小巷子里七拐八拐才找到。大门是开着的，一走进去，他就愣住了，这竟是间荒废的宅子，里面房塌瓦坠、

杂草丛生，奇怪的是，院子正中的石桌上却摆满了酒肉。

二狗大声问道："周老板在吗？我来了。"

一连问了几声，没有任何回应。二狗心里有点发毛，可转念一想这光天化日之下，自己光棍一条，怕个啥。又等了一会儿，还是没人来，实在是馋那酒肉美味了，他就坐下大快朵颐起来。

等到他酒醒过来，已差不多是三更天了。他摇摇晃晃走在回家的路上，一队巡夜的捕快发现了他，上前询问，他酒劲还在，问什么都不知道，结果被当场掀翻在地，押去了牢房。

等到再次醒来，二狗发现自己身在牢中，赶紧让狱卒去请小八。小八很快就来了，像半年前那样，将二狗吊在空中，又抱来一捆细竹枝。二狗见了，顿时毛骨悚然，惨叫道："八爷，这是干什么？"

小八没理他，挥舞细竹枝"唰唰"抽着，一直到他全身没丁点好皮时，这才问："昨晚去哪儿了？"

二狗哭叫道："有人叫我去喝酒了。他叫周扬，地点就在城北那儿，对，我身上有地址。"

"啪"的一声，竹枝断了，小

八没说话，又拿了一根继续抽。

挨了半天的打，二狗才得知，昨夜捕快们从他身上摸到了那只小金锁，一看正是李离报案时说的失窃物品，又找到了那张字条，于是过去查看。在荒宅的一个墙洞中，发现了李家失窃的金银珠宝，虽然那本让孙大人特别上心的账本没找到，但足以证明二狗就是那个小偷。

二狗连叫冤枉，可小八问："李公子被抢走的小金锁怎么会在你身上？还有，你说是有人叫你去喝酒的，可谁会在那种荒宅里请客？就算请了，正常人敢喝吗？"二狗哑口无言，感觉自己百口莫辩。

二狗每天都被细竹枝伺候得死去活来，可他真的没有账本。时间一长，也有人起了疑心，没见过哪个混混这么能熬的啊！

不久，捕头因查案不力被撤职查办，小八接任捕头。不过，他这个捕头做得并不轻松，原来，那本被窃账本不知怎的传出了一些内容，什么时间什么地方，李远达送给什么官吏多少银子，等等。因为二狗还在牢中，那泄密的人肯定就不是他，所以小八也没空抽打他了，整天带人四处抓人。那些有前科的市井混混可就遭了殃，一个个被押

入刑房"享用"细竹枝。

二狗每天都能看到自己认识的人进来，有一天他突然生出一个疑惑，那本账本既然记载了那么秘密的事，李远达自然不会让人知晓，而且会藏得很好，那小偷怎么会知道它的存在和藏处呢？只可能是熟悉李远达的人偷的，可李府的下人都被审过，没有问题。那么只有一个可能了，偷走账本的是李远达本人。可他为什么要这么做？

二狗突然想到了，一切的源头是大半年前李远达迁回老家，他用了大半年时间来布局，这个计划以二狗作为切入点，面对的却是江州府所有像二狗这样的人。

想到这儿，二狗赶紧让狱卒去叫小八过来。哪知狱卒不屑地说："小八？办案不力，收受贿赂，被撤了，现在正在刑房里'享用'细竹枝呢！"

连续两任捕头办案不力，新任捕头哪还敢怠慢，没日没夜地带人抓捕全城的混混，细竹枝都不知被抽断了多少根。混混们熬刑不过，把自己做过的恶事都抖了出来，一时间狱中爆满。奇怪的是，那账本的事却渐渐地没了下文。

（发稿编辑：朱 虹）

（题图：刘为民）

这是谁的袜子

□ 许家裕

这天，大刘收完衣服，拿着妻子和女儿的几双袜子，去问女儿怎么分辨。一旁的妻子看到了，忍不住笑着说："哎呀，我之前没留意，我和女儿的袜子确实挺相似的。"

于是，妻子重新买了一些新袜子，跟大刘交代说，那些颜色鲜艳、有花边的，是女儿的；而素色的、没有花边的，则是她自己的。

谁知，大刘还是分不清这些袜子，每次收衣服时，总是捧着几双袜子去问女儿。

女儿觉得大刘有点不对劲儿，她将爸爸的情况跟网上的一些症状对照，不禁吓了一跳。她找到妈妈说："妈，不好了！我怀疑爸这是脑萎缩，我们要尽早带他去医院检查。"

妈妈不信："没那么严重吧？"女儿说："错不了！你看，脑萎缩的一个症状，就是记忆障碍。他现在啥都记不住，症状很明显了啊。"

俩人商量了一番，好不容易想出了一个免费体检的法子，骗着大刘去医院做了脑部检查。可检查结果显示：大刘没有脑萎缩，也没有其他问题。

无奈之下，妻子只好又想了个法子，她用那种不脱色的印章，直接在袜子上印上自己的名字，然后郑重其事地对大刘说："喏，看到没有？这上面印了字的，就是我的；没有字的，就是女儿的。"

这样一来，袜子确实不需要分辨了。不过，大刘看上去有些不高兴，一副提不起劲的样子。

在妻子的再三追问下，大刘才说道："哎呀，你不知道，女儿自从上了高中后，都不怎么跟我说话了。我本想借着分辨袜子的机会，跟她多说几句。没想到被你自作聪明，搞砸了我的好事……"

（发稿编辑：朱　虹）

罗母有大虎和小虎两个儿子。三年前，大虎进京赶考，至今未归，生死不明。她向外出的人打听，也没有消息。罗母每天牵肠挂肚，却没有一点办法，好在还有小虎与她相依为命。

罗家有条狗，瘦得皮包骨头，送到狗肉店恐怕人家都不要。这天，村里来了个游方郎中，见到那条狗，对罗家母子说，看这条狗的样子，恐怕身上有狗宝。这狗宝可不一般，价值连城，可遇不可求，一旦狗身上长了这东西，这狗就只长狗宝不长膘了，非瘦给你看不可。

一般来说，想拿到狗宝，就得把狗杀了。可是罗家与这条狗相处了十几年了，哪里舍得？游方郎中走后，半信半疑的罗母就劝说小虎带狗到城里找人看看，能不能只取狗宝，不害狗的性命，这样就一举两得了。

小虎觉得这个办法不错，这天一大早，就领着狗出了村。没想到进城的大路让官差封了，说是上面有大官要来，闲杂人等一律不准通行。没办法，小虎只好按官差指的路，绕道黄土岭，再去城里。

虽然多走十几里路，但总算也能进城。经过黄土岭时，冷不丁从树林里跳出来两个山匪，把小虎截

老牛识路

□ 崔建华

住了。小虎听说最近这一带山匪闹得厉害，没想到真让自己给碰上了。

两个山匪见小虎孤身一个人，根本没把他放在眼里，让他把狗和身上的钱留下，从哪儿来再回哪儿去，赶紧滚蛋。

小虎把钱给了对方，可舍不得那条狗，磨磨蹭蹭地不愿让山匪领走。何况，说不定这狗身上还有狗宝呢，可以卖一大笔钱。于是，小虎苦苦哀求，让山匪也放了这条狗。山匪早已不耐烦，见小虎还要讨价还价，拎起手里的家伙就要打他。

这时，从小虎来的方向赶过来四个官差，三两下就把两个山匪治服了。看样子他们是一路跟着小虎到这儿的。其中一个叫雷中金的官差对小虎说，要征用他的狗用于剿匪。官差毕竟救了自己一命，小虎再怎么不情愿，也只好同意。于是，雷中金给了小虎二十个铜钱，算是买狗钱，并让他赶紧离开这是非之地。

小虎只好悻悻地往家走，他不想告诉娘这个坏消息，只好在路上蹧蹭，想晚一点回家。

无论怎么拖延，天黑前小虎也必须到家，要不然娘会着急的。天刚擦黑时，小虎到家了，听见家里传来几声牛叫。小虎跑过去一看，只见院子里拴着两头牛，一头健壮的黄犍和一头母牛。

罗母说早上小虎走后不久，她打算去村头的河里洗衣服，一出门就看见了这头母牛，左等右等就是没人认领，于是她把牛先牵回家，等牛的主人上门来领。而就在半个时辰前，又有一头黄犍跑来了家里。这一公一母两头牛，一见如故，互相嗅闻身上的味道，这会儿正一块儿吃草呢。

就在这时，雷中金领着几个官差竟然也来到了小虎家，还有被他们买去的那条狗。狗见到主人，分外亲热。雷中金向小虎道出原委，原来，官差盯着黄土岭的山匪不是一天两天了，奈何这伙山匪很狡猾，打一枪换一个地方，根本找不到人。这天，官差故意阻了路，让小虎绕道黄土岭，为的就是引山匪出来。只要能抓到一个山匪，就能顺藤摸瓜，把所有的山匪一网打尽。只是那个外号叫云上豹的山匪头子，是个厉害角色，神龙见首不见尾，就连他的许多手下都没见过他的真面目，想抓到他，不是件容易事。

这不，小虎绕道黄土岭，引出了两个山匪，被在后面暗中跟踪的雷中金他们抓了个正着，没多久，这俩山匪就全招了。雷中金按照他俩提供的信息，一抓一个准，没半天工夫，眼看把黄土岭所有的山匪全抓住了，现在就差云上豹了。只是这小子藏得隐秘，到现在都还没发现他的行踪。

可雷中金究竟为何要对小虎说这些呢？只见雷中金说完上面那些情况，忽然拉下脸，盯着小虎说："听说云上豹养了一头黄犊，这畜生很通人性，无论走到哪儿，都能第一时间回到云上豹身边。"

小虎点点头，说："看来这畜生认主，是个好畜生。"

雷中金冷笑了一声，说："你家的这头黄犊，可是它自己走到罗家的，一路上，它哪儿都没停，就直奔这里来了。都说老牛识路，我们官差故意把黄犊放了，为的就是让它找到云上豹。现在，既然这头黄犊进了罗家，那你罗小虎就是云上豹！"

那几个官差纷纷拔出身上的朴刀，把小虎围了起来。小虎却毫不惊慌，问道："既然黄犊一直养在云上豹家，那你们又是如何得到这头牛的呢？"

雷中金恼怒地说："这是我们官差办案的机密，轮不到你知道！"

此时罗母从屋内跑出来，想要护在儿子前面，小虎把母亲拉到身后，解释说："早上我娘在附近捡了这头母牛，想必你们说的黄犊是冲它来的。"说着，他指了指院子里那头母牛。

雷中金嗤之以鼻："早不捡，晚不捡，偏偏今天早上捡到母牛？再说，乡下那么多母牛，这黄犊却偏偏来你家？你这说辞骗得了别人，可骗不了我。来人，把这云上豹给我抓起来！"

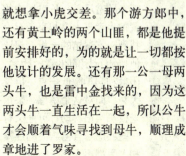

就在官差准备动手时，外面又来了一伙官差，同时还有一声大喊："县令大人到——"

这县令不是别人，竟然就是罗家的大儿子罗大虎。原来，三年前，大虎进京赶考，半路染了风寒，一病就是半年多，住在一家客栈动不了身。后来客栈老板为大虎治好了病，并资助他进京赶考。没想到大虎不仅一举高中，前不久还被任命为这一地的县令。

罗县令进门后，却直接命人把雷中金抓起来。雷中金大叫："县令大人，我是雷中金啊！罗小虎才是云上豹，大人抓错人了！"

"错不了。"罗县令微微一笑，说出了雷中金不知道的那些事。

从前的小虎确实是云上豹，可也早就金盆洗手了。而且小虎当山匪也是为穷所逼，只抢大户，还经常拿钱财救济穷人，是个义匪。可就在他不当山匪的这两年时间里，却屡有山匪以"云上豹"之名横行乡里。

罗县令上任以后，就换上布衣回家跟母亲和小虎见过面，并且了解了这一切。于是他命人暗中调查，终于发现是雷中金假借"云上豹"之名，胡作非为，只是苦于没有证据抓他伏法。后来，罗县令故意让

雷中金限期抓捕云上豹，除去匪患。雷中金没办法，就想拿小虎交差。那个游方郎中，还有黄土岭的两个山匪，都是他提前安排好的，为的就是让一切都按他设计的发展。还有那一公一母两头牛，也是雷中金找来的，因为这两头牛一直生活在一起，所以公牛才会顺着气味寻找到母牛，顺理成章地进了罗家。

听了罗县令的这些话，雷中金涨红了脸，大喊道："一派胡言！你们就是想让我顶替真正的云上豹，没门！我要去知府衙门告你们官匪沆瀣一气，胡作非为，等着知府大人来抓你们吧！"

这时，小虎严肃地说："姓雷的，你放心，是我罗小虎的责任，我担着，绝不逃避。可是你假借我'云上豹'之名，胡作非为，横行乡里，如果没有证据，我哥也不会抓你。看来你是不见棺材不落泪了，你千算万算，还是算错了一步。"

看着雷中金震惊又迷惑的神情，小虎"嘿嘿"笑了，他蹲下身抚摸着那条狗的头，缓缓说道："我云上豹喜欢黄犍不假，可黄犍不是牛，而是这条狗啊！"

（发稿编辑：王　琦）

（题图、插图：刘为民）

拒绝财富的智慧

几年前，一个景点爆火，全国各地的游客都赶着来欣赏风景，景点周边的餐馆生意也火爆起来。有人找到一家餐馆的老板，想让他接旅行团的生意做团餐。团餐利润稍微低一点，但量大啊。面对这个诱惑，餐馆老板确实很心动，可他又有一些顾虑：自己店面的规模和人手都不太够，临时扩大显然来不及，菜品和服务完全没有办法把控。来人满不在乎地说："这个不用担心，旅客们一茬又一茬，恐怕没有人能有机会来第二次。"最终，餐馆老板拒绝了这次机会。另一家餐馆则接受了建议，接下来生意好得不行，也赚到了不少钱。

但好景不长，随着景点的热度慢慢下降，游客越来越少，做团餐的餐馆便想改回之前的经营模式，可惜这两年的"快餐经营"让它口碑尽失，之前积累的老顾客也都消失殆尽，餐馆最后不得不关门大吉。而在这几年里，那个拒绝做团餐的老板一如既往，认真打磨菜品，提升服务，使餐馆渐渐小有名气。

由此可见，来得快的东西往往去得也快，注定无法沉淀下来。所以慢一点未必是坏事，有时候，拒绝看似近在眼前的"财富机遇"并不是傻，反而是一种保持长久的智慧。

（作者：张君燕）

衬衫上的窟窿

公司召开各部门负责人会议，安排好所有工作，董事长笑着说："最后我出个题目考考大家。看看我今天跟往常有什么不同的地方？给大家一分钟的时间，把答案用微信私信给我，我马上公布结果。"

等大家都发好了，董事长开始念，基本上大同小异，直到念到这一条："董事长今天穿的衬衫左胸前有一个窟窿。"大家都笑了起来。等大家静下来，董事长问："诸位，今天是不是都看到我衬衫上的这个窟

窿了？现在要说实话。""是的，都看见了！"大家一起回答。

"这衬衫上的窟窿就是我今天与往常不同的地方，为什么大家明明都看到了，却只有一个人指出来呢？"大家面面相觑，都不知怎么说才好。这时，董事长一脸严肃地说道："事情往往是这样，大家明明发现了一个人身上的缺点或错误，却因某种心理而不愿指出，以致这个人的缺点或错误越来越严重。如果这种错误和缺点出现在公司身上，如果大家都视而不见或装聋作哑，任其发展下去，结果可想而知……"

由此可见，发现缺点和错误，敢于指出不仅仅是一种勇气，更是一种责任和担当。

（作者：王宏理；推荐者：鱼刺儿）

初三那年寒假，为了挣学费，小唐在林场做临时工，跟清山队到山上清理枯死的树木，晚上就住在山上的简易房中。

有一天临收工的时候，小唐的锯条断了，而山上又没有备用的锯条，为了不耽误明天干活，他只好连夜下山到林场场部去取锯条。而那天傍晚又开始下雪，路就更难走了。队里管做饭的白大爷非常不放心，就把小唐送到山口。等小唐到场部找好锯条，顶风冒雪往回走时，发现因为积雪覆盖，几乎找不到小

路了，他只能凭着记忆向山顶摸去。凌晨一点多的时候，小唐忽然发现远处的山顶上有一个红点，他判断出那儿应该是工友们住的简易房，便奋力走去。

半个多小时以后，小唐终于走近，发现那个红点竟然是挂在简易房上的一盏马灯！这盏灯是白大爷晚上做饭时用来照明的，现在挂在了帐篷上。那一瞬间，小唐什么都明白了，连忙喊道："白大爷，我回来了！"白大爷一直没睡，他立即跑了出来，说："你总算回来了！回来就好！"说着，白大爷帮小唐拍掉身上的雪花，拉他到厨房，把热在锅里的饭菜端出来给他吃。工作结束临分别时，小唐一再感谢白大爷，白大爷却说："没什么的，你还是个孩子，大爷有责任照顾你！"

多年后，风雪弥漫的山顶上那盏红灯，一直清晰地亮在小唐的心头，提醒他在生活中要处处关爱他人，付出自己的善心。

（作者：唐宝民）

（题图：佐　夫）

那盏红灯

学写作文，从读故事开始

爱德华·D.霍克（1930-2008），美国侦探小说家，欧美侦探文坛的"短篇小说之王"。本文改编自其短篇小说《冬日逃亡》。

妒火之祸

肯德尔是纽约警局的一名警员，在值勤时开枪误杀了一名偷酒的流浪汉。为了逃避警局内部的惩处，他索性辞职，带着女友珊迪到一个小镇落脚，重新生活。

住进镇上汽车旅馆的第二天，肯德尔就出门找工作，但冬季是小镇的旅游淡季，哪儿都不招人，有人建议肯德尔去问问治安官昆汀。

昆汀得知肯德尔的来意后说道："之前我的一个手下，上周离开了，我要新雇一个人来夜间巡逻。你有相关工作经验吗？"

肯德尔撒了个小谎："我在纽约警局干过一年多，因为想换个生活环境就离职了。"

昆汀很满意，当即聘请了他："你就从今晚开始干吧。记着，你的职责是除了检查度假屋，还需要查看湖畔的酒吧，阻止未成年人在里面喝酒。"说着，昆汀就把钥匙和手枪交给肯德尔。

肯德尔回到旅馆，告诉珊迪他找到了工作。珊迪担忧地说："你误杀人到现在还不满一周，怎么能这么快又拿起枪呢？"

肯德尔斩钉截铁地说道："我答应你，以后不会再发生误杀事故。我赚到钱，咱们才能结婚啊。"

这天晚上，肯德尔走进一间酒吧，巡视一圈后正要离开，一个陌生男子叫住了他。男子身材高挑，长相英俊，对肯德尔说道："原来是你接手了我的旧工作。"

"哦，你就是治安官说的那个突然不干了的手下？"肯德尔说道。

"他是这么跟你说的？嘿嘿，你可以去问问他为啥要解雇米尔特？我猜他一定不敢说出实情！"男子狡黠地笑道，转身离开。

肯德尔次日碰见昆汀时，没能管住自己的好奇心，提了提米尔特："米尔特和我说了些奇怪的话，让我找机会问问你为啥解雇他。"

昆汀点点头："别理他，下次如果他再来跟你说什么，记得告诉我。"

肯德尔没问出啥，也就没放在心上，因为最近让他更头疼的是，自从珊迪在小镇超市找到一份收银员的工作后，两人作息时间相互错开了，相处时间越来越少，关系也变得越来越淡。所以，在一个难得的休假日，他和珊迪去附近的汽车影院看了场电影。大银幕上播放着爱情电影，他们则在汽车里热情地拥吻，肯德尔感觉仿佛又回到热恋时，整个人都轻松开心了很多，所以次日深夜在巡逻时遇到米尔特，也没让他太在意。

米尔特"咯咯"笑着说："你好啊！原来你有个漂亮的妻子啊。我昨晚在汽车影院看见你们了。对了，昆汀有没有告诉你，他为啥解雇我？"

肯德尔撒谎道："我没问他。"

米尔特放肆地大笑："聪明小伙！避免惹麻烦上身，保住工作要紧。再会。"

几天后，肯德尔来到珊迪工作的超市，打算和她一起吃午餐。他一踏进超市，就看见珊迪在收银台那儿和米尔特聊天，两人嘻嘻哈哈，像一对认识好久的老朋友。肯德尔转身离开，绕着街区走了一圈，竭力告诉自己没什么要担心的。等他回到超市时，米尔特已经不见了。

和珊迪吃午餐时，肯德尔装作随意地问道："和你说话的那个朋友是谁？""什么朋友？"

"我几分钟前经过超市，看见你和一个男人在聊天，还聊得很愉快。"珊迪这才明白过来："哦，我不认识那人。他经常光顾超市，大概是闲得慌吧。"

肯德尔没有再提起这件事，但这件事仿佛在他心中敲下了一个钉子，他不由得想起珊迪最近没再提起结婚的事，和他在一起时也不再大声欢笑。

肯德尔在昆汀手下工作了一个月后,昆汀邀请肯德尔和女友到家里做客。昆汀太太不仅长得漂亮,厨艺也很了得。用过晚餐后,两个女人讨论起家具,昆汀和肯德尔也聊得很热乎。肯德尔觉得这是个好机会,又悄悄问起昆汀解雇米尔特的理由。

昆汀思忖了一会儿,说道:"确实没理由不告诉你。米尔特这家伙会带姑娘私自进入度假屋共度良宵。可他的工作是看守好度假屋,他却违背民众的嘱托。"

肯德尔问道:"他很受女性欢迎吧?"

昆汀愠怒地点点头:"他总是那副德行,我当初根本就不应该雇用他。"

临走时,昆汀交给肯德尔两份油印的名单,说:"我编写了一个通讯录,收录了巡逻路线上居民和商家的电话号码。我家里留了一些,这两份给你。你留一份,给你女友一份。你上夜班时,她如果要联络你,可以试试打这些电话。"

可当肯德尔把通讯录交给珊迪时,对方看都没看一眼,径直塞进手提包,看起来比以往更加冷淡。

这让肯德尔在晚上巡逻时,格外心烦意乱,他的脑海里不断地浮现出珊迪和米尔特在超市里开心聊天的样子。到了子夜时分,他鬼使神差地把警车开到了汽车旅馆前面,然后下车去看了看。他俩住的房间关着灯,本该在房里的珊迪却不在,她去哪儿啦?肯德尔有些心神不安,就开车回到酒吧喝酒,透过酒吧玻璃窗,他突然看到米尔特的汽车飞驰而过,一个女人坐在副驾驶座上,她用纱巾包住头发,也遮掩了面容。肯德尔脑海里闪过一种猜测,心脏随之飞快跳动。

次日早上,肯德尔佯装随意问珊迪:"我在午夜时分回来过一趟,发现你不在。"

珊迪答道:"我去看夜场电影了。"

肯德尔追问道:"怎么想到去看电影?"

珊迪点了根香烟,转过身:"我厌倦了每晚独自闲坐在房里,无所事事。你为什么不理解我呢?"

肯德尔嘴上说自己理解,但内心早被猜忌搞得怒火滔天。晚上,肯德尔开车来到湖边的一片度假屋,一座座查看过去,很快就发现一座屋子有被侵入的迹象。他从未闩上的窗户爬进屋内,发现在二楼的卧室里,床单皱巴巴的,墙边有空酒瓶,诸多细节都表明最近有人在这儿待过。

肯德尔看了下烟灰缸里沾着唇膏痕迹的烟蒂，认出那是珊迪一直抽的香烟牌子。他试图告诉自己，这证明不了什么，但他又看见地板上一个皱巴巴的纸团，纸团带着红色痕迹，有女人用它擦拭过口红。他抚平纸团，内心恐惧的猜测在那一刻成了真。这张纸正是治安官昨天给他的通讯录，珊迪曾把它塞进手提包里。

他将现场恢复原状，然后从窗口爬了出去。他料定米尔特一定会带同一个女人再来这儿，因为这儿留有两人鬼混的痕迹。

肯德尔开车到酒吧干掉两杯烈

酒后，继续巡逻，当他经过湖边的那片度假屋时，看见米尔特的汽车停在那儿。肯德尔猜对了，米尔特果然又来了老地方。

肯德尔继续驾车行驶了一段路才将车停下，抽了根烟，拔出手枪。他下车后步行到那座度假屋后面，从窗户爬进去。走上楼梯时，他听见一对男女小声说话的声音。

二楼卧室的房门敞开着，他在门口伫立片刻，让眼睛逐渐适应室内的黑暗。他叫了一声"米尔特"，房中的男子听见后大吃一惊，从床上爬起来，嘴里骂道："搞什么鬼？"

肯德尔朝发出声音的地方开了两枪，床上的女人惊恐地尖叫起来，于是他又朝那儿开了枪。他不断扣下扳机，直至子弹打完。接着，他走到卧室里，开了灯。米尔特的尸体躺在地板上，脑袋旁有一摊血。女人的身体仍然在被子下面。他小心翼翼地掀开被子，看着女人。她不是珊迪，而是昆汀太太，治安官的妻子。

肯德尔顿时觉得天旋地转，再也不知道这回他可以逃往何处……

（编译者：姚人杰）

（发稿编辑：田　芳）

（插图：佐　夫）

大周是个老赖，为了逃避执行，玩起了"躲猫猫"。他用假身份证在某老旧小区租了个一居室。房东是个老头，眼神不太好，被大周三言两语就糊弄过去了。这里没监控，没物业，很适合躲藏。

不料没多久，大周就听说楼上邻居有个儿子在警校上学，很快就要毕业了。大周心里害怕，赶紧找房搬走了，还是老旧小区，他打听过了，楼里没一个人属于公检法系统，可以放心住。

谁知没多久，楼下的独居女孩恋爱了，男友是个派出所民警，每天都来接送她上下班。大周无奈，只得另觅他处，依旧是老旧小区，住户都是普通老百姓不说，连单身青年都没几个。

果然，接下来的日子风平浪静。可大周没有放松警惕，不和家人联系，出门也捂得严严实实。这天，隔壁来了个新租客，大周连忙找房东打听，得知那人是个宅男，以游戏代练为生，他这才松了口气。

中秋节到了，大周忍不住给家里打了个电话，准备买点酒菜独自过节。他刚走出电梯，就见两个又高又壮的警察守在门外。

这么快就找过来了？大周拔腿

危险的邻居

□ 一味凉

就跑，警察吼道："站住，你跑什么？"大周哪敢回头，但很快就被警察摁倒在地。

这时，又有两个警察押着宅男从隔壁走出来，奇怪地问："这人咋啦？"

大周惊呆了。后来他才知道，宅男也是个老赖，游戏代练只是他闭门不出的借口，结果被一个下班后兼职送外卖的辅警认了出来。他们今天来是为了抓捕宅男，却遇上"抓一送一"。

大周哭丧着脸，说："唉，千防万防，还是碰上了危险的邻居。"

（发稿编辑：赵嫒佳）

从前，有个贼叫卞五，行窃被抓后喜欢用"碰巧了"给自己做辩解，仿佛在他眼中，偷不是偷，只是一次次的"碰巧了"。这天，他挎上篮子来到邻村的集市，一边在人群中挤来挤去，一边想着今天能有几个"碰巧了"。

突然，他发现有个中年人也挎个篮子，里面有一块新鲜的猪肉，显然是刚买的。卞五灵机一动，先弯腰抓了些沙粒放进篮子，然后慢慢靠近，待来到中年人身边时，他快速提起猪肉放进自己的篮子，转身离开。中年人觉得篮子一轻，低头一看肉不见了，紧接着抬起头四下里踅摸，便看到卞五篮子里的那块肉。他推开众人追上去，指责卞五偷了他的肉。卞五回答："你胡说八道，肉是我自己买的。"中年人说这是他刚买的肉，五斤半！

卞五一笑说："碰巧了！我也是刚买了五斤半的猪肉。"中年人自然不相信，伸手提起猪肉正想往自己篮子里放，却愕然停住了——猪肉的底面沾了好多沙粒！看到中年人的表情，卞五得意了，说："不是你的吧，你的肉上没有沙粒吧！"他边说边伸

碰 巧 了

□ 汪培君

手要肉。中年人越看越觉得肉像自己买的那块，一瞪眼质问："多出几颗沙粒就成你的了？地上到处是沙粒，你看到了我篮子里的肉，提前抓些沙粒放进自己的篮子，然后偷了我的肉放进你的篮子，肉上自然就有沙粒了。我说得对不对？"说着，他就把肉放进了自己的篮子里。

卞五听了心中暗惊，但不动声色，矢口否认。中年人说，仅凭几颗沙粒不能证明肉就是卞五的。卞五听了一笑说："碰巧了，我还真有其他证明。"他告诉中年人，自己刚才捡了一个铜钱，怕万一有人翻兜找，没敢往兜里放，顺手塞进了猪肉里。然后卞五用手扶住肉，指着一侧说应该在这侧。中年人低头检查，根本没有。卞五说那应该在另一侧。中年人果然在那儿看到了铜钱的边缘。卞五捏住铜钱抽出一半问："你看是不是？"中年人无话可说，卞五顺手拿过肉来，放进了自己的篮子。

原来，那个铜钱的一边被卞五磨成了刃，用来割衣兜和绳子；他趁中年人检查肉时，把铜钱从另一侧摁进了肉里。

一块肉稳稳当当到手了，卞五心里高兴，喜滋滋地往前走，不知不觉来到了铁货摊。这里的人少，一眼能看老远，卞五看到一个铁匠坐在一口倒扣的锅上，只要收了铜钱，便轻抬屁股，一只手掀起锅沿，一只手把铜钱扔进去，然后落下屁股。这样防偷的妙招还真是少见，一下子刺激了卞五的神经，他苦思冥想了一阵子，还真想出来个办法。

他扫了扫周围，见不远处有个七八岁的小男孩在独自玩耍，就过去问他会不会磕头。小男孩回答："会也不给你磕。"卞五告诉他："不是给我磕，是给那个铁匠磕。"小男孩看了看铁匠，摇了摇头。卞五掏出一个铜钱递给小男孩，见他点头，交代了几句。那小男孩接过钱先装进兜，接着走到铁匠面前，趴下就磕头。铁匠以为孩子有事相求，急忙站起来，边伸手去扶边问有什么事。小男孩根本不理铁匠，趴下一口气磕了五个头，站起来回到原来的地方接着玩。铁匠这才恍然大悟，急忙掀开锅一看，铜钱少了。他直起腰，一眼就看到了离得最近的卞五，忙上前抓住卞五，说对方偷了自己的铜钱。

铁匠的大手如同铁钳，卞五疼得直叫唤，连称自己胸口不适，还把手伸进内衫疯狂抓挠。铁匠知道那是卞五的伎俩，哪肯放手，他用另一只手掀开锅数了数地上的钱，说："你敢让我搜身吗？要是能找到我的二十铜钱，我定不饶你！"听了这话，卞五说："碰巧了，买完肉，我正好剩下二十铜钱。"说着，他从胸前的内袋里掏出一串钱。

铁匠定睛一看，铜钱倒是二十个，只是用一条红绳拴着，还系着死扣，根本不是自己丢的一把散钱，翻遍卞五全身也没有再找出铜钱，铁匠只好放了卞五。

其实是卞五为了躲避被抓，练就了一只手在兜里串铜钱、系死扣的绝活。

有了肉，有了钱，卞五决定收手回家。出村不远，路边有几棵树枝繁叶茂，满是浓荫。树干上拴着两匹马，正咀嚼着玉米叶，一匹大的马背上有鞍，一匹小的则没有。不用说，玉米叶来自两边的玉米地。再一看两匹马中间的地上还躺着一个人，估计是睡着了，卞五知道周边的村庄没马，这一定是外乡人从此路过，人累了歇一歇，顺便劈了玉米叶喂马。想到这里，他心中不由一动，这要是偷一匹卖给屠夫杨，又是几十个铜钱。转念一想那匹大的肉多，一时半会儿卖不完就臭了，估计屠夫杨不要，不如偷那匹小的。

可是怎么偷呢？他一边想一边钻进了玉米地，在玉米丛的掩护下慢慢靠近，渐渐听到了呼噜声。看到外乡人睡得正香，卞五也有了主意，他拿出那个磨薄的铜钱，轻轻割下几穗玉米，剥掉皮放进篮子，然后轻轻走到大马跟前，喂了它一穗玉米，又解开绳子，牵着它走进玉米地的深处，剥开几穗玉米，拍了拍马，心说你在这里吃个饱吧。等他折身回来，看到外乡人还睡着，便捡了颗小石子投过去。外乡人一下子惊醒了，睁眼一看发现大马没有了，急忙起身四处寻找。看到他走远了，卞五这才走上前去，拿出一穗玉米送进小马嘴里，解开绳子牵着它直奔屠夫杨家。

因为两个人多次做过销赃交易，屠夫杨一看卞五牵来一匹马，也不多问，一手交钱一手交了货。屠夫杨怕留着夜长梦多，就让卞五帮忙把马放倒，一刀捅死了马。

就在这时，外乡人骑着马找上了门，看到马已经死了，外乡人很生气，对着两人就甩了两马鞭。原来，这人是城中大户古员外家的马夫，出来驯马，走到这里累了就停下来歇息，没想到大马挣脱缰绳跑进玉米地，等他找到大马回来，正巧看见小马被卞五牵进屠夫杨家的门，就急忙赶过来，没想到还是晚了一步。他恨恨地说："你俩就等着拿命赔吧。古员外有权有势，杀你俩就像杀两只小鸡。"两个人都害怕了，急忙跪下求饶。见马夫没再吭声，屠夫杨急忙拿出五百个铜钱送上。马夫收下，转脸对卞五说："马是你偷的，你必须跟我去见员外。"说着，他一把提起卞五放在了马背上。

来到古员外家，卞五抢先说道："碰巧了……"马夫一马鞭抽断卞

五的话，接着向古员外诉说了经过。古员外听完对卞五说："既然被你'碰巧了'，你就赔吧。"接着命令马夫，先抽卞五二十马鞭，然后捆在马厩里，直到卞五的家人带一千个铜钱来赎人，否则让马踩死卞五。卞五哭咧咧地乞求："那匹马也就值五百个铜钱，您要得太多了。"古员外回答："五百个铜钱是明价，一千个铜钱是偷价，你要是嫌多，一命抵一命也行。"卞五赶紧说不多。

二十马鞭抽得卞五皮开肉绽、哭爹喊娘，接着他被捆住手脚，扔进马粪遍地的马厩里。家人来交了铜钱，到马厩里架着卞五往外走。刚走到一匹马的身后，不料那马突然飞起蹄子，踢在了卞五的腿上，只听"咔"的一声，卞五应声倒地，痛苦哀号，原来骨头被踢断了。

马夫看得清楚，笑着说："碰巧了，你偷的那匹马就是这匹马生的，它这是给自己的孩子报仇！"

一句话说得卞五毛骨悚然。养好伤以后，他再也没有干过"碰巧了"的事了。

（发稿编辑：田　芳）

（题图、插图：佐　夫）

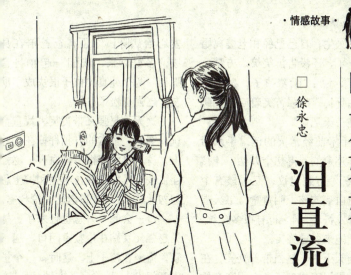

叫声妈妈泪直流

□ 徐永忠

方 慧是市第一医院的眼科医生。最近，医院收治了一个名叫笑笑的女孩子，她的眼睛意外受伤，需要换眼角膜，但得等有人捐赠才行。所以，笑笑不知什么时候才能换上眼角膜。

那天，方慧去病房查看笑笑的情况，她走到笑笑的病床前，见她里着一张照片，紧紧地捂在胸口。方慧以为笑笑睡着了，伸出手去摸她的额头，看体温是否正常，没想到，笑笑一把抓住了方慧，抽泣着喊："妈妈，你终于来看我了，我好想你呀！"

方慧尴尬地站着，她实在不忍心推开孩子的手。就在这时，门口传来了笑笑的爸爸赵强的声音："笑笑，快松开，这是给你治眼睛的方医生。"

笑笑一惊，松开了手，呜呜地哭着喊妈妈，照片也掉在地上。赵强放下手中的早餐，手足无措地劝着女儿。方慧蹲下身捡起照片，怔了怔，很快又恢复了常态，柔声说："孩子，这是你妈妈吗？好漂亮呀！"笑笑呜咽着点了点头。方慧将照片放到了笑笑的手里，说："孩子，你要是哭的话，阿姨就治不好你的眼睛了！"笑笑这才勉强止住了哭声。

方慧把赵强叫到办公室说："孩子想妈妈。不管多忙，妈妈总要来看看，孩子心情好了，对治疗也有帮助。"赵强一脸无奈，他告诉方医生，自己已经和老婆离婚了，还没告诉笑笑。方慧一下愣了，说："瞒着孩子，也不是个办法呀！"赵强苦笑着回答："瞒一天是一天吧！"

"手术前经常哭的话，手术后是很难痊愈的，得想个办法，让孩子不哭。"方慧建议，三号楼有个得了白血病的孩子叫童童，每天唱歌跳舞发抖音，网上也有很多粉丝，可以让她来引导笑笑。

当天下午，赵强带着笑笑，在方慧的指引下找到了那个叫童童的孩子。童童很活泼，因为化疗，她的头发已经掉光了，可她依然灿烂地笑着拍视频，还对赵强说："叔叔，我拍抖音，就是要告诉病友们，开开心心地过好每一天！"

笑笑摸索着走到床边说："姐姐，你的爸爸妈妈呢？怎么没在病房陪你呀？"

童童放下自拍杆说："我妈每天晚上来，白天我不用陪。"说完，她又一副小大人的样子："你的眼睛坏了，这是小毛病，就像手机上贴的膜坏了一样，换张贴膜就行。"

笑笑很认真地说："眼角膜很贵的，我妈妈为了赚钱给我换眼角膜，都没时间来陪我。"童童点了点头："妈妈赚到了钱，你才可以

安心治病呀！你还有爸爸陪在身边，多好！来，我们一起拍抖音吧！"两个纯真的孩子很快成了朋友，赵强也松了口气。

这天，赵强又带笑笑去找童童玩，突然，童童的自拍杆掉在了地上，鼻子里流出很多鲜血……赵强连忙按下了应急铃，医生和护士急匆匆地赶来，将童童送进了抢救室。

没一会儿，方慧也赶来了，她见赵强父女站在抢救室门口，腿一软，瘫坐在椅子上。这时，一个护士开门出来，她看到了方慧，说："方医生，你女儿已暂时脱离危险了，进去看看吧！"方慧应了声，忙迭地进了抢救室。这下，赵强目瞪口呆，童童竟然是方医生的女儿。

赵强和笑笑惦念着童童，在笑笑挂完消炎的点滴后，两人又去了童童的病房。童童并没在病床上。方慧正在病房里整理东西，她告诉赵强，童童在重症监护室里，她已经和医生说好了，等下可以进去探望十分钟。

进了重症监护室，笑笑摸索着抓到了童童的手，喊着："姐姐，你好点了吗？我们一起唱歌好吗？"说来也奇怪，童童紧闭的双眼竟然睁开了，她虚弱地冒出了句："我要笔和纸……"

方慧一听，连忙找来了笔和纸，童童歪歪扭扭地写下了一行字："把我的眼角膜捐给笑笑！"方慧再也忍不住了，"哇"的一声哭了出来。

笑笑看不见，便问："阿姨，你怎么哭啦？"赵强紧紧地搂着女儿，什么话都说不出来。

赵强带着笑笑回病房，笑笑问："童童姐姐到底怎么啦？"赵强说，童童的病很重，以后要很长时间才能见到她了。笑笑说："要很长时间才能看到，难怪阿姨会哭！"

到了病房，笑笑也许是累了，躺在病床上睡着了。赵强刚走出病房，就碰到了方慧。她已经恢复了常态，对赵强说："你别走开，笑笑随时准备手术！"

"不，童童的眼角膜，我们不能要！"赵强喊了起来。"为什么？"方慧紧紧盯住赵强。

"因为你的前夫就是和我前妻私奔的人！"赵强本以为方慧会大吃一惊，没想到她并不吃惊，反而平静地说："我知道，那天我看到笑笑手里的照片就知道了。"

赵强简直不敢相信自己的耳朵："那你还愿意将女儿的眼角膜捐献给仇人的女儿？"方慧淡淡地回答："我希望，童童那双美丽的大眼睛永远地留在这个世上。看到这双眼睛，我就像看到了自己的女儿，当然，这也是我女儿的愿望！"

第二天早上，赵强接到了手术通知，他办好手续，笑笑就被送进了手术室。这次，方慧没进手术室，而是在门口傻傻地站着，谁喊她都没反应。

一个星期以后，笑笑的视力渐渐恢复了。出院的那天，满脸憔悴的方慧也来了。笑笑解下眼睛上的纱布后，第一次看清楚了方慧的脸，她眨了眨眼睛，问："阿姨，童童姐姐呢？"

方慧颤抖地抚摸着笑笑："童童去了很远的地方……"

"那她不能天天看到妈妈了！"笑笑说。

方慧蹲下身来说："童童能看到，因为她留下了一双最美丽的眼睛！"

"童童的眼睛在哪里呀？"

赵强实在忍不住了："傻孩子，你的眼睛就是童童的眼睛！"

笑笑一下子什么都明白了，她紧紧抱住方慧，声嘶力竭地喊了声："妈妈——"

方慧搂住笑笑，泣不成声……

（发稿编辑：王 琦）

（题图：豆 薇）

五六十年前，山里人理发不容易，在每月一个固定的日子，理发匠会到某个村子去理发，渐渐地就成了惯例，甚至还形成了一套规矩。有一天，有人打破了规矩……

多旺的表演

□ 张敬中

多旺是个理发匠。六月初三一早，他来到云台山深处的洼水村，站在村口刚要照例喊一声"理发哩来啦"，可他还没有喊出口，就见有人从村头的榆树下闪了出来。他定睛一看，是村里的三婶。三婶热情地招呼道："师傅，到俺家来。"

按照规矩，通常是谁先喊理发匠，多旺就会去谁家。进门后，主人会搬来板凳，准备好水架、水盆、水和毛巾。理发匠先为主人一家理发，待帮主人家全部成员理完发，多旺就不走了，村里其他人理发，都要到这户人家来。主人要管多旺吃饭，到了晚上还没理完，多旺还会住在主人家里，因此主人家无论多少人理发，理发匠都不收钱。这是祖辈形成的规矩。

可今天，多旺为了难，他抱歉地对三婶说："三婶，我今天去不了你家……"

三婶贪图一家人理发不用掏钱，天不亮就站到了榆树下，现在多旺轻巧的一句话，自己

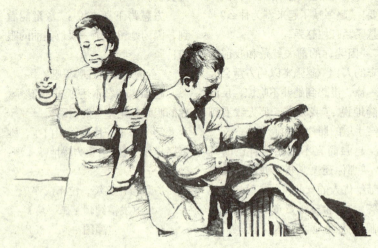

大半天的工夫就白搭进去了，她咋会愿意？

何况三婶是位得理不让人的主，因此听了多旺的话，她眉毛一挑，杏眼圆瞪："咋？多旺，是上一次你在俺家多理俺小外甥一个头不满意了？还是要坏了谁先喊先进谁家的规矩？"

三婶咄咄逼人，多旺都没有解释的工夫，他连连摆手，张口结舌半天才挤出几句来："那倒不是，队长仁文专门交代了，今天让俺去仁武家……"

听多旺这样说，三婶舒展了眉头。

仁武是仁文的堂兄弟，前些日子被生产队派往云台山拉石料，驾辕马受惊，马车滑下了山坡，仁武摔断了腿，现在卧床不能行走，那是得照顾。

三婶也不是不讲理的主，就不再纠缠多旺。

于是，多旺背着理发箱子径直到了仁武家，发现仁武妈妈已经提前准备好了水架、水盆、温水和毛巾。多旺先是为仁武理发，然后给家里其他成员理，之后才开始服务进门的乡亲。

大概是博卧床的仁武高兴，多旺今天理发的时候，像表演一样，话特别多，戏也特别足。

每位乡亲坐下，他先是拿出围布如舞台亮相一般抖三抖，之后才围到人家脖子上。大约端详半分钟后，他嘴里念念有词："先看头型后着手，心里有数手不抖，先看上下、再看左右、最后看手位……"将理发口诀叨叨一遍后，多旺才拿着理发推子在脑袋上时快时慢地游走。拿剪刀剪发时，他还在下剪前解释："这是修剪、夹剪、抓剪、挑剪、锯剪、削剪……"

仁武家从来没有轮到过招待理发匠，加上因为受伤后一直在床上养伤，早就觉得无聊至极的仁武坐在一旁，看得兴趣盎然。

每位乡亲坐下后，多旺还会征求仁武的意见，理什么发型合适。仁武乐得参与，觉得苦闷的生活中多了点乐趣。

就这样，仁武卧床期间，多旺每月初三都将理发地点固定到了仁武家。

有时候，多旺还让仁武在他父亲头上试试手。头一回试手，仁武父亲的平头最后被修成了光头。

眨眼到了腊月初三，这天已是半晌午时分，洼水村人还没有见到多旺前来理发。大伙儿心里急得不行，农村讲究"理发过年"，年前的最后一次理发，咋也不能耽误了呀。

这时，仁武家传来了摔盆摔碗的声音。等着理发的大伙儿一股脑跑到仁武家，看到仁武把喝中药的碗摔到了地上，堂屋中间的桌子被掀了个底朝天，一家人都在哭泣。原来仁武今天才知道，自己的腿再也治不好了。

村里人默默看着仁武一家三口，谁也不知道该如何开口劝解。

这时，队长仁文背着一个箱子闯了进来。看到眼前的情景，他没有说一句话，自己找一个凳子坐下，拿出烟袋一锅又一锅地抽着。

待仁武一家平静下来，仁文才说："兄弟，你别难过了，你的腿治不好，大夫早就给我们说了，你

爹妈比你还难受呢。"

仁武瞪着通红的眼睛不说话。

仁文将背着的箱子推到了他面前："今天多旺不能来了，你得给大伙儿理发。"

看仁武瞪大了眼睛，仁文红着眼说："多旺半年前就查出患了绝症，现在已经到了弥留状态。在你跟前表演理发，是我交代的，为的是让你学这门手艺……"

仁武打开理发箱子，看着箱子里的推子、剪刀、剃刀、挖耳勺、围布，知道这是理发的全部家当，眼泪就"吧嗒吧嗒"掉了下来。

看仁武还在犹豫，仁文坐到他面前，说："多旺让我给你捎句话，该你上场了……"

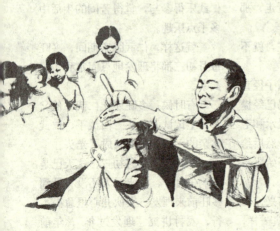

仁武用手背抹了抹眼睛，从理发箱子中拿出围布，抖了三抖后系到了仁文的脖子上，手拿理发推子站定，端详仁文半天，不自觉地念出了"先看头型后着手，心里有数手不抖"这句话。

当理发推子"咔嚓咔嚓"响起来后，仁武似乎忘记自己残疾这件事了……

（发稿编辑：田　芳）

（题图、插图：张恩卫）

夫妻绝技

□ 杨汉光

李世刚和柳红梅是一对年轻夫妻。夫妻俩在市文工团工作，都是拉小提琴的。在一场车祸中，李世刚失去了左手，柳红梅失去了右手。成了独臂人，小提琴自然是拉不成了，他们在文工团里几乎成了废人。

偏偏这时候搞机构改革，文工团必须减员四分之一，两人自然在劫难逃。当文工团团长通知他们下岗时，夫妻俩想抱头痛哭一场，可伸出手来才醒悟，他们连抱头的能力也没有了，只剩下痛哭。

痛哭也没用，挣钱谋生要紧。于是，夫妻俩四处找活干，可处处碰壁。人家说："你们的两只手如

果长在一个人身上就好了，现在长在两个人的身上，叫我怎么用你们？"

夫妻俩找了好多天，工作没找到，鞋子倒是走坏了两双。每天傍晚，夫妻俩都是筋疲力尽地回到家，黯然神伤。

有一天晚上，李世刚把小提琴拿出来。柳红梅问丈夫拿这种东西出来干什么，李世刚说："来，你帮我按弦，让我拉一拉。"柳红梅说："我一看见小提琴就心烦，快放回去吧。"

李世刚很认真地说："今天我看见一篇文章，写一个长跑运动员想当体育明星，不料在一次车祸中

失去了两条腿。他改用手画画，想当画家，谁知他的双手患了骨癌，被连臂截掉了。这个无腿无手的人，最后竟然用嘴咬着钢笔写作，成了一个作家。"柳红梅惊疑地问："有这种事？"

李世刚说："怎么没有？那本书还在这里呢！"他拿出一本书，翻到那篇文章给妻子看。柳红梅看过文章后，感慨地说："想不到，世上居然有这么了不起的人。"

李世刚趁机说："来，帮我按弦，让我拉拉小提琴。"柳红梅说："好，我们也争取做了不起的人。"

这对独手夫妻，一人按弦，一人拉弓，"咯咯吱吱"的琴声响了起来。邻居在窗外问："世刚，你是在锯三合板吗？要不要帮忙？"李世刚说："谢谢了，我和阿梅在拉小提琴。"

从此以后，李世刚和柳红梅每天晚饭后都拉一阵小提琴。琴声虽然难听，却给他们带来了快乐。两个人配合得越来越默契，琴声也越来越顺耳。半年后，他们奏出的琴声竟如行云流水一般，就像一个人的独奏。好心的邻居过来说："你们的小提琴拉得这么好，快去找文工团团长，请他让你们重新回文工团吧。"

第二天，李世刚就和妻子带上小提琴，找到文工团团长，要求回团里工作。团长说："你们的心情我能理解，但现在许多小提琴手都失业，你们一人一只手，怎么拉得过他们呢？"李世刚说："团长，你先听我们拉一曲吧。"团长不耐烦地说："好吧，拉短点的，我很忙。"

李世刚和柳红梅摆好姿势，一人按弦，一人运弓，美妙的琴声立刻飘出来。团长一脸惊讶地问："你们是怎么练的？"李世刚说："我们是用心练的。你看行吗？"团长说："拉得很好，不过，从来没有两个人拉一把小提琴的，不知道观众能不能接受。这样吧，今晚就有一场演出，我先安排你们上台表演一次，看看观众的反应。"

晚上，李世刚和柳红梅早早来到晚会现场，团长却迟迟不安排他们上场表演。李世刚着急地说："团长，你快让我们上场吧，越等心里越没底。"团长说："现在还不能让你们上，万一观众不接受，我这台晚会就砸了。我只能等到所有节目都结束后，再让你们上场作即兴表演，那样观众接受不接受都和晚会无关了。如今的演出是市场运作，不得不这样。"

听了团长的话，李世刚从头顶

京到脚底，等到所有节目结束，观众都往外走了，还表演什么？拉得再好听，也没人听了。柳红梅泄气地说："算了，回家睡觉去。"李世刚说："既然来了，就等等吧。"

好不容易等到最后一个节目结束，节目一结束，观众就站起来退场，台下乱哄哄的。主持人赶紧说："大家静一静，还有节目。下面由李世刚和柳红梅即兴表演……表演……"主持人一时不知该怎样报这个节目，因为有史以来还没有过两个人同拉一把小提琴的，报独奏不对，报合奏也不妥。主持人的迟疑引得台下一片哄笑。

李世刚不等主持人报节目了，自己跑上台对着话筒说："我和我妻子都断了一只手，现在，我用我的右手，加上我妻子的左手，给大家表演小提琴，就叫夫妻双奏小提琴吧。"

观众从未看过这种节目，立刻来了兴趣，已经站起来准备退场的人重新坐下。上千双眼睛齐刷刷望向台上的独臂夫妻。

李世刚用独手拍拍妻子的肩膀说："阿梅，别紧张，来，开始。"柳红梅点点头，举起小提琴，把琴身放到丈夫的肩上，让他用下巴夹住。柳红梅的纤纤素指按到了琴弦

上，很有节奏地轻轻颤动，李世刚的弓弦恰到好处地落在琴弦上。他们的独手配合得十分娴熟，就像一个人的左右手一样。

这对残疾夫妻站在舞台的中央，挺直腰杆奏响了生命的强音。琴声时而像飞流直下三千尺，时而像清泉叮咚石上流。台下观众听得如痴如醉，惊叹李世刚和柳红梅高超的绝技，更被他们的精神深深打动。琴声结束，停了片刻，雷鸣般的掌声才响起来，经久不息。

观众纷纷走上台来，拥抱这对坚强的夫妻。有一位失业不久的大姐，握住李世刚和柳红梅的手，激动地说："我有两只健全的手，却不止一次想过自杀，惭愧啊！谢谢你们给了我活下去的勇气。"

就这样，李世刚和柳红梅又回到了文工团，他们的夫妻双奏小提琴成了团里最受观众欢迎的节目。

（发稿编辑：朱　虹）

（题图：豆　薇）

绿版编辑部各编辑邮箱：

朱　虹：zhong98305@sina.com
王　琦：wangqi_8656@126.com
赵媛佳：babyfuji@126.com
田　芳：greygrass527@126.com
彭元凯：abigstudio@163.com

一场事关国宝的竞买会前，几方各出奇招，为了保护国宝不外流展开了一场暗战……

暗战

□ 杨 哲

1. 暗流涌动

廊房二条有一家门脸儿不大的红货铺子，字号德源盛。掌柜的叫铁宝忠，河北三河大马庄人。他少年老成，为人低调，眼力见儿不赖，二十岁时就接管了字号，认识了不少官面上的人。

这天傍晚，德源盛快打烊时，门口忽然停下一辆道奇小轿车。从车上跳下俩大兵，分左右把住铺子门后，一位四十多岁的军爷下车走进了铺子，指名道姓要找铁宝忠。

大伙计以为出什么事了，吓坏了，麻利儿跑到后院去叫铁掌柜。

铁宝忠闻听来了个陌生军爷，也十分惊讶，放下手头的账本，快步来到了前院铺子，才发现军爷竟是总统府统率办总务厅的张厅长，连忙让进了柜房。

张厅长是天津人。两年前，张太太在德源盛花一千块银圆买过一副翠镯，今年初，铁掌柜出一千五百块又买了回来。为此，张太太逢人就夸铁掌柜为人实在。

张厅长落座后，说："老弟，有件好事要告诉你，看你感不感兴趣。"

原来，昨天，汇丰和花旗银行联合派代表米切尔到总统府，说迎帝溥仪前几年在两家洋行抵押了两批宫里的老物件，主要是珠宝和古董，到期却无力赎回，洋行需要资金周转，又不懂珠宝的成色和古董行情，便委托总统府请行家评估一下，看看是亏是赚，然后卖掉。

张厅长喝了口茶道："我立马想到了你，怎么样，有时间去瞧瞧吗？"

铁宝忠又惊又喜，满口答应下来。

第三天后晌，张厅长再次来到了德源盛，高兴地告诉铁宝忠："老弟，两家洋行同意聘请你为首席顾问，对全部抵押品鉴定并估价。他们委托你再找几位珠宝和古董鉴定行家，尽早开始工作。"

于是，铁宝忠分别在廊房二条和琉璃厂各请了两位公认的珠宝和古董行的行家，花了一个月的时间，把宫里抵押在两家洋行的老物件全部清点了一遍，并逐一进行了估价。米切尔核算后发现，正好能收回洋行的本息，还略有盈余，对铁宝忠的工作很满意。

清点鉴定时，铁宝忠瞧着这一件件老物件，心中是又喜又悲：喜的是这些东西件件是国宝，悲的是如今却落在洋人手里，将来去向难料。他听说山中商会已盯上了这批物件，在打听具体的数量和估价。

山中商会设在琉璃厂，会长是日本人山中，五十多岁，留着一撮仁丹胡，平时一副笑眯眯的样儿，专做古董和珠宝买卖，铁宝忠曾在他手中买过一个翠扳指。

铁宝忠心中萌生了一个大胆的想法，趁着知道此事的人不多，把这批国宝全部买下来，以免落入日本人之手。

这天晚上，铁宝忠在鸿宾楼宴请参与鉴定的四名掌柜，酒酣之际，他讲出了自个儿的想法。众人都十分惊讶，一个掌柜问："咱上哪儿去弄这么一大笔钱啊？"

另一个掌柜也说："这不是一笔小数目，就算我们几个把铺子全盘出去，合伙也买不起啊。依我看啊，还是量力而行，分批分次买下来靠谱。"

铁宝忠却摇了摇头："我也动过这个念头，但米切尔说了，洋行想早点回笼资金，一次趸卖。我有个想法，请各位每人再找一位有财力、靠谱的人，藏家和同行都成，我们九个人凑，能凑多少算多少，剩余的钱我来想辙。"

大伙儿都点头表示同意，并约定次日晚上碰头再议。

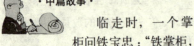

临走时，一个掌柜问铁宝忠："铁掌柜，就算我们凑够了，能凑个百十来万就已经顶破天了，剩下的大头，你打算找谁来挑啊？是不是已经物色到靠谱的人了？"

铁宝忠却摇了摇头。四名掌柜面面相觑，眼下，全北京城找不出几家有如此财力的票号和银行，更甭说个人了。铁掌柜真能找到人来挑大梁吗？

当晚，德源盛打烊后，一个小伙计悄没声儿地来到琉璃厂，敲开了山中商会的门……

2. 投石问路

山中听完小伙计的告密，很高兴，赏了他十块银圆，说："以后有什么消息，第一时间告诉我。银圆多多地赏你！"

等小伙计走后，山中立马叫来一个浪人，命他从明天起盯紧铁宝忠，看对方这几天究竟去见什么人。

次日早上，山中来到了汇丰银行，见到米切尔后，索要了一份抵押物的清单，并探听评估价是多少。米切尔却双手一摊："抱歉，这是银行的机密，无可奉告。"

山中听后，微微一笑，拿出一张银票，放在了米切尔的面前。米切尔瞄了一眼，是一千块，他飞快地收起来后，在便条上写了一串数字，让山中看了一眼后便烧了。

山中离开汇丰银行，仔细看了抵押物清单后，十分惊喜，这可全是难得一见的清宫珍宝。他立刻赶往日本驻华使馆，商议购买这批抵押物的资金问题。

铁宝忠吃过早点后，坐着洋车来到了总统府，对张厅长说："张厅长，我想找人联手买下这批抵押物。"

张厅长有些惊讶："抵押物的价格不低啊，你拿得下来吗？"

铁宝忠摇了摇头，全盘说出了自个儿的想法："我联合了八位有实力的掌柜和大藏家，想再找一家靠谱的华行或银号，一起合伙拿下这批国宝。这可是老祖宗传下来的无价之宝啊，无论如何也不能再落入洋人之手。"

张厅长十分欣赏地点了点头，说："铁掌柜，作为一个中国人，我支持你的想法！天津盐业银行的张总和我有点私交，我给你引荐一下，你去和他聊聊。"

铁宝忠拿着张厅长写的引荐信，来到了总部设在北京的盐业银行。听他说明来意，张总又看完抵押物清单，有些遗憾地说："铁掌柜，实在对不住您。我们银行现金有限，想合伙也是心有余而力不足啊。"

铁宝忠有些失望，张总却话锋一转："不过，我想起一个人，或许他对您这事有兴趣，不妨去试一下。"说完，他将一张便笺递给铁宝忠。铁宝忠谢过张总后，返回了德源盛。

跟踪铁宝忠的浪人回来报告说，今天铁宝忠先去了总统府，后去了盐业银行。山中听后一声冷笑，决定好好敲打敲打铁宝忠。

当天晚上，四位掌柜和铁宝忠碰了头，他们分别联络了一名熟识、

靠谱的人，加上铁宝忠，勉强能凑够三百万。铁宝忠心里有了数，第二天早上，他赶到前门火车站，坐火车来到了天津。

在老城厢大胡同的一幢二层楼，铁宝忠见到了张总推荐的洽源银号大股东安昌泰。安昌泰是杨柳青人，年轻时挑着货郎担做小本买卖，赚了点钱后在迪化开了"文丰泰"商号，十年后发了大财。后来，他把买卖交给兄弟经营，返津和人合伙开了津门最大的银号——洽源银号。安昌泰有一句座右铭，整个津门买卖人都知道：进口不进一两毒品，出口不出一件国宝。

铁宝忠直截了当地说明了来意。安昌泰看完抵押物清单，义愤填膺："姥姥，这日本人也欺人太甚了。庚子年，他们伙同洋毛子抢了圆明园多少宝贝啊，如今又想对这两批国宝下手，绝不能让他们得手！"

铁宝忠点头说是，试探着问："安东家，贵号能不能……"

安昌泰琢磨了一会儿，问："铁掌柜，我是个门外汉，如果咱们联手，这些国宝只卖给国人，能卖得出去吗？中间有多大的利啊？"

铁宝忠回答说："安东家，我这么跟您说吧。当时，我们定的

估价不高也不低，如果按估价拿下来的话，至少有两成的利润，是一笔不错的买卖。而且这些老物件件件是国宝，收藏价值不菲，有喜爱的可以留几件，其余的分批卖给国内的同行和藏家。您觉得呢？"

安昌泰点了点头："我明白您的意思了。这样吧，我和三位股东议一下，回头给您答复。"

铁宝忠答应了。回京后，他正在柜房算账，小伙计忽然送来一封信，上面写着"铁宝忠亲启"。他打开一看，只见信笺上写着：准备五十万银圆赎金赎人，报官就撕票！

铁宝忠十分纳闷儿，赎什么人啊？后晌时，大马庄的大哥突然来到铺子，告诉他：老爷子被人绑架了！

铁宝忠大吃一惊，想到了那封勒索信，问："什么时候的事啊？"

大哥喝了一口水，这才讲起了事发经过——

昨儿下晌，家中来了个自称是祁各庄的人，说他们村一户人家有块古玉，想请老爷子去掌掌眼。老爷子玩了一辈子的珠宝玉器，听后很感兴趣，就跟着这人去了祁各庄。到晚半晌时，却不见老爷子回来。

大哥不放心，到祁各庄去找，谁知村里压根儿没这个人，更甭提古玉了。回来后，村里一个小孩拿着封信，说是有人让他送来的。大哥打开一看，上面写着一句话：让铁宝忠准备五十万银圆赎人。

说完，大哥拿出了那封信。铁宝忠看后，发现两封信出自一人之手，看来，绑匪对铁家的情况了如指掌啊。

想到这里，铁宝忠劝说："哥，您先回家去，给家里人说，千万别慌，该干吗还干吗。绑匪也给我写了信，内容和给你们的一样，我已经做好了准备，等绑匪通知赎人的地点后再说。他们是奔钱财而来，不会把老爷子怎么样。"

大哥知道自个儿也帮不了什么，只好回大马庄了。

第二天后晌，绑匪果然送来了第二封信。是小伙计在铺子里一处不起眼的地方发现的，信笺上写着：明儿正午，哈德门外送赎金。

铁宝忠看完，拿洋火柴把信点着烧了。

到第四天铺子打烊时，忽然跑进来个半大小子，送来了一封信。铁宝忠拆开一看，又是绑匪写来的，主动把赎金降到了三十万。铁宝忠心里一下子有了底，没言语，又把信烧了。

到第六天晚半晌时，铺子里突然进来个中年汉子，张口就找铁宝忠。见面后，汉子也倍儿痛快："铁掌柜，我就是接走你老家儿的人。你给句痛快话，愿意出多少钱？"

铁宝忠呵呵一笑："你瞧瞧我这小本买卖，就一巴掌大的门脸儿，你们张口就要几十万，我想拿，但真的拿不出来啊。你们看着办吧，就我这情况，我给多少你们才愿意放人？"

汉子琢磨了一下："得。看你也是个爽快人，给五万吧。"

铁宝忠立马说成交。俩人约定，明天正午，花市火神庙赎人。

第二天上午，大伙计不放心铁宝忠一个人去送赎金，劝他带个帮手，相互有个照应，铁宝忠却说没事儿。正午时分，他怀揣银票，独自一人来到了花市火神庙，把赎金交给了汉子。汉子答应下晌就把老爷子送回大马庄。

不料，铁宝忠刚走到庙门口，后脑勺就挨了一记闷棍，当即就昏倒在地上。紧接着，从庙里奔出俩人，麻利儿把铁宝忠装进了一条麻袋里……

大伙计一直跟着铁宝忠到了火神庙，躲在庙外的一棵松树背后盯

着，以防万一。他看到眼前的一幕，惊得目瞪口呆，慌忙朝廊房二条跑去……

3. 打草惊蛇

铁宝忠醒来后，发现窗外黑咕隆咚的，自个儿躺在一间空荡荡的屋内，脚上套着铁镣环，被拴在一根立柱上，知道自个儿上了当。

冷静下来后，铁宝忠决定静观其变，看绑匪究竟想干吗。

直到第二天晌午，铁宝忠才听到门外传来一阵脚步声，紧接着是开锁声，然后门被推开，进来了那个中年汉子，他手里拿着个碗和水壶，碗里放俩窝窝头。

铁宝忠问："你们究竟想干吗？"

汉子却没言语，锁好门就走了。铁宝忠早就饿坏了，一把抓起窝窝头，倒了一碗水，开始吃喝起来。

一连三天，汉子每天按时按顿送来窝窝头，什么话也不说，问他也不言语。铁宝忠越琢磨越觉得不对劲儿，既然是绑票，想讹多少赎金，总得开口说话啊，为什么这样闷声不响？还有，他们放没放老爷子回家啊？

第五天时，汉子终于开了口：

"铁掌柜，我们不问你要一个大子儿，只要关够了日子，就放你回去。至于铁老爷子，我们早就全须全尾送回大马庄了。瞧瞧，这是他写的便条。"

铁宝忠接过便条，的确是老爷子的字迹，心里一半的石头终于落了地。他又说："让你们老大来见我。"他心急如焚，如果天津的安昌泰送来信儿，却找不到自个儿，合伙买抵押物的事怎么办，岂不是给了山中吞下这批国宝的好机会？

想到这里，铁宝忠心中猛然一惊。这两次绑票，绑匪显然不是冲着银圆而来，完全是冲着自个儿，他们这样做的目的究竟是什么？

汉子没搭理铁宝忠，锁好门就走了。

再说安昌泰，他转天就召集三位股东商议合伙买抵押物的事。最终，两名股东同意，两名股东不同意，没法再议了。

安昌泰见状，呵呵一笑："这样吧，我先到京城去看看，回来咱们再议。"他打算请两位珠宝和古董行的大拿，一起到京城查验一下，这样心里才有数。

第二天，安昌泰带着两名大拿来到京城后，住进了六国饭店。他一人坐着胶皮来到廊房二条，进这家铺子，出那家字号，打听铁宝忠的为人，到晌午才返回饭店。

下午，安昌泰和两位大拿来到汇丰银行后，拜会了米切尔先生。他告诉米切尔，听说汇丰银行有一批宫里的抵押物要卖，特意过来瞧瞧，如果没问题的话，想全部买下来。

米切尔一听，倍儿高兴，麻利儿带着三人来到后院仓库，两位大拿按清单目录过了一遍。

安昌泰和两个大拿小声嘀咕几句后，问米切尔："我要全部买下多少钱啊？"

米切尔却耸了耸肩："目前对这批抵押物感兴趣的不止你们，还有日本人、美国人和法国人。为公平起见，我们决定公开竞买，谁出的价最高就归谁。到时候，我会通知你参加竞买会。"

安昌泰点了点头，留下饭店电话后，离开了汇丰银行。

另一头，自打铁宝忠去了盐山银行，就没了信儿。这天，张厅长来到德源盛，想问问他谈得怎么样了。大伙计哭着说："张厅长，掌柜的被人绑架了！我们上派出所报官后，一直没信儿。这可怎么办啊？"

大伙计把铁掌柜被绑架的前后

经过讲了一遍。张厅长听后，说声知道了，转身直奔京师警察厅。见到总监后，他亮明自个儿的身份，把好友铁掌柜在花市火神庙被绑的事讲了一遍。

总监听后，立马说："张厅长，请您放心，我这就命侦缉大队全力追查，一有信儿麻利儿向您汇报。"侦缉大队长接到警察厅总监的命令后，哪敢怠慢啊，下令即刻全城缉拿绑匪，救出铁宝忠。

这信儿很快就传到了山中耳中。他踱来踱去，琢磨了一会儿，叫来那个浪人，如此这般地交代了一番……

当天深夜，铁宝忠正在房内睡觉时，突然听到"咣当"一声，门被人一脚踹开，冲进来四五个警察，救出了铁宝忠。警察厅总监麻利儿把这事报告给了张厅长，张厅长立马赶了过来，不料铁宝忠已经被人接走了。

张厅长很纳闷儿，是谁提供的线报，又是谁接走的铁宝忠啊？

夜色中，一辆小轿车七拐八弯，终于停在了东四牌楼一处僻静的四合院门前。铁宝忠下车进去后，院门就被外面的人关上了。他迟疑了一下，来到正房。屋内是日式风格，却空无一人。

这时，铁宝忠身后传来一个熟悉的声音："铁掌柜，受惊了！我派人发现你被绑的线索后，立刻告诉了侦缉大队。"

铁宝忠转身一看，居然是山中，他穿着一身和服，笑眯眯地出现在了屋内。

4. 暗度陈仓

铁宝忠心里全明白了，实施绑架的幕后之人，就是眼前的山中。山中绑架老爷子的目的，是想掐断自个儿手中的资金；一计不成后，他又绑架了自个儿，拖延时间，达到独吞全部抵押物的目的。真阴呐！

铁宝忠呵呵一笑："山中先生，这几天挺忙活的啊。"

山中听出了他的话意，笑了笑，说："那我就打开天窗说亮话了。铁掌柜，这次请你来，是想请你退出汇丰和花旗银行抵押物的竞买。事成之后，我愿付你二十万银圆的好处。"

铁宝忠十分纳闷，既然山中已知道自个儿也对抵押物感兴趣，接着关押就是了，为什么要给侦缉大队报信儿呢？

想到这里，铁宝忠微微一笑："山中先生，您也忒小瞧我铁某了吧。"

山中亮出了一个巴掌："五十万。铁掌柜，这已经不少了。"

铁宝忠琢磨了一会儿："我考虑一下，再给您答复。"

山中见铁宝忠终于动了心，十分高兴，说："没问题。为了表达我的诚意，请先收下这张五万的银票。"说完，他拿出一张银票，双手递了过来。

铁宝忠也没客气，接了过来，瞧了一眼，正是他在火神庙付给那汉子的赎金，不禁哑然一笑。

山中派人把铁宝忠送回了德源盛。大伙计高兴地说："掌柜的您可算是回来了，我们都快急死了，前几天，大马庄捎来口信，说老爷子已经回家了。还有，张厅长昨儿来找过您。"

第二天一大早，铁宝忠来到了总统府。张厅长追问："老弟，昨晚是谁接走你的啊？"

铁宝忠把山中绑了他又莫名其妙放了的事讲了一遍。张厅长笑了笑，把他给京师警察厅施压的事一说，铁宝忠双手一拱，说："张厅长大恩不言谢。"

张厅长点了点头："以后防着点这个日本人，阴着呢。对了，盐业银行那边怎么说？"

铁宝忠把张总推荐安昌泰的事讲了一遍。张厅长说："安昌泰这个人我听说过，人品靠谱，财力也十分雄厚。要是他的银号能出手，那就太好了！还有，你以后有什么事，尽管来找我。"

铁宝忠告别张厅长，刚回到铺子里，忽然来了个小伙子，自称是六国饭店的服务生，说有人请他去饭店一叙。

铁宝忠来到六国饭店，进了房间后，发现安昌泰坐在沙发上。铁宝忠十分惊讶，问："安东家，您什么时候来的京城啊？"

安昌泰呵呵一笑："大前天就到了。铁掌柜，我已经去过汇丰银行了，了解了一下抵押物的情况。我请了两位珠宝和古董行的大拿，都说东西不错，值得一试。"

铁宝忠十分高兴，问："那您是同意和我们合伙买下抵押物了？"

安昌泰点了点头，说出了他的想法："铁掌柜，如果银号股东不同意，我个人拿全部的家产和买卖做抵押，从洽源银号先借出六百万，咱们合伙买下全部的抵押物。如果不够，可以随时追加，绝不能让国宝落到日本人手里！"

铁宝忠听后，把山中逼他退出竞买的事讲了出来，并说出了自个儿的想法，先稳住山中，唱一出暗度陈仓的好戏。

安昌泰点头说："那我就甭露面了。明早我先回天津，和股东议一下，到时候把银号襄理带过来，让他以银号的名义出面参加竞买。"

铁宝忠十分高兴，说："好，那我去通知其他掌柜！"

通知完大伙儿后，铁宝忠径直来到了山中商会，对山中说："我答应您，退出竞买。"

山中大喜："太好了。铁掌柜，事成之后，我会把那四十五万银圆如数送上。"

铁宝忠趁机说："山中先生，我听说还有俩洋人也参与竞买。您知道吗？"

山中点了点头："是美国人福开森和法国人魏武达吧？不用担心，他俩没什么背景，财力也有限，一时半会儿拿不出上千万的银圆。"

铁宝忠听后，说："看来，您不但对所有参与竞买的人了若指掌，而且是志在必得啊。"

山中得意地笑了："孙子云：知己知彼，百战不殆。我们日本人从来不打无准备的仗！"

当天晚上，德源盛的小伙计再次悄没声儿地来到了山中商会。山中问："你确定，铁宝忠不参与竞买了？"

小伙计琢磨了一下："我听师哥说，掌柜的找了八个掌柜的合伙，才勉强凑了三百万，差远了，就不想掺和了。不过……听说又冒出个主儿，是天津一家字号叫洽源的银号，已经找过米切尔了。"

山中惊呆了。第二天早上，他立刻拨通了米切尔的电话。米切尔告诉山中："他们是来过一次，留了个电话，其他的我也不太清楚。"

山中慌了神，他费尽心机，好不容易劝退了竞争对手铁宝忠，怎么又突然冒出个洽源银号呢？山中意识到，这家银号肯定是铁宝忠从天津搬来的，接下来该怎么应对？

5. 釜底抽薪

这天傍晚，米切尔下班后，正往公寓走去。突然，一辆小轿车停在了路边，下来俩男子拦住了他的路。紧接着，山中从车上走下来，笑眯眯地说："米切尔先生，我想和你谈一谈。方便吗？"

见俩男子虎视眈眈地盯着自个儿，米切尔只好答应上了车。小轿车驶离使馆区后，来到了东四牌楼附近的一座四合院门前，米切尔被山中请进了院内的正房。

俩人盘坐在榻榻米上后，山中拍了一下巴掌，立刻从外面进来俩穿着和服、打扮得花枝招展的艺伎，端来酒菜摆在了卓袱台上，然后分别陪在两人身边，开始斟酒。

米切尔一脸警惕，说："山中先生，有话请直说。"

山中呵呵一笑："米切尔先生，希望您在这次竞买会上，助我一臂之力。为表诚意，这点小小的心意请米切尔先生笑纳。事成后，我还会为您准备另外一份厚礼。"说完，

他掏出一张银票，放在了桌上。

米切尔瞥了一眼，是一万银圆，心中一动，却没言语。

山中冲陪侍米切尔的艺伎使了个眼色。艺伎赶紧给米切尔的酒盅里斟满了酒，双手递给了他。

米切尔喝完酒，问："你想让我怎么帮你？"

山中笑了笑，回答说："据我所知，参与竞买的那个洽源银号，是铁宝忠从天津找来的，很明显，他已经把抵押物的估价透露给了洽源银号，这对我们山中商会竞买很不公平啊，我建议你取消洽源银号的竞买资格。"

米切尔若有所思地点了点头："我明白了。"

几轮酒后，山中忽然醉醺醺地站起来，说："米切尔先生，我不胜酒力，先行告退，你慢慢享用。"说完，他踉踉跄跄地走了出去。

陪侍山中的艺伎立刻来到米切尔右边，左右俩艺伎一个倒酒，一个夹菜，开始搔首弄姿起来。米切尔终于把持不住了，伸出双臂，把俩美人儿同时揽入了怀中……

门外的山中通过门缝看到这一切后，满意地笑了。一连几天，米切尔下班后，就直奔东四牌楼，在四合院里和俩艺伎寻欢作乐。

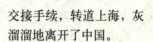

这天晚上，张厅长来到德源盛，对铁宝忠说："老弟，果然不出你预料，米切尔被山中拉拢了过去，见天儿往东四牌楼那边跑。"

铁宝忠叹口气说："没想到我那小伙计……事后我再处置他。张厅长，接下来就看您的了……"

召开竞买会的前一天，汇丰和花旗银行总经理的办公桌上，同时出现了一封信：贵行代表米切尔先生近期和参与竞买抵押物的山中商会会长山中交往甚密，有涉嫌勾连和出卖银行利益之嫌疑。希望贵行详加查实。

两家银行的总经理看后大吃一惊，经核查全部属实，决定免去米切尔的代表之职。汇丰银行还解聘了他，责令其即刻回国。

米切尔彻底傻眼了，只好办了交接手续，转道上海，灰溜溜地离开了中国。

张厅长乐呵呵地来到德源盛，把这个好消息告诉了铁宝忠："想不到，你这一招彻底抄了山中的后路啊。"

铁宝忠却说："张厅长，山中不会就此善罢甘休，明天就要举行抵押物公开竞买会了，咱们还得多留个心眼儿啊。"

张厅长点了点头："明天我让总统府外卫处的人盯着。"

山中万万没想到，花费在米切尔身上的心思一夜间全部化为乌有。眼瞅着明天就要正式竞买了，他琢磨来琢磨去，决定孤注一掷。

第二天早上，洽源银号的襄理走出六国饭店，坐上洋车直奔汇丰银行。走了没多远，突然迎面驶来一辆黑色的小轿车，拦住了洋车。从轿车上冲下来俩男子，左右架起坐在洋车上的襄理，塞进车内扬长而去。谁也没料到的是，两辆道奇小轿车悄悄地紧随其后……

设在汇丰银行的竞买会现场坐满了人。首席顾问铁宝忠和两

家洋行总经理，还有总统府总务厅张厅长、日本驻华使馆代表端坐一侧。山中坐在竞买现场，一副得意的样子。

竞买开始了。铁宝忠介绍完两批抵押物的基本情况，竞买师大声宣布："全部抵押物的竞买底价为八百八十五万元，每次加价五万元。竞买开始！"

话音落下，现场却无人参加竞买，山中环顾四下，十分自信地举了一下手。竞买师又大声说道："八百九十万！第一次。"

竞买师刚要说"第二次"，使馆区巡捕局的两名巡捕突然来到现场，径直走到山中跟前。其中一名华人巡捕说："山中商会的山中先生，巡捕局刚刚破获了一起绑架案，被捕的三人招供，你是这起案件的幕后主谋，请跟我们走一趟吧。"

山中急眼了："胡说八道。我没有！"

华人巡捕说："就算你没参与，也请到巡捕局解释清楚吧。"

山中连忙说："我正在参加竞买会，完事后我会去解释的。"

另一名洋巡捕忽然举起手中的毛瑟枪对准山中："现在就走！"

山中没了辙，日本驻华使馆代表立刻站起身来，冲着巡捕大声叫嚷："你们这是对我们大日本帝国公民的严重诬陷和挑衅，我表示强烈抗议！"他骂骂咧咧地跟着离开了竞买现场。

竞买师示意大家安静下来，开口说："竞买继续。八百九十万，第二次。"现场在座的人却无人应答。就在竞买师准备喊第三次、想要落槌时，人群中忽然站起来一位白胡子老人，果断地举起了右手。

竞买师见了，于是立刻喊道："八百九十五万！第一次。"他连喊三次后，再无人举手，竞买师手起槌落："成交。八百九十五万。恭喜这位先生！"

两家洋行的总经理松了一口气。铁宝忠和张厅长起身带头鼓掌，琉璃厂和廊房二条的掌柜和藏家个个兴高采烈，使劲鼓起掌来……

当天下晌，在日本驻华使馆的干涉下，巡捕局最终释放了山中。他听说抵押物被一位神秘的老人买走后，心有不甘，四处打听此人是谁，想加一成纯利从他手中买下来。

安昌泰闻听，特意打发伙计给山中送了封信，上面写着：山中先生，这是老夫的座右铭——进口不进一两毒品，出口不出一件国宝！

（发稿编辑：赵媛佳）

（题图、插图：杨宏富）

在密室逃脱游戏中，NPC是一种由工作人员扮演的角色，用来恐吓或辅助玩家，令其获得更为真实的游戏体验。

阿P的NPC生活

□灵 墨

最近，阿P见密室逃脱很火爆，便打起了主意，想开一个密室逃脱店，趁这机会赚一笔。可老婆小兰却泼起了冷水，说："你总是想一出是一出，可别又中途放弃啊。"阿P不服气了，拍着胸脯说："谁中途放弃了？我阿P可从来都是坚持不懈的！"小兰撇撇嘴，没说话。

说干就干，第二天，阿P便马不停蹄地干了起来，物色地址、装修门店，阿P都是亲力亲为，忙得他天天回家倒头就睡。没过多久，阿P的密室逃脱店正式开门营业。阿P不愧是个做生意的料，一边借

着开业酬宾的名义发放了许多优惠券，一边在网上大肆炒作，还真的吸引了很多年轻人慕名前来。见店里生意火爆，阿P看在眼里，喜在心上，每天笑得合不拢嘴。

阿P是个闲不住的人，尽管生意红火，可他还是想做点什么。嘿，这不，阿P决定了，亲自当NPC！这个NPC呀，说白了就是去吓人的，给玩家带去更为刺激的体验，现在的年轻人还真吃这一套。

还别说，当NPC也给阿P带来了很多乐趣，他每天都会遇到各种各样的玩家，让他体会到了那种吓唬别人的快感。阿P得意地想：

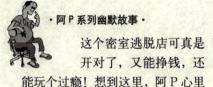

这个密室逃脱店可真是开对了，又能挣钱，还能玩个过瘾！想到这里，阿P心里更美了。

这天，阿P又和往常一样换上了NPC的衣服，在密室一个隐秘的地方藏好了，准备"应对"今天的玩家。这时一对小情侣进店来体验了。阿P听着对讲机里店员的报告，心里盘算着今天怎么吓这对小情侣。

小情侣进入密室后，正破解着机关，殊不知他们的身后，"危险"正悄然逼近。突然，灯灭了，由于小情侣两人破解机关时站在不同的位置，所以女生见灯灭了，不禁大叫起来；等灯重新亮起时，"满脸血痕"的阿P已站在女生的面前！"啊——"女生的惊叫声在密室中回响，阿P正想着这次计划很成功，可下一秒，就感觉到自己的脸上火辣辣地痛。原来，女生因为太害怕，下意识地一拳打了过来，这一拳正打中了阿P的眼眶。

阿P疼得当即大叫一声"哎哟喂"，就捂着眼睛蹲在了地上。很快，几个店员赶了过来，围在阿P身边问道："阿P老板，没事吧？"阿P此时已经摘下面具，捂着眼睛站了起来。大伙儿一看，阿P的

眼睛已经发青了，活像一只大熊猫，有的店员忍不住偷偷笑了起来。而那个女生此时已经缓过劲来了，对着阿P一个劲儿地道歉，连说"对不起"。

一个店员说道："按规定，你们得承担相应责任，进行赔偿。"那男生赶紧说道："好好好，我们赔，实在抱歉，那咱们协商一下赔偿全额？"不料，阿P发话了："唉算了，我也没什么大事，这次就算了。"小情侣听了，都很感动，一个劲地表示感谢。这件事就算了结了。

晚上阿P回到家，小兰看见他的熊猫眼，不禁大笑起来，打趣道："哟，这是谁家的国宝呀？哈哈哈……"

阿P没好气地说："别提了哎哟，现在还疼！"之后阿P便把白天的事和小兰说了，小兰听了笑得肚子都疼了："哈哈哈，还想吓唬别人，现在完了吧？"阿P苦着脸说："谁知道会出这种事呢，可真疼！"小兰心疼地说："柜里有药，快去抹抹。"幸好这药挺灵验，不出两天，阿P眼眶上的淤青便消退了大半。

让阿P万万没想到的是，那对小情侣中的女生竟是个大V博

主，她大概是被阿P感动了，连夜写了一篇文章来夸赞阿P的店。这样一来，阿P的店更火了。阿P得知后，不禁感叹道："果然做人还是要宽容，好人有好报啊。"

随着阿P的生意越来越好，来的顾客越来越多，自然也来了一些'捣乱分子'，这不，阿P很快就遇到了。其实这所谓的"捣乱分子"，就是一些胆子大的顾客，他们来这里并不是为了寻找恐怖的刺激，而是为了反过来吓唬NPC，以此来寻求快乐。

这天，阿P像往常一样换好服装，躲到了指定的地方，准备给玩家来一个"大惊喜"。听着对讲机里的通报，阿P慢慢从躲藏的地方走出来，还像往常一样，走到玩家背后，轻轻拍了一下玩家的后背，准备给对方来个"惊喜"，不料玩家慢慢转过了身。

接下来的情况可不像阿P预料的那样，对方非但没有被吓到，反而露出了一个诡异的笑容，还说了一句莫名其妙的话："等你好久了！"阿P正觉得奇怪，突然感觉后面有人拍了拍他。阿P转过身去，只见一个满头白发、满脸是血的人站在他身后，用嘶哑的声音说道："你好呀！"

· 多重性格 憨态可掬 ·

"啊——鬼呀——"阿P大叫一声，竟然晕了过去。

阿P醒来的时候，发现小兰和一些店员都围在他周围。小兰见阿P醒了，关心地问道："你终于醒了，有什么不舒服的地方吗？"

阿P坐起来，摇了摇头说："没事没事。"这时有两个男生走了过来，挠挠头说："老板，实在对不起，我们不是故意的。"

阿P正感到疑惑，一个店员说道："老板，就是这两个人把你吓晕的。"阿P恍然大悟，正想生气，可转念一想，竟笑起了自己的胆小，说道："你们啊，得亏我心脏好！"听着这话，在场的人不禁都笑了起来。

同样，这两个人也没有被阿P追究，还因为这个，阿P有了新灵感，他专门开设了一个新项目：增加了玩家的NPC体验。他将玩家分成两组：一组当解谜玩家，另一组当NPC。嘿！还真别说，好多玩家都对此很感兴趣，越来越多的人来体验，阿P甚至开起了分店。当然，阿P当NPC也更上瘾啦，每天都得意地吹着口哨。

（发稿编辑：朱　虹）

（题图：顾子易）

□ 张明理

轮回买卖

十里庄是一个偏僻的水乡小镇。镇子北边有座大宅，主人名叫黄有仁，是个大地主。此人平日里作恶多端，最大的爱好就是搜刮钱财、欺压百姓、强抢妇女，令当地人苦不堪言。但由于黄有仁经常派人到官府衙门疏通打点，所以官府对他的恶行总是睁一只眼、闭一只眼。

这天，黄有仁正在街上调戏民女，不承想被一位路过的游侠打了脑袋，稀里糊涂地晕死过去。

等到悠悠醒转，黄有仁发现自己正行走于一条下行的坡道上，手脚都被铁链铐上。前方不远处，有两个面目狰狞的小鬼正牵着铁链、手举火把领路。

难道自己已经死了？正当黄有仁疑惑间，道路尽头出现了一座巨大的宫殿，宫殿正门有一块牌匾，上书"幽冥殿"三个大字。

"乖乖！这回真到阴曹地府了。"黄有仁暗道不妙，心中后悔不已，"我生前做了这么多坏事，阎王爷肯定不会放过我。"

想到此处，黄有仁立马瘫软下来。两个小鬼拉着铁链将黄有仁拖入殿内，大殿正中果然坐着面如黑炭的阎王爷，阎王爷左右又分别立着两位凶神恶煞的判官。

"黄有仁，你可知罪？"阎王爷拿起惊堂木重重一拍，大声喝问。

黄有仁被吓得六神无主，不知该怎么回答。这时，其中一位判官拿出一本厚厚的账簿，翻了几页，读起账簿上的内容："嘉靖六年，黄有仁霸占农户孙喜旺家的农田，逼死孙喜旺夫妇，强占孙喜旺女儿，是否确有此事？"

黄有仁自知瞒不过阎王爷和判官，只得支支吾吾说"是"。

接下来，判官每念一条罪行，就会问黄有仁"是否确有此事"，足足念了三百六十五条方才结束。念完时，黄有仁全身上下已经被汗水浸湿。

阎王爷听完审问，沉吟半晌，说道："本王罚你沉沦苦海，直到洗清身上的罪孽，才能轮回转世。"

黄有仁顿时吓得面无血色，跪在地上连连求饶，但是阎王爷不为所动，丢出令箭，差两个小鬼押黄有仁去苦海受刑。

一路上，黄有仁跟随两个小鬼走过两个地狱，在其中受刑的鬼魂无一不发出凄厉的惨叫声，这些惨叫就像一根根钢针扎进黄有仁的耳朵里，让他心惊肉跳。

一直走在前头的小鬼忽然回头问道："喂，黄有仁，听说你在人间的时候，攒了很多钱，是不是？"

黄有仁此刻哪还有昔日那股嚣张气焰，唯唯诺诺地回了声"是"，不明白小鬼意欲何为。

小鬼神秘兮兮地问道："你想不想早入轮回，免受地狱之苦？"

黄有仁本来已经万念俱灰，听小鬼这么一问，心中又重新燃起希望之火："想！当然想！您有办法？"

"办法倒是有，不过嘛……"小鬼嘿嘿一笑。

黄有仁瞬间明白了他的意思。得嘞！要钱，可现在自己去哪里给它们搞钱去？

小鬼似乎明白黄有仁的困扰："黄老爷，你在人间攒下的家业财富，在阴间同样畅通无阻，不信你摸摸口袋，是不是有很多宝钞？"

黄有仁伸手朝口袋摸去，果然从中拿出一大沓宝钞。

小鬼解释道："这些宝钞并非无源之水，每用一张，你在人间的家业就会少一分；若是在阴间全用完了，那你在人间的家人恐怕就要受苦喽！"

黄有仁本就是个冷漠无情的人，此刻哪还管得了家人的死活，他赶紧往两个小鬼手中各塞了一张大额宝钞，问道："请告诉我要如何免受惩罚。"

"黄老爷还挺上道。"一个小鬼笑道，"告诉你好了，我们地府有门生意，叫作'轮回买卖'。只要你出钱打通这一路上大大小小的鬼差看守，我们就能把你平平安安送到奈何桥，稳稳当当投胎。您看怎么样？"

黄有仁一听，欣喜不已，可转念又担忧起来："好是好，可要是阎王爷那边查起来，发现我不在苦海，该怎么办？"

小鬼笑道："黄老爷不必担心，整个地府上下都已经打点好了，只有阎王老爷和判官大人被蒙在鼓里。等你转世投胎后，我们会从忘川里抓一个替罪羊代你去苦海受苦，如此一来，不就什么事都没有了嘛。"

黄有仁听完小鬼讲述，心中暗暗吃惊：想不到人间黑，阴间更黑。他拱手答应道："只要两位能助我顺利轮回，我一定竭尽所能孝敬两位。"

他们达成约定后继续上路，又经过五个地狱，终于来到了一个岔路口。岔路口前有八名鬼差看守，小鬼询问道："两条岔路，一条通往阿鼻地狱，一条通往奈何桥，黄老爷你想走哪条路？"

黄有仁明白小鬼的意思，塞了一沓宝钞到小鬼手中，回道："自然是奈何桥。"小鬼不动声色地将

宝钞一一塞进那八名鬼差手中，过了片刻，那八名鬼差便给他们放行了。

黄有仁和两个小鬼依照此法不断通关，终于来到奈何桥前。

奈何桥横跨两岸，桥下是不断翻滚的忘川。两个小鬼将黄有仁引至桥边，黄有仁仔细一看，才发现忘川之中翻滚的不是河水，而是一个又一个鬼魂。众鬼魂将手伸得很高，有些甚至能抓住桥沿，但即便如此，他们也很难爬上奈何桥，因为不断翻涌的鬼魂会再次把他们挤回忘川。

黄有仁好奇地问身旁两个小鬼："这忘川里为什么会有这么多鬼魂？"

小鬼解释道："忘川里的鬼魂都是些穷鬼。地府里等待投胎的鬼魂实在太多，我们只能安排他们排队。有钱的鬼就先投，没钱的就往后挪。等待的鬼魂越来越多，就成了忘川。"

两个小鬼帮黄有仁解开铁链，说道："好了，过了奈何桥，你就能投胎了。你身上剩下的宝钞反正也带不走，不如留给咱哥俩。"

黄有仁满口答应，将怀中宝钞交予两个小鬼，却在袖子里给自己留了几张。他生前信不过人，死后

自然也信不过鬼。他心想：万一再碰见其他鬼差找自己索要好处，多多少少也能应付一番。

两个小鬼接过宝钞后，满心欢喜地离开了。

黄有仁俯视着桥下苦苦挣扎的鬼魂，心中得意自不用说。他自负生前聪明，死后伶俐，相比忘川里的鬼魂，生前老老实实生活，死后轮回转世还要跟别人排队抢名额，自己实在是幸运百倍都不止了。他从衣袖里拿出那几张宝钞，在奈何桥上得意地抖擞着，甚至没注意自己的脚踏出了奈何桥的桥面。他要让那些穷人看看，他们只能被他黄有仁踩在脚下，永世不得翻身。

就在这时，一只手抓住了黄有仁的脚踝。黄有仁大惊，急忙朝脚

踝处看去。抓住黄有仁脚踝的不是别人，正是那个被他逼死的农户孙喜旺。

黄有仁想掰开孙喜旺的手，却发现无论怎么用力，孙喜旺都紧紧抓住他不放开。

越来越多的手攀上黄有仁的身子，那些手的主人都是昔日被他迫害的百姓。他们使劲把黄有仁拉进忘川，直至他坠入苦海。黄有仁手上的宝钞最后落入众鬼魂的手中，成为他们日后轮回的买路钱。

那两个收了宝钞的小鬼渐行渐远，口中不断嘲笑黄有仁自作聪明："嘿嘿！咱哥俩这回可赚大发了，既完成了任务，又收到不少好处。"

"那黄有仁怎么也不会想到忘川与苦海相连，还傻乎乎地感激我们呢。"

"他也不想想阎王老爷明察秋毫，判官大人铁面无私，我们怎么敢在他们眼皮底下放过任何一个恶鬼？"

自此以后，为害十里庄的黄家随着黄有仁的离世逐渐衰落，最终湮灭于历史长河中。

（发稿编辑：赵媛佳）

（题图、插图：陆小弟）

奇招

□ 赵功强

大龙和小龙是一对双胞胎，刚刚小学毕业。眼下正是暑假，这天中午，大龙向小龙提议去村头池塘里游泳，小龙同意了。

趁家人不注意，两人蹑手蹑脚出了门，又绕田间小道来到了池塘边。两人快速下水，玩得不亦乐乎。正得意忘形间，娘突然出现在岸边。回家后，娘把两人狠狠地训了一通，为了惩戒，罚两人不准吃晚饭。当晚，娘特意做了一顿丰盛的晚饭，爹、娘还有爷爷吃得津津有味，哥俩馋得口水直流，发誓以后再也不下水游泳。娘暗自得意。

可没过几天，哥俩按捺不住戏水之心，趁娘上街时，又偷偷来到池塘。没等水湿透全身，爹出现在岸边，手里还拿着棍子。爹说："上次你们娘用了她认为最狠的招——不给你们吃饭，看来没用，今天老子给你们来点儿更厉害的。"说完，

他便把手里的棍子朝哥俩身上招呼过去！爹在建筑工地做事，力气大得很，大龙小龙疼得直叫唤。还别说，挨了一顿胖揍，哥俩老实了很久。

又过了些日子，这天，爹娘一起去走亲戚。大龙对小龙说，机不可失，时不再来。家里只有爷爷，被他逮住没啥好怕的，小龙也觉得有理。两人轻车熟路地下了水，正庆幸呢，突然看见爷爷站在岸上。哥俩一对眼，说："爷爷七老八十，没啥狠招，莫怕。"正说着，只见爷爷从身上卸下一个农药喷雾器，来到塘边，蹲下身子，作势要往池塘里喷农药。

大龙见状，赶紧拉着小龙从水里爬上岸，边穿衣边说："爷爷种了一辈子庄稼，他的招数也只有他想得出！这一招比爹娘的都厉害，看来，今后我们不能再来了！"

（发稿编辑：朱　虹）

小李的老婆特别爱买东西，经常乱花钱，这让小李十分恼火。

这天，老婆又乱买东西了，小李实在忍无可忍，和老婆大吵了一架。吵完架，小李气愤地坐在沙发上，这时，门铃响了，小李开门一看，竟是初恋情人琪琪。琪琪惊讶地说："哟，这么巧，好久不见啊！要不要买份保险，100元能保50万呢，多划算啊！"

原来琪琪是来推销保险的。小李怕被老婆误会，赶紧对琪琪说："不用不用，我没钱买，你快走吧。"

可琪琪依旧没有离开的意思，她拿出手机，说："没关系，我这里也可以办理贷款，借多少钱都行！"

小李被逼急了，忍不住骂了琪琪几句。没想到，琪琪竟"哇哇"大哭了起来，小李一时手忙脚乱，不知道该怎么办。

这时，老婆听到了哭声，边走过来边问："怎么搞的，为什么会有女人在哭？"

小李慌了，老婆这人生性多疑，还特别爱吃醋，万一被她发现就糟了！

只见老婆走过来后，直勾勾地盯着琪琪的脸，小李看得胆战心惊。突然，老婆的脸由阴转晴，笑眯眯地问："姑娘，你这睫毛膏和粉底的防水功能可真好呀！"

琪琪立刻不哭了，顿时来了精神，说："姐，您的眼光真好！"说着，她从包里拿出一个盒子："我用的是我们公司最新款的防水化妆品，现在活动价，只要1999元呢！"

看着老婆高兴地买下了化妆品，小李吃惊地瞪大了眼睛，暗自叹道：唉，以后惹谁也不能惹女推销员啊！

（发稿编辑：朱 虹）

万能推销员

□ 玉 米

王"董事长"

□ 汪小弟

王老爹七十多岁，老伴去世得早，他又不幸患上了阿尔茨海默病，经常在外迷路回不了家。为防止老爹走失，儿子小王做了一张联系卡，上面有老爹的病情说明、家庭地址和联系电话，让老爹出门时挂在脖子上。

这天下班，小王见老爹不在家，就打老爹的手机，可手机就在家里。于是，小王只得出门去找，找到半夜，才从派出所把老爹领回家。小王问老爹为啥不挂卡片，老爹支吾着说：

"那塑料卡片不值啥钱，挂它干啥？"小王又生气又无奈。

就在小王一筹莫展时，儿子小宝说："听爷爷说，他年轻时当过官？"小王说："当过小领导。"小宝说："我发现爷爷每次提起都很自豪。"小王说："你爷爷年轻时爱管事，现在退休多年了，还是改不掉。"

小宝转了转眼珠，说："爷爷爱管事，那咱就让他管呗。明天放学我给爷爷做张新卡片，爷爷保证愿意出门时挂在脖子上。"

第二天，小宝带回一张新卡片对王老爹说："爷爷，我给你做了一张新卡片。"王老爹接过卡片看了半天，马上咧着嘴把卡片挂在脖子上说："还是大孙子做的卡片，讨我喜欢。"

小王纳闷极了，同样是塑料卡片，老爹怎么就愿意挂了呢？他凑近老爹的胸前一看，卡片上写着大大的"董事长"三个字，下面还有一行小字，公司主营业务阿尔茨海默病、糖尿病、冠心病、高血压。后面还留了家庭地址和联系电话。翻过卡片，只见背面写着：如果您在路上遇到这位迷路的"董事长"，请及时联系我们。谢谢！

（发稿编辑：朱 虹）

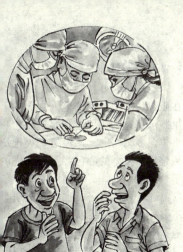

媳妇的同学聚会

□ 胲年儿

大庆和阿良是好哥们，正巧他们的媳妇也是高中同学。这天，阿良来找大庆，说要阻止他们的媳妇参加同学会。

大庆哈哈大笑："你至于紧张成这样吗？"

阿良一脸严肃："你就不怕你媳妇珍珍跟她那个初恋男友死灰复燃？"

大庆一脸自信："不瞒你说，我一点儿也不担心，因为珍珍对初恋绝对死心了！"他神神秘秘地说："我有次听到珍珍和人通电话，提到当年她那个初恋向她动过刀子，她恢复了好久呢！"

阿良一脸震惊："这也太暴力了，快说说怎么回事！"

大庆摇摇头："我没太听清，因为是偷听来的，也不好问她。"

阿良"哦"了一声："怪不得你一点儿不紧张，珍珍肯定恨死那个初恋了。"大庆歪嘴一笑。

可就在珍珍参加完同学聚会没多久，她便毫无征兆地向大庆提出了离婚。不知所措的大庆约阿良去酒吧买醉，想让阿良帮忙想办法挽回珍珍。

阿良干了一口酒："在我的坚持下，那天我媳妇没去参加同学会，但她听说，在那之后不久，珍珍就和初恋复合了！"

大庆一脸不相信："怎么会呢，当年都动刀子了，以珍珍的个性……"

阿良拍了拍大庆："我媳妇说，动刀子不是你想的那样，是珍珍的初恋后来当了医生，主刀给她做了个阑尾炎手术，还免费给她的刀口来了一个漂亮的美容缝合！"

（发稿编辑：赵娈佳）

·幽默世界·

雪中送炭

□ 鹰翔狼啸

寒假期间，阿龙去舅舅家小住。舅舅的家在北方山区，冬天虽冷，但屋里有烧着炭火的热炕头，还是有种温暖如春的感觉。

这天，家里的炭火见底了，舅舅赶紧给供应煤炭的老郑头打了电话。窗外正下着鹅毛大雪，阿龙担心对方不会接这单生意，舅舅却很笃定："尽管把心放到肚子里，老郑头肯定来。"

没多久，老郑头果然来了，他拉了一大车的炭，打算都给舅舅留下。舅舅直摆手："我最多只能留一半的炭。这么冷的天，别人家也需

要炭，不愁没人买。"

老郑头只好按数卸车。阿龙看在眼里，一把年纪的老人在大雪天里跑那么远的山路，把炭送到住户手里，多么暖心！还没等炭火把炕头烧热，阿龙的心已经是暖洋洋的了。

过了一段日子，那些炭火所剩不多，舅舅给老郑头打去电话，让他下午送些炭来。可是还没到晌午，舅舅又急急忙忙给老郑头打电话，让他今天不要过来了。

阿龙有点看不懂了，问道："本来说好的事儿，为啥变卦了？家里的炭确实不多了。"

舅舅盯着窗外，叹道："这次跟上次不一样，咱们的炭还能再用几天。下雪了，还是等到天晴再说吧。"

阿龙到外面一看，确实有些雪花飘落，但跟上次的大雪相比微不足道。他感到有些好笑："这点雪有啥可怕的？上次的雪足有半尺厚，老郑头不照样来了？这次的雪连地皮都没打湿。"

舅舅苦笑道："你懂个啥？老郑头精于算计，他说下雪天送炭太辛苦，每公斤炭都要多收人工费。哪怕地上只落个雪花，他也要按下雪天计价收费！"

（发稿编辑：赵媛佳）

92

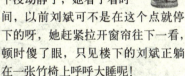

刘斌喜欢上了同事小兰，打算展开攻势。他发现小兰住的小区紧邻一个公园，而小兰房间的窗户刚好对着公园凉亭，不由得想出一个计策。

刘斌是个音乐爱好者，会弹吉他，于是下班后，他便带着吉他来到凉亭里，演奏起由小提琴曲改编的《梁祝》来。果然，小兰推开窗张望了一下，看到是他，立刻害羞地关上窗户，拉起了窗帘，而刘斌则更加卖力地弹奏起来，引来众人围观。

一连几天，刘斌每晚都会准时出现在凉亭里，弹奏这首曲子。这天，正当他弹得起劲时，走过来一位老大爷。老大爷竖起大拇指对刘斌说："小伙子，好样的！现在这么专情的男人不多了……"

刘斌感动不已，只见老大爷又笑眯眯对他说："看你弹了这么久，来，先喝口水解解渴……"说着，他从身后拿了瓶水递给了刘斌。刘斌双手接过老大爷那瓶水，喝了几大口。

其实，小兰也喜欢刘斌，她想好了，如果明天刘斌向她表白，自己一定答应他。可就在

这时，小兰惊奇地发现楼下没动静了，她看了看时间，以前刘斌可不是在这个点就停下的呀，她赶紧拉开窗帘往下一看，顿时傻了眼，只见楼下的刘斌正躺在一张竹椅上呼呼大睡呢！

他身旁的老大爷一边摇着蒲扇，一边喋喋不休地自言自语："你这个臭小子，我前老伴都走了几十年了，好不容易把她忘了，你这些日子天天弹《梁祝》，搞得我又想起了她。偏偏我现在的老伴发觉了，这两天闹腾不休，搅得我是鸡犬不宁，睡不好觉！没想到这安眠药我吃了没用，在你身上还真管用……"

（发稿编辑：王　琦）

求爱计划　□赵景亮

讨喜钱

□ 马凤文

李旭要结婚了，迎亲的前一天，他吩咐伴郎到时把养的猫带上。伴郎惊讶地问："为什么要带只猫去接亲？"

李旭说："新娘和我说，她那里有左邻右舍讨喜钱的风俗，而她的邻居是几个彪悍的大妈，到时肯定不好对付。"伴郎还是不解："这和猫有什么关系？"李旭笑而不答，只是让他照做就好。

第二天，李旭的迎新车队驶进了新娘的小区，还没到新娘楼下，李旭的车就被几个大妈团团围住，动弹不得。看着大妈们吵吵嚷嚷地要讨喜钱，李旭早有准备，拿出一打红包递过去。

一个胖大妈接过红包，打开一看，里面只有十块钱，一撇嘴："这也太没诚意了吧？"说完，她把红包揣进兜，但还是不让步。

这时，李旭掏出一张超市消费卡，说："我实在是没现金了，这张卡里有一千块钱，你们分了吧。"胖大妈喜上眉梢，她接过卡时，李旭赶紧把伴郎怀里的猫抱过来，趁机把猫从车窗放了出去。猫一溜烟跑了，胖大妈手里的卡也不翼而飞——原来，那张卡是用钓鱼线绑在猫身上的！

胖大妈见状赶紧去追，其他大妈听说卡里有一千块钱，都想分一些，众人蜂拥而上，一支"追猫大军"绝尘而去。李旭赶紧让司机快开车。

伴郎问李旭："卡里真有一千块钱啊？"

李旭说："那是一张废卡，只是等下还要劳烦你去找猫。"

伴郎笑着说："放心吧，我家的猫认路，准能找到家！"

（发稿编辑：王　琦）

阿华是一家小公司的职员，收入微薄，他做梦都想着中大奖，来个咸鱼翻身。

最近，阿华迷上了网络抽奖，每天都要在手机上转发几十条抽奖信息。还别说，在坚持不懈地转发后，他居然真的中了几次奖。自从尝到甜头，阿华转发的劲头更足了。

这天，朋友小周来阿华家串门，阿华兴奋地对小周说："听说了吗？最近各大企业都在网上搞抽奖活动，转发的人可多了。咱们也试一试，反正转发也不用花钱，万一中奖了呢？"

小周被说得动了心，他俩从网上买了十个账号，然后抱着广撒网的念头疯狂转发。等到开奖时间一到，小周居然中了一个网络公司的大奖，奖品是两万元现金。小周高兴得合不拢嘴，他知道这里面有阿华的功劳，便备好礼品去阿华家道谢。

小周来到阿华家门口，敲了敲门，阿华愁眉苦脸地开了门。小周见了一惊，问道："你怎么这副表情，出什么事了？"

阿华无精打采地说道："唉，前几天我转发了几条抽奖活动，没想到……"

小周连忙问道："你没中奖？"

"不是，我中奖了！"

小周顿时疑惑不解："那你叹什么气，这不是好事吗？"

阿华哭丧着脸说："我转发的太多了，根本没空看奖品内容。后来我中了淘宝的清空购物车活动，官方联系我的时候，我一高兴，就把自己的账号给发了过去。可我忘了自己购物车里都是些预售商品，支付款全是定金，对方把这些东西的定金给我付了，结果，现在我有一大笔尾款要付……"

（发稿编辑：王　琦）

啼笑皆非的中奖

□ 范祺敬

遇贵人

□ 冯 凯

大龙去乡下过节。可能是受了凉，第二天他就发了高烧，还咳嗽、头痛。但乡下医疗条件有限，最近的医院在五十公里外，连唯一的村医也外出探亲去了，这可把大龙急坏了，咋办呢？正彷徨无措时，房东告诉他，赶紧去找村民浩子，或许有办法。

大龙早已烧得晕乎乎，他来不及多问，便奔到村尾的浩子家。他说明来意，一脸焦急："你看该怎么

处理？"

浩子松了一口气，微笑着说："这样啊。放心，我来试试！"说完，他转身进屋，拿出几盒药："这个是退烧的，这个是止咳的……一日三次，记住，如果还不舒服，就要去城里的医院了。"大龙浑身难受，接过药品，恨不得马上吃下去，说了声"谢谢"，就回去了。

没想到这药挺对症，大龙吃完，很快就药到病除。身体舒服了，他第一时间上门感谢浩子，真诚地说："非常感谢！你一定是回来过年的医生吧？我出门遇贵人啦。"

浩子一怔，略带尴尬："不，我不是医生。"大龙听得一愣，疑惑地问："不可能吧？你处理得这么专业，家里的药又这么齐全。"

听到这儿，浩子轻松地笑了笑："其实，我比较胆小。之前不是到处有发热病人吗？我就未雨绸缪，上网自学相关知识，听取专家们的建议……"

大龙也笑了，竖起大拇指："厉害。为表谢意，你有啥要求，尽管提！"

"真的？"浩子激动地跳起来，"我还囤了很多药品，一直没用上，快要过期了。要不，你都买了吧，我给你打个八折……"

（发稿编辑：田 芳）

（ **本栏插图**：顾子易 小黑孩）